L'HEURE DES SPÉCIALISTES

BARBARA ZOEKE

L'HEURE
DES SPÉCIALISTES

*Traduit de l'allemand
par Diane Meur*

belfond

Titre original :
DIE STUNDE DER SPEZIALISTEN

Retrouvez-nous sur www.belfond.fr
ou www.facebook.com/belfond

Éditions Belfond,
92, avenue de France, 75013 Paris.
Pour le Canada,
Interforum Canada, Inc.,
1055, bd René-Lévesque-Est,
Bureau 1100,
Montréal, Québec, H2L 4S5.

ISBN : 978-2-7144-8092-7
Dépôt légal : septembre 2020

Belfond | un département **place des éditeurs**

place
des
éditeurs

À mon père,
qui a su protéger sa compagne
de l'intervention des spécialistes

Ce n'est pas la mémoire,
c'est l'oubli qui est et reste le vrai danger.
Primo LEVI

Donnez des noms à la mémoire.
Saul FRIEDLÄNDER

L'Histoire est un cauchemar
dont je cherche à me réveiller.
James JOYCE

PREMIÈRE PARTIE

Les formulaires

Par la voix de Max Koenig

1

Seul avec ces voix dans ma tête, depuis vendredi dernier. J'entends ta voix, parfois les gazouillements de Poupette et, chaque soir quand on éteint les lumières, la voix de Gustaf Clampe.

Je sais que tu n'aimais pas tellement Clampe, même quand il te faisait le baisemain et, les yeux brillants, t'appelait Signora Felicitas. Souvent tu maugréais quand je l'invitais à manger. N'importe quelle pièce devient trop petite, dès que Clampe en passe le seuil. Et puis c'est un voleur. Ses assistants, il leur vole leur vie. (Eh oui, il avait de l'argent, ce qui explique beaucoup de choses.) Mais quand j'ai prononcé son éloge funèbre le 5 janvier, devant l'écran où resplendissaient les fresques de Pompéi dans une débauche de rouge et d'or, je me sentais quand même très proche de lui. C'est vrai, il m'a volé beaucoup de temps. Mais il m'a aussi offert des choses, des choses qu'il faut normalement arracher de haute lutte.

J'ai prononcé son éloge, et ensuite je suis tombé. J'ai manqué une ou deux marches que je n'avais pas vues dans la pénombre de l'auditorium. Je suis tombé, j'ai entendu mes os craquer, puis il y a eu comme un brouillard devant mes yeux et, plus tard, l'odeur des blouses amidonnées de frais. Les ambulanciers m'ont attaché à une civière ; sortie chancelante par les longs couloirs de l'université de Berlin.

On vous emmène à l'hôpital de la Charité, professeur, m'a expliqué l'urgentiste. Ils ont les meilleurs praticiens, là-bas.

Si c'est Sauerbruch[1] qui vous opère, les séquelles seront minimes.

Quelques semaines plus tard, Sauerbruch était assis, seul, à mon chevet. Jusque-là je ne l'avais vu qu'avec son escorte : grosses lunettes à fine monture, front dégarni, blouse soigneusement boutonnée. Cette fois, il portait un frac et des souliers vernis.

Je vais à l'opéra, a-t-il expliqué en réponse à mon regard surpris. *Tristan et Isolde.* Bientôt vous pourrez y retourner, vous aussi. Il a ri, puis sa mine est devenue grave.

Pour votre jambe et votre hanche, nous allons plus ou moins rattraper ça. Mais le tremblement des mains, l'élocution confuse… Il se pourrait que ce soit neurologique. Il y a un spécialiste à Münster, Kehrer. Le professeur Ferdinand Kehrer*. C'est peut-être un peu trop loin de votre centre de recherche à Leipzig et de votre famille ?

J'ai fait oui de la tête.

Alors je propose Wittenau. À Wittenau on voit tout le temps passer de jeunes psychiatres ambitieux ; ils feront tout ce qui est possible. Et les visites sont autorisées chaque dimanche après-midi. Le parc est magnifique : des arbres, des champs, un petit bout de forêt. De l'air pur, une nourriture convenable. C'est une ancienne propriété terrienne, que la Ville de Berlin a rachetée il y a quatre décennies. L'institut de Buch où travaille mon confrère Hallervorden*, je ne vous le conseille pas ; il pourrait s'intéresser un peu trop tôt à votre cerveau, ce brave homme.

Merci, ai-je dit. Et pensez à moi quand Isolde chantera la « Mort d'amour ». *Mild und leise wie er lächelt…* a-t-il fredonné. Il a levé la main en guise d'adieu. L'odeur de son eau de toilette française continuait de flotter dans la pièce.

Quand les lumières se sont éteintes, Gustaf Clampe a pris la parole.

Dites, Koenig, m'a-t-il chuchoté, ne soyez pas trop confiant. Ce Sauerbruch, il était parmi les neuf cents professeurs d'université allemands qui ont signé *l'Appel au monde cultivé*.

---

1. Les noms et termes suivis d'un astérisque font l'objet d'une entrée dans le glossaire en fin d'ouvrage, p. XXX.

Et le 11 novembre 1933, il a même prononcé un discours à l'Alberthalle* de Leipzig. Après Fischer, Heidegger, Pinder* et je ne sais qui encore.

L'individu n'est qu'un maillon de la chaîne déférente qui lie notre peuple à ses chefs… Mais un solennel ralliement de la nation tout entière à la volonté de notre Führer et à ses grandes tâches doit montrer au monde que l'Allemagne s'est réveillée… Et vous savez quelle a été son attitude le 1er avril 1933, quand tous les médecins juifs ont été exclus de la faculté ? Est-ce qu'il a protesté ? Ou en a-t-il simplement profité pour pousser un peu ses poulains ? Et à Berlin et à Munich, on dit partout que Sauerbruch le connaît personnellement, qu'il lui a rafistolé l'épaule gauche en 1923, après la marche sur la Feldherrnhalle*. À Uffing sur le Staffelsee, dans la maison de campagne des époux Hanfstaengl. *Un cas limite entre génie et folie,* aurait dit Sauerbruch. *Peut-être même le plus dangereux criminel du monde.*

En septembre 1934, Clampe m'annonçait qu'il allait émigrer. *Koenig,* m'écrivait-il, *Koenig, je vais faire mes valises. Je les ai vus, en trois jours, liquider une centaine de leurs anciens compagnons de route et de leurs anciens adversaires. Et les savants juifs, je les ai tous vus partir. Les physiciens, les chimistes, les médecins, les psychologues. Même mon ami Rudolf Arnheim* a pris la route de l'exil depuis longtemps. L'un des plus grands esprits de la revue* WELTBÜHNE. *Vous le connaissez, nous avons un jour petit-déjeuné ensemble à l'*ADLON*. Je n'en reviens pas que des historiens de l'art allemands veuillent se passer d'un tel homme. En tout cas, rien ne me retient plus à Berlin ni dans cette université. J'ai des problèmes de cœur ; je vais me chercher une maison de repos en Suisse, puis démissionner de mon poste. Le recteur Fischer* sera content. Il pourra nommer à ma chaire un antisémite notoire comme Pinder ; Pinder, qui veut réécrire l'histoire de l'art pour la rendre authentiquement germanique.*

Fin octobre, à Leipzig, Clampe frappait à la porte de mon bureau. Il avait un bouquet de dahlias pour Felicitas et, pour Poupette, un ours en peluche qui pouvait grogner comme un vrai.

Au revoir, Max, a-t-il dit. Nous nous sommes serré la main en silence. Le silence s'est prolongé jusqu'à ce que Clampe,

15

la mine soucieuse, lâche cette phrase étrange : Max, n'attendez pas trop longtemps ; ils vont commettre l'inconcevable.

Les lois ne sont que des chiffons de papier, ai-je répliqué avec une brusquerie dont je ne me croyais guère capable. Il m'était rarement arrivé de le contredire.

Pas avec eux. Ils font ce qu'ils ont annoncé. Ils sont trop heureux de pouvoir assassiner impunément, nous les avons vus à l'œuvre l'été dernier. Ils sont allés inventer un putsch pour pouvoir passer par les armes Röhm* et sa bande de braillards en chemises brunes. Hors de tout cadre légal. Sans coupables, sans juges. Et la justice allemande, que dis-je : toute la bourgeoisie de culture, dans ce pays, suit Hitler comme un toutou, en remuant la queue. Même Gerhart Hauptmann* trouve *absolument grandioses* les discours de ce bonhomme et hisse le drapeau à croix gammée dans sa maison de Hiddensee.

Là-dessus il est parti, gigantesque et, comme toujours, la tête un peu penchée en avant. Cinq ans après, il était mort. Et moi, j'avais attendu au moins une année de trop.

2

Quatre jours après la visite de Sauerbruch, on m'a sanglé sur un brancard pour me transporter jusqu'au complexe de Wittenau. Et j'ai dû donner raison au chirurgien : l'établissement faisait bonne impression. Dix pavillons, ai-je rapidement compté, entre des rangées de gros arbres dont les branches grinçaient et gémissaient au vent. On était à la fin février, des flocons isolés dansaient encore dans l'air. Et pendant que ma civière tanguait dans les longs couloirs blancs, j'essayais d'imaginer ce que j'allais faire ici de ma vie, sans tout ce qui constituait ma vie. Ce n'est même pas à Felicitas que je pensais, ni à Poupette, ni à notre maison, avec ses bouleaux et la rivière sur le devant. Je pensais plutôt à la pile de livres sur la petite table de la bibliothèque où je m'installais toujours, à mes étudiants qui, dans mon dos, m'appelaient *König Max*, « le roi Max », à mes cours qui avaient repris le 8 janvier après les vacances de Noël : mon assistant, qui portait l'uniforme SS depuis l'été dernier, m'avait sans doute déjà soufflé ma place. Peut-être que, avec d'autres assistants* de Leipzig, il avait formé une « troupe d'assaut » qui germanisait chaque matière : physique allemande, biologie allemande, médecine allemande, histoire de l'art allemande… J'avais à peine la quarantaine, et je ne comprenais plus les règles du jeu.

Par ailleurs je devinais, non : je savais quel hôte noir avait pris ses quartiers chez moi. J'avais déjà vu mon père devenir d'abord bizarre, puis décliner physiquement, un déclin qu'il avait dissimulé sous des excès de boisson jusqu'à ce que ma mère intervienne. À l'époque, il y avait longtemps que j'avais fait de Gustaf Clampe mon père – le moyen le plus simple, je le reconnais, pour fuir le marasme familial. Quand mon père avait dû fermer son cabinet d'avocats dans la Kantstraße, passant désormais ses journées à la maison, allongé sur un canapé en cuir, Clampe m'avait fait venir à Leipzig pour que je devienne son assistant. Nous avions encore fêté mon doctorat à Berlin, avec Père, qui, dans un costume devenu beaucoup trop large pour lui, souriait dans sa chaise roulante, le visage de travers. Puis j'avais pris mon train.

Trois mois plus tard, Mme Lohr, notre femme de ménage, m'envoyait un télégramme. *SVP rappeler immédiatement.* J'avais composé son numéro et, presque sans un mouvement, j'avais écouté ce qu'elle me racontait. Étais-je pétrifié ? Non. Plutôt assommé. Comme un qui vient de recevoir un coup de marteau sur le front. Le choc, la secousse. Pendant un bref moment. Puis le désarroi. C'est dans cet état que la secrétaire m'avait trouvé lorsqu'elle était entrée dans mon bureau. À sa mine, j'avais compris qu'elle avait écouté à la porte.

Je vous cherche un train pour Berlin ? m'avait-elle demandé. Je lui avais su gré de son sens pratique. Clampe était en voyage ; elle avait un peu plus de temps pour l'assistant.

J'avais pris le train de l'après-midi, où j'avais somnolé, d'épuisement et d'émotion. Puis j'étais allé au wagon-restaurant. Et c'est là, après avoir descendu un verre de vin, que j'avais enfin commencé à réaliser, et ressenti mon soulagement. Oui, il était mort et j'en étais soulagé. J'ignorais encore, à ce moment-là, qu'elle était partie avec lui.

Chez nous dans la Menzelstraße, Mme Lohr m'attendait déjà. Elle avait servi du thé sur la table de la cuisine et m'avait

17

découpé une part du cake qu'elle préparait chaque semaine. Après quoi, j'avais eu droit à l'histoire.

Le lundi, comme toujours, elle était arrivée vers neuf heures, avait crié *C'est moi !* et noué son tablier. Dans la cuisine, une pièce bien aérée avec vue sur la terrasse du jardin et sa table à manger, elle avait lavé les verres et les assiettes, nettoyé le sol et le buffet, avant de garnir les plateaux du petit déjeuner : œufs brouillés et fromage blanc pour lui, fruits et petits pains frais pour elle. C'est seulement au moment d'apporter les plateaux qu'elle avait remarqué le silence qui régnait depuis son arrivée. Elle les avait trouvés tous les deux dans la chambre à coucher. Lui en costume noir, avec une chemise blanche et une cravate soigneusement nouée, elle en tailleur gorge-de-pigeon. Un coiffeur avait dû passer, ajoutait Mme Lohr, car lui était rasé et elle venait de refaire ses ondulations. La grande tasse à bec dont il se servait était posée sur sa table de nuit à elle. Elle lui avait probablement donné à boire, avant de boire elle-même. Auparavant ils avaient dû manger un gros morceau de gâteau, un « Blanche-Neige », la pâtisserie préférée de mon père ; sur la table à côté du lit, il y avait encore l'assiette barbouillée de blanc et de rouge, avec une fourchette pour elle et une cuiller pour lui.

Le médecin de famille était arrivé tout de suite. Poison, avait-il dit.

C'était en juin 1927 ; mon père avait cinquante-quatre ans. Ma mère avait tout planifié avec minutie, y compris les détails de la cérémonie, la liquidation du logement, le règlement des factures restant à honorer. La minutie, c'était sa façon à elle d'être tendre. La facture reçue dans leur boîte aux lettres le samedi avant sa mort, elle était allée jusqu'à l'ouvrir, la défroisser, préparer le montant nécessaire. De son écriture bien nette, elle m'avait noté l'adresse d'un médecin que je devais aller voir si je voulais en apprendre plus sur la maladie de mon père. Mais, avec tout ce que j'avais à faire, je n'avais pas trouvé le temps de consulter ce Dr Rudolf. Ou plutôt je n'en avais pas pris le temps. Je n'avais tout simplement pas envie de savoir pourquoi mon père, cet homme éclatant de santé, avec sa voix de basse qui portait loin, était prématurément devenu un vieillard en quelques années à peine. Au lieu de cela, j'avais rendu visite au notaire qui devait régler la succession de mes parents. Il avait déjà déniché un antiquaire qui reprendrait les meubles, les livres et les tableaux.

J'avais supporté le grincement des carrioles chargées des cercueils, tandis que nous allions de la chapelle à l'emplacement des tombes. *L'île des morts* : ainsi les Berlinois appelaient ce cimetière à la lisière de Grunewald, parce que, de toutes parts, il était cerné par des voies ferrées. Mais il y avait quand même des arbres, des oiseaux, des anges en pierre contre le mur d'enceinte. Sur les plaques commémoratives, d'illustres noms berlinois : Dernburg, Moebius, Rietschel. Pas si mal comme endroit, si tant est qu'un tel endroit puisse être bon ou mauvais. J'avais marché derrière les deux cercueils, étonné de rester aussi froid. Le médecin de famille, le notaire, Mme Lohr, une voisine : maigre cortège. La maladie de mon père avait laissé mes parents sans amis. Ne restait que le personnel. Ceux dont on louait les services. En les payant.

Après la cérémonie, nous avions tous petit-déjeuné dans le café préféré de ma mère ; Mme Lohr y avait réservé une table. J'avais répondu à des questions auxquelles j'étais incapable de répondre, en repensant à l'après-midi, deux ans plus tôt, où, dans ce même café, ma mère m'avait parlé de mon père. Nous nous étions installés tout au fond, dans un recoin calme, meublé de fauteuils en cuir brun foncé. Sur la table devant elle, une part de gâteau aux framboises ; le gâteau y était encore, intact, lorsque nous étions repartis.

Pourquoi tu ne quittes pas ce vieil ivrogne ? l'avais-je interrompue avant qu'elle n'ait terminé son histoire de séjours à l'hôpital et de cures absurdes. Il va te ruiner, c'est sûr. Elle n'avait pas réagi à ma grossièreté et je m'étais renfermé dans le silence offensé de celui qui sait et qu'on n'écoute pas. C'est vrai qu'on sait tout, à vingt-cinq ans. Les airs supérieurs de la jeunesse.

Le lendemain de l'enterrement, donc, j'avais réuni quelques livres et tableaux, ayant soudain compris que j'allais devoir laisser la maison de mes parents à des inconnus qui feraient main basse sur tout. Cette maison aux belles fenêtres en saillie, avec sa vigne vierge, sa pièce en encorbellement surmontée d'une tourelle. Le jardin de devant, plein de buis et de roses, sur l'arrière la grande terrasse bordée par de vieux arbres, des tilleuls, des aubépines, des sureaux, un cyprès esseulé qui poussait de travers. Dans le potager, des framboises et des groseilles à maquereau, des cerises et des pommes. Du compost pour amender le sol. Un arbre creux qui servait de terrain de jeu à plusieurs écureuils.

J'avais poussé le fauteuil à bascule de mon père jusque sur la terrasse, bu une bouteille de rouge, très lentement, verre après verre, et j'avais décidé de m'accorder tout au moins une visite d'adieu aux hauts lieux de mon enfance.

J'étais passé devant l'établissement scolaire que j'avais fréquenté jusqu'au baccalauréat, puis devant l'énorme vil la du banquier Mendelssohn, j'avais marché jusqu'aux prés bordant le Halensee, où j'allais autrefois passer les après-midi d'été avec ma mère. Elle en robe de lin très décolletée et ajustée à la taille, moi en pantalon clair et en chemise blanche – un couple que tout le monde n'identifiait pas comme une mère et son fils. Le plus souvent, elle emportait un petit pique-nique : des sandwichs ou des gâteaux, avec du thé et du jus de fruits.

Vers le soir, j'avais enfermé le chat de ma mère dans son panier, qu'elle avait pensé à garnir d'une housse propre avant de se suicider. Mme Lohr était toute contente de récupérer l'animal. Une demi-heure plus tard, j'étais dans sa cuisine à Eichkamp en train de manger des tranches de pain généreusement tartinées de pâté de foie maison. J'en avais mangé presque jusqu'à l'écœurement. Mme Lohr, assise à côté de moi, me resservait sans cesse de bière. Je n'étais parti que lorsque son mari, de retour du travail, avait muettement réclamé sa place à la table de la cuisine. Elle m'avait raccompagné jusqu'à la porte et salué de la main tandis que, un peu chancelant après toute cette bière et toute cette sollicitude, je m'éloignais sur le pavé humide de pluie.

Le lendemain matin, je rentrais à Leipzig.

Clampe m'avait fait venir dans son bureau. Même à l'époque, il n'avait guère prononcé qu'une seule phrase : *Il faut avoir goûté à beaucoup de choses avant d'être frappé par le malheur.*

Puis nous avions préparé le voyage dans le sud de l'Italie. Avec nos étudiants, nous avions visité Naples et les sites archéologiques ; au retour, j'avais fait une halte à Rome. Mais ça, c'est une histoire à part entière. Qui commence à Rome et se termine avec Fée.

3

Maintenant on déposait mon brancard dans une petite chambre. D'un pas rapide, une infirmière est venue se planter au bout de mon lit. Son nez étroit était chaussé de solides lunettes, mais son rire était une promesse de joie, de chaleur, de complicité.

Je vous envoie quelqu'un pour défaire vos bagages, a-t-elle dit, une jeune fille qui va probablement vous plaire. Ensuite je reviens et nous mettons au clair ce qui doit l'être, professeur. Je suis l'infirmière-chef Rosemarie.

C'est ainsi que j'ai fait la connaissance de Rosemarie, mais aussi de mademoiselle Elfi. Sur sa tenue réglementaire gris clair, on lui avait noué un grand tablier blanc. Ce tablier raide d'amidon dissimulait une enfant montée en graine, une enfant gracile, aux bouclettes sombres, qui avait tendance à cacher ses mains derrière son dos.

Qu'est-ce qui vous a amenée à Wittenau ? ai-je demandé, pour engager la conversation avec cet être délicieux.

Il m'arrive de parler *l'allemand de rêve*, a-t-elle répondu. C'est ce que disaient mes professeurs au conservatoire. Et je tremble. Elle a ramené ses mains vers l'avant, des mains aux doigts étonnamment longs et robustes. Et ce n'étaient pas seulement les doigts mais les mains qui tremblaient, ces mains dont elle me tendait le dos avec un regard interrogateur, comme un petit garnement qui sait très bien qu'on va lui inspecter les ongles avant le début des cours.

En guise de réponse, je lui ai décoché un sourire en plein dans ses grands yeux. Ses cheveux foncés étaient coupés très court. Mais ce la ne suffisait pas à les dompter complètement : les mèches frisaient au-dessus du front et des oreilles, et dans la nuque, un duvet tout doux courait jusque dans l'encolure de sa robe. Une trace que les hommes, plus tard, n'aimeraient que trop suivre du doigt.

Alors on défait mes bagages ? ai-je demandé. Que puis-je faire pour vous aider ?

Elle a souri de son sourire d'elfe, a posé l'index droit sur ses lèvres comme pour m'imposer le silence. Puis, avec une vigueur surprenante, elle a soulevé ma valise sur le banc qui faisait partie du mobilier de ma chambre. La première chose qu'elle a trouvée dans le pêle-mê le de mes chemises et de mes pantalons, c'était mon stylomine en argent. Je le croyais déjà perdu. Elle ne pouvait pas deviner l'importance qu'il avait pour moi.

Elle l'a levé devant mes yeux et a dit : Magnifique. N'est-ce pas, qu'il est magnifique ? Un stylo en argent. Avec ça, je vais pouvoir noter vos histoires. Vos comptes rendus de rêves. L'infirmière-chef va être contente. Dès cet instant, notre pacte était scellé : moi, je raconte des histoires. Elle, elle écrit.

Puis l'infirmière-chef est revenue. Ses lunettes étincelaient sur son long nez étroit, le tissu de ses vêtements bruissait. Elle nous a regardés, a fait signe à Elfi de sortir et s'est penchée sur moi.

À ce que je constate déjà, Elfi va vous *adolâtrer*, pour reprendre un mot de son invention. Et vous, vous êtes tout aussi charmé qu'elle. Parfait. Je n'ai pas étudié votre dossier pour rien. Entendons-nous bien : depuis septembre dernier, nous sommes en guerre. Et il ne leur a pas fallu quatre semaines pour écraser l'armée polonaise. Personne ne peut garantir que vous survivrez à cette guerre, mais faire que ce petit elfe s'en sorte sain et sauf, c'est en notre pouvoir, à moi et à vous. Tel a été le second pacte conclu ce matin-là : un pacte entre l'infirmière-chef Rosemarie et moi.

Dans l'immédiat, tant qu'on ne nous envoie pas un cas particulièrement difficile, vous pourrez rester dans cette chambre. Elle a pris mon dossier et s'est assise à côté de moi : De quoi sont morts vos parents ?

Ils se sont empoisonnés. Pourquoi, je ne sais pas très bien, ai-je répondu. C'était exact, mais j'étais un peu troublé.

Vous étiez pourtant déjà adulte à l'été 1927, presque trentenaire, avec un doctorat en poche. Non sans rigueur, elle avait vérifié les dates dans mon dossier et prestement fait le calcul.

De quoi sont morts vos deux grands-pères ? a-t-elle poursuivi.

Le père de mon père était un peu spécial, paraît-il. Il est mort jeune, à cinquante ans et quelques, je ne l'ai pas connu. L'autre a eu une perforation gastrique, à plus de soixante ans. C'était un bel homme, ma mère lui ressemblait.

Et vos grands-mères ?

Elles ont vécu jusqu'à un âge avancé. De vieilles dames qui portaient depuis longtemps la tenue sombre des veuves. L'une vivant de peu, l'autre propriétaire d'une vil la à Bad Saarow. Mais toutes les deux adorables, toujours occupées de leurs mains et l'œil plein de gentillesse. À leur enterrement, les gens pleuraient.

Et votre père ? a-t-elle insisté, impitoyable.

Il faisait des chutes, il perdait la mémoire, il a dû fermer son cabinet d'avocats. Squelettique, le teint jaune, ce n'était plus qu'une épave qui tombait de tous les canapés et glissait de tous les fauteuils.

Bon, a-t-elle dit. Vous savez, j'espère, quel examen vous attend dès la venue des psychiatres. Ils vont vérifier vos réflexes et vous interroger sur vos antécédents familiaux. Et si vous ne leur donnez pas les renseignements qu'ils veulent, vous serez tout de suite déclassé. La démence progressive, ici, c'est un diagnostic qui se porte beaucoup.

Elle a ôté ses lunettes et, pendant un moment, a détourné le regard vers la fenêtre. Sans lunettes, son visage paraissait presque nu ; c'est alors seulement que j'ai noté combien ses yeux exprimaient d'imprudence.

Ce que je vais vous dire maintenant, je ne vous le dirai qu'une seule fois. Une seule, a-t-elle répété en fixant le lointain. Mon frère aîné est un spécialiste connu d'études raciales. Il les connaît tous personnellement : Eugen Fischer*, Fritz Lenz*, Erwin Baur*, le baron Otmar von Verschuer. Il sait quelle guerre est menée par les médecins allemands. Ils ont leur propre terrain de combat : ces cliniques-ci. Et mademoiselle Elfi, qui vient d'avoir dix-huit ans, on va vouloir la stériliser, parce que son comportement bizarre éveille les soupçons. Une schizophrénie*, à un âge si précoce : le pronostic n'est pas bon. Je l'ai prise sous mon ai le et elle me sert un peu de stagiaire, mais le Dr Waetzoldt, qui est le patron ici, adore ces requêtes et ces expertises. Il travaille vite et consciencieusement, si l'on peut parler de *conscience* dans ce contexte. Il a même écrit un livre sur le sujet, nous l'avons dans notre bureau. Je vous l'apporterai.

Et puis elle m'a raconté l'histoire d'Elfi. L'avis de décès reçu à Halle, deux semaines après le début de la guerre, avec les effets personnels du major. Les photos de sa femme et de sa fille, mêlées aux quelques livres emportés pour la campagne de Pologne : Luther, Kant, des poèmes de Rilke. Tout au-dessus, la Croix de fer. Peu après, elle a eu dix-huit ans. Elle ne pleurait pas, elle tremblait. Et il lui arrivait d'inventer des mots ou des phrases qui attiraient l'attention. *Je me sens très loin de mon visage, aujourd'hui.* Pour « ironie », elle disait *envers-dire.* Et certains de ses professeurs ont commencé à avoir peur d'elle, parce que, d'après eux, elle pouvait lire dans leurs pensées. Elle a dû abandonner le conservatoire ; ses doigts glissaient sur les touches du piano. Elle s'est mise à noter des *comptes rendus de rêves*, à parler *l'allemand de rêve*, sa forme à elle de poésie, pour tenter de surmonter la déchirure. Sa mère l'a envoyée à Wittenau parce que son père avait été ami avec le patron, autrefois ; ils ont fait leurs études de médecine ensemble. Ce qu'elle n'imaginait pas, c'est qu'aujourd'hui beaucoup de médecins portent l'uniforme noir en dessous de leur blouse blanche. Et qu'ils veulent à tout prix gagner leur guerre à eux, le combat contre les gènes de qualité inférieure. Le corps sain de la nation comme nouvelle idole. Enfin, toujours est-il qu'Elfi doit absolument partir d'ici. Il faut que quelqu'un de l'extérieur en fasse la demande, de préférence un homme de la SS dont on ne peut pas se passer à Berlin, haut placé, avec beaucoup de famille. Un Standartenführer, par exemple. S'occuper d'enfants en bas âge, elle n'en serait pas capable, mais faire la lecture à une vieille dame, bavarder avec elle, l'emmener en promenade, ça irait.

Vérité pour vérité, ai-je dit. Comment s'appelle la maladie qu'ils vont m'attribuer ?

Vous avez des enfants ? m'a-t-elle demandé en guise de réponse.

Une fille, Angelica, dite Poupette. Elle a dix ans. Ma femme est romaine, d'où le prénom italien.

L'infirmière-chef Rosemarie aimait sauter d'un sujet à l'autre dans la conversation. Et c'étaient rarement des retours en arrière : c'étaient des bonds en avant.

Ne leur dites pas un mot de votre fille. Elle n'apparaît même pas dans votre dossier. Un bon point pour l'équipe de Sauerbruch, ça. Je l'ai connu quand j'étais à la Charité, le vieux, il lui arrive d'être lucide et prévoyant. D'ailleurs, je ne vous cacherai pas qu'il m'a téléphoné et vous a recommandé à moi, en vous présentant comme un homme avec qui on peut s'entendre. De plus, les visites dans cette clinique sont interdites aux enfants de moins de douze ans. Formellement interdites. En ce qui vous concerne, professeur : vous avez accueilli chez vous l'hôte noir, la maladie incurable qui, sans grand bruit, prend possession du corps. Ici on l'appelait autrefois *la danse de Saint-Guy héréditaire*, aujourd'hui elle porte le nom d'un médecin américain qui l'a décrite au tournant du siècle : *la maladie de Huntington**. Mauvaise hérédité. Une mort affreuse. Personne ne vous en informera. Ils inscriront ça dans votre dossier, puis ils feront de vous ce que prévoient les directives de *la Chancellerie* du Führer*. Depuis le début de la guerre, les nouvelles instructions s'accumulent. Le *corps sain de la nation* est un but de guerre. Ils y travaillent comme Michel-Ange travaillait à ses divines statues de marbre. Donc, encore une fois : ne leur dites pas un mot de votre fille. Sauvez son intégrité physique. En septembre dernier, à Dantzig, Hitler a évoqué une nouvelle arme, l'arme contre laquelle nul ne peut rien, selon les termes qu'il a choisis. Aujourd'hui la guerre est aux mains de spécialistes, les spécialistes de l'extermination ; elle peut durer longtemps. Sauvez votre fille. Et aidez-moi à sauver mademoiselle Elfi. Si vous voulez, je vais oublier votre dossier dans votre chambre pendant un petit moment. Vous pourrez le parcourir, et examiner le formulaire que nous devrons bientôt remplir à votre sujet. Ces formulaires*, c'est la Chancellerie du Führer qui les a envoyés ; ils sont ici à Wittenau depuis le 28 octobre, dans le bureau du patron. Ils vont être distribués et traités dans chaque service.

J'ai fait oui de la tête. Que dire de plus ? Parler m'aurait été impossible. Elle a remis ses lunettes et m'a tendu la main. La mienne était glacée et moite, la sienne chaude et vigoureuse.

Il faut que je m'occupe de la distribution du repas. Elfi m'aide dans cette tâche, même si cette aide n'en est pas une. Et à l'occasion je reçois aussi un coup de main de Carl, mon autre protégé. Avant, il était professeur de lycée. Carl Hohein, docteur ès lettres. Il enseignait le latin et l'histoire. Jusqu'à ce qu'il commence à entendre des voix et à composer une litanie sans fin sur la couleur noire. Quand il va très mal, il par le de ses *cérébrillements*. Au-dessus de son lit, il y a l'image d'un jeune garçon qui pleure parfois la nuit et reste inconsolable. Mais il ne veut pas que je l'accroche ailleurs. Vous allez bien vous entendre, tous les deux. Je vous l'envoie ce soir.

4

Après son départ, je suis resté inerte dans mon lit. Était-ce du chagrin ? De l'épuisement ? De la colère ? Pas de la colère, non. Je n'avais pas assez de force pour ça. J'ai fermé les yeux et somnolé ; j'ai gardé les yeux clos en entendant le froufrou d'un tablier amidonné et le léger tintement d'une assiette de soupe, celle du déjeuner, qu'on posait sur ma table de chevet. D'après le parfum, le tablier était celui de mademoiselle Elfi.

C'était un de ces sommeils qui ne sont pas réparateurs, parce que le cerveau continue à tourner. À ressasser, encore et encore. Pourquoi n'étais-je jamais allé consulter le médecin de mon père ? Pourquoi n'avais-je pas cru Clampe ? À présent, le nom d'une maladie me faisait battre le cœur à coups précipités.

Vers cinq heures, quand j'ai rouvert les yeux, le crépuscule tombait déjà. J'ai regardé par la fenêtre. Des nuages gris-noir passaient dans le ciel et j'ai commencé à me demander ce que j'avais manqué dans ma vie, ce que j'avais omis de voir.

A, ai-je prononcé. A comme Andalousie : les atrocités commises par les troupes franquistes m'avaient inspiré de l'horreur, voire de l'angoisse. J'étais allé jusqu'à décliner une invitation à Grenade, parce qu'un collègue espagnol m'avait raconté comment les phalangistes, la nuit du 19 août 1936, étaient venus prendre le poète Federico García Lorca* chez lui pour le fusiller. Le collègue en question nous avait rapporté un petit volume de poèmes, à Fée et à moi, et s'était mis à traduire tant bien que mal :

Vert comme mon amour pour toi, vert…
Dans les yeux un froid d'argent.

Je me souviens de mon agacement, parce que Fée flirtait avec lui et qu'il lui récitait ces vers de García Lorca en la mangeant littéralement des yeux.

Compare un peu ça aux productions de votre Académie* des poètes, de vos rimailleurs de cour, avait dit Fée. Parfois elle prenait plaisir à taquiner l'Allemand que j'étais. Compare ça aux déclarations de dévouement bâclées de tous ces Carossa, Vesper, Binding* :

Sur la falaise elle se tient droite
Sans jamais chanceler, divine – comme une tour…
Mais dans son sein, quelle tempête.

Pablo avait ri avec elle, même s'il n'avait sans doute pas compris tous les mots ; puis nous étions passés à table.

Fée avait préparé un rôti d'agneau à la romaine et une crème caramel. Nous avions levé nos verres et laissé de côté Franco et Hitler, malgré l'odeur de sang qui commençait à flotter en Europe. Un de mes étudiants travaillait avec Pablo et moi sur l'influence des miniatures mauresques dans la peinture espagnole, un thème inépuisable. Nous étions assez jeunes et insouciants pour oublier les querelles du monde.

Début 1938, Pablo m'envoyait une lettre du midi de la France. Mon peuple est en train de s'entre-déchirer, m'écrivait-il. J'ai pu sauver ma peau de justesse. Tout le monde n'a pas eu cette chance. *La vida es un regalo. La vie est un cadeau…* C'était la dernière phrase de lui que j'avais lue. Après cela, plus rien. Je ne saurais donc jamais ce qu'il était devenu, ni même s'il avait reçu la réponse que je m'étais dépêché de lui poster. A comme Andalousie, P comme Pablo de Grenade. J comme jalousie. Ce soir-là je ne suis pas allé plus loin, car l'infirmière-chef a ouvert la porte de ma chambre en poussant devant elle un grand homme tout maigre.

Monsieur Carl Hohein, a-t-elle dit. Professeur de latin et d'histoire. Chez nous depuis six semaines.

Monsieur Carl Hohein m'a étudié de ses yeux intensément bleus, mais ensuite il s'est mis à voir à travers moi, c'est-à-dire que ses yeux ont cessé de lui obéir. Ils se posaient ici et là, comme s'il en avait complètement perdu le contrôle. Au bout d'un moment, ils sont revenus vers mon visage.

Carl, Calle, Callissimo, s'est-il présenté d'une petite voix claire, en ponctuant chaque mot d'un léger hochement de tête. Je suis compositeur ; j'écris une litanie sur la couleur noire.

Je lui ai serré la main et indiqué la chaise à côté de mon lit.

Il vous reste donc assez de temps pour vos compositions ? ai-je demandé.

Il a secoué la tête en signe de dénégation. Du lundi matin au samedi midi, il faut que je poinçonne de la tô le étamée pour la Wehrmacht. Participation à l'effort de guerre. Ce la me vaut un supplément de soupe et de pain. Après cette petite explication sur le cours du change en vigueur dans l'établissement, nous nous étions acquittés des devoirs de la conversation et nous avons tranquillement joui du silence. J'écoutais sa respiration prudente ; on devinait que, pour lui, c'était une course contre la montre en permanence. Un roi de la nuit comme on en voit peu. Il est parti juste avant qu'on n'éteigne les lumières.

À demain, m'a-t-il dit.

5

L'avant-dernière lettre de Gustaf Clampe m'était parvenue de Locarno en février 1939 ; sa femme avait hérité d'une maison sur la rive suisse du lac Majeur. C'était une longue lettre, tapée sur une machine à écrire portative.

Max Koenig, il faut que je vous mette en garde une fois de plus. Ils se sont emparés du château de Prague et personne n'a bronché, personne n'a sévi. Ils vont s'emparer de bien d'autres lieux encore. Quand je pense que j'ai vu ce bonhomme à Munich, dans le salon des Bruckmann*. Il trônait dans ces pièces luxueuses et elle, Elsa Bruckmann, assise en robe de dentelle blanche à côté de lui, écoutait religieusement ses tirades. Et pendant que je négociais avec Hugo Bruckmann la publication de mon guide de Pompéi, j'entendais d'une oreille le débit saccadé de Hitler. Et Hess, avec ses yeux de fou et ses sourcils comme des poutres noires, toujours à proximité de lui. C'est sans doute Elsa Bruckmann qui lui a appris les bonnes manières : comment par exemple briser élégamment une pince de homard, faire le baisemain à une lady. Il faut dire que les dames se l'arrachaient ; à Berlin, dans le salon des Bechstein*, c'était la même chose. Aux vendredis des Bruckmann, à l'époque, il était beaucoup question de « visions du monde » et du « corps sain de la nation ». UNE VISION DU MONDE DOIT ÊTRE INTOLÉRANTE. ELLE EXIGE IMPÉRATIVEMENT LA RECONNAISSANCE DE SES VUES ET LA REFONTE COMPLÈTE DE TOUTE LA VIE PUBLIQUE SELON CELLES-CI. Oh, on l'a bien vu. Les purges, les lois raciales, les lois sur la stérilisation forcée... Dois-je vous envoyer la liste ? Ignorez-vous vraiment qu'à l'heure qu'il est, votre petite fille ne serait pas au monde si ces flibustiers étaient parvenus au pouvoir quelques années plus tôt ? Vous faut-il vraiment d'autres preuves ? NOTRE PITIÉ DOIT SE RÉGLER SUR L'HYGIÈNE, ET NON SUR LA PHILOSOPHIE OU LES BONS SENTIMENTS. Vous vous souvenez du De l'Allemagne de Heine* ? Dont nous avons analysé tant de phrases à mon séminaire avancé ? La fureur guerrière des Allemands, quand « la croix, ce talisman qui les enchaîne », viendra à se briser. Le tonnerre allemand qui, ayant enfin touché son but, émettra un craquement comme jamais on n'en entendit dans l'histoire du monde... Un drame sera alors joué auprès duquel la Révolution française n'aura été qu'une inoffensive idylle... Ce ne sont sans doute pas exactement les mots du texte, mais il me semble que le sens est clair. Et les étudiants étaient assez naïfs, comme vous et moi d'ailleurs, pour discuter de l'emploi des gaz toxiques entre 1915 et 1918 comme d'un exemple illustrant les prophéties de Heine. Fallait-il que ce soit Fritz Haber*, un Juif, qui déchaîne ainsi le tonnerre allemand ?

Plus tard, nous avons épluché l'ouvrage de Karl Binding* et d'Alfred Hoche*. Je l'ai connu, ce vieux juriste de Binding, avec ses costumes trois-pièces et ses nœuds de ruban en soie noire. L'Autorisation de détruire les vies indignes d'être vécues. Son ampleur et sa forme, tel est le titre de l'étude en question, publiée juste avant sa mort : est-ce qu'il avait encore toute sa tête ? Et maintenant, voilà que ce torchon pondu en 1920 est devenu un manifeste de l'extermination, m'a raconté un jeune médecin.

Ces spécialistes dont s'entoure Hitler, ils parlent de morts cérébraux, d'existences superflues. Ils testent des procédés de mise à mort, des procédés élégants et discrets, pour vider les salles des grands hôpitaux psychiatriques et garder pure la race.

Max Koenig, je serais heureux de vous revoir une dernière fois ! Et j'aimerais vous savoir en sécurité, vous et votre famille, avant que ne se joue le drame dont parlait Heine il y a cent ans. Et croyez-moi : ils vont commettre l'inconcevable. Ils n'auront même pas besoin de courage pour cela. Seulement de la protection du groupe. Il arrive que, de loin, on voie les choses plus nettement. Koenig : voici venue l'heure biblique de l'exode. Prenez femme et enfant, et partez. Le plus grand ennemi de la vérité, ce n'est pas le mensonge ; c'est la conviction.

Je vous ferai inviter. Mon frère est en Angleterre, moi je suis en Suisse : nous trouverons bien quelque chose pour vous. Vous pourrez subvenir aux besoins de votre famille.

À l'époque, je n'avais pas été capable de lui répondre par écrit. Ses allusions, je ne les comprenais pas et ne voulais pas les comprendre ; je ne me mêlais plus de politique depuis que Clampe avait quitté l'Allemagne. Ou alors, était-ce le haussement de sourcils de Fée quand je lui avais donné à lire la lettre ? Et son commentaire instantané : Il essaie juste de te remettre le grappin dessus. Clampe, et sa femme Nicola. Tout motif leur est bon. (Jamais par le passé elle n'avait porté de jugement inconsidéré. Était-ce de la jalousie ?)

Je ne l'avais appelé qu'au bout de trois semaines. Sa voix était éraillée, sans force : celle d'un très vieil homme. Vous ne voyez pas, me disait-il, que c'est un dangereux criminel ? Qu'il a élevé l'occupation de pays voisins et le meurtre au rang de normes ? Je n'avais prêté attention qu'à la sénilité de sa voix, non à la teneur de ses phrases. Je connaissais mon Clampe : je savais qu'il aimait exagérer un état de fait, le grossir, pour mieux pouvoir l'observer.

Et j'avais prêté encore moins d'attention à mon propre état, au traînement révélateur de ma voix. Eh bien, je suis fatigué, amore, expliquais-je à Fée quand elle me faisait une remarque. Après tout, mes rides le matin dans la glace, je ne les examine pas non plus de si près. J'essaie de me les cacher à moi-même.

Six semaines plus tard il était mort, le grand Clampe. C'est sa femme qui me l'avait annoncé. Il se faisait du souci pour vous, disait-elle. Il craignait toujours que la maladie de votre père ne vous cause encore bien des ennuis dans l'Allemagne nazie. Vous n'avez pas remarqué qu'il avait longuement parlé avec votre mère en mai 1927, quand elle était venue passer trois jours chez vous à Leipzig ? Vous vous souvenez ? Nous avions improvisé un apéritif dînatoire et il vous avait lancé les clés de sa voiture pour que vous alliez acheter du vin en ville. Un prétexte pour rester seul avec elle. Nous avions bien assez de bouteilles à la cave. Quand vous étiez revenu – totalement enthousiasmé par la huit-cylindres flambant neuve –, votre mère était dans ma salle de bains, en train de rincer ses traces de larmes et de se repoudrer. Vous savez sans doute que le père de Clampe était un psychiatre réputé. Quand on a un père psychiatre, on apprend dès l'enfance à connaître les symptômes et les diagnostics, qu'on le veuille ou non. Gustaf n'y a pas échappé. Il avait l'œil pour repérer les manifestations morbides, mais il avait aussi une certaine compassion, et l'obsession des Allemands pour l'hygiène* raciale lui faisait peur.

6

Hier matin, ils étaient tous autour de mon lit. Le patron avec son insigne doré du parti au revers de son col, le chef de service en uniforme noir, la blouse blanche tout juste posée dessus. Examen d'État. C'était le cas de le dire. L'État examine ses malades. J'étais content que l'infirmière-chef m'ait prévenu. Le patron s'est montré charmant, le chef de service, rigoureux et précis. Les infirmiers et les étudiants, eux, affichaient des mines indifférentes.

Des enfants ? a demandé le chef de service. J'ai répondu par la négative. (Et j'ai silencieusement envoyé un baiser de la main à ma mignonne petite fille. Je croyais la voir devant moi : des rubans dans ses tresses, pendant qu'elle courait vers moi l'été dernier à Hiddensee, l'odeur du vent et du sel dans ses cheveux. Une chevrette graci le qui avait les yeux sombres

31

de sa mère, en robe jaune soleil, brodée de rouge à l'encolure. *Qui vient dans mes bras ?* avais-je lancé, avant de la soulever et de la faire tournoyer plusieurs fois, elle, sa petite robe et ses cris de joie, jusqu'à ce que nous nous abattions tous les deux sur le sable, essoufflés.)

Très raisonnable, a commenté le patron. J'ai docilement acquiescé.

Raisonnables, vos parents auraient dû l'être tout autant, a lâché l'homme en uniforme noir sous la blouse blanche, comme si j'étais une salissure qu'on se dépêche d'essuyer. Allez allez, ouste.

Troubles locomoteurs, chutes, élocution confuse : c'est neurologique. Nous allons tenter l'insuline, une nouvelle thérapeutique* ; on ne l'expérimente que depuis 1935. Et, dès qu'il y aura un petit mieux, votre femme pourra venir vous voir. Quel groupe d'essai préconisez-vous, Winter ? Six semaines d'insuline, huit semaines ?

Groupe B, huit semaines, a répondu son confrère. Et dans deux mois, nous aviserons.

Mon régime presque sans viande, ça fait partie du traitement ? ai-je demandé avant que la troupe ne prenne la porte. Je crains bien de n'avoir réussi qu'à articuler *v-v-v-iande*. Il y avait longtemps que ma diction ne suivait plus les instructions de mon cerveau. Je pensais « viande », je bredouillais « v-v-v-iande ». Personne ne s'est donné la peine de me répondre. Mais le Dr Winter m'a jeté un regard que je n'ai pas réussi à interpréter. Curieux ? Scrutateur ? Appréciateur ? Froid ? Clampe aurait dit : Attendez seulement un peu ; cet homme est le parvenu typique, il a le gène du majordome. Ces gens-là sont faciles à corrompre si l'on sait s'y prendre. Je dois reconnaître que parfois l'arrogance même de Clampe, cette arrogance d'homme riche qui m'insupportait, était bonne conseillère.

Faites attention à vous, professeur Koenig, m'a dit l'infirmière-chef plus tard, lors de la distribution des médicaments. Assise au bord de mon lit, maigre et anguleuse, elle comptait des gouttes qu'elle a ensuite additionnées d'eau. Ces messieurs n'apprécient pas qu'on se plaigne de la nourriture. Bien qu'ils promènent dans les salles des visages pleins et repus d'hommes qui s'accordent assez souvent de plus grosses bouchées que tous les autres, même en temps de guerre.

Après son départ, je ne savais que penser. Clampe ricanait un peu dans mon cerveau. Je croyais le voir, grand, toujours légèrement penché en avant, ce qui donnait l'impression que ses épaules ne supportaient pas le poids de son énorme tête. Une pose, sans plus. Son superbe crâne nu, ses yeux derrière leurs lunettes sans monture, le costume noir en laine anglaise, la chemise en soie foncée : l'uniforme des athées, aimait-il dire en parlant de sa tenue. Après tout, il ne pouvait pas prévoir que, des années après, une tout autre engeance sans Dieu choisirait elle aussi de s'habiller en noir.

7

Le jour même, Carl m'a rendu visite. Il est arrivé après le dîner et s'est immédiatement assis sur la chaise à côté de mon lit.

Ma mère viendra dimanche après-midi, a-t-il annoncé. Sa couleur, c'est le bleu-noir.

Bleu-noir, ai-je répété. Brillant ou mat ?

De la soie, a-t-il répondu. Ce n'est pas donné à tout le monde. Il a vérifié des yeux que je le comprenais.

Monsieur Hohein, ai-je repris, je ne me sens pas encore arrivé. Je me sens ici comme un colis qu'on a seulement réceptionné, sans l'ouvrir. Il a semblé apprécier la nuance.

Elle viendra de Hennigsdorf, au nord de Berlin. Ils ont une maison là-bas, elle et le Hauptsturmführer. Avec un jardin, des poules, des roses, des pommes, des haricots, des concombres, de la sauge, du romarin.

Quelle est sa couleur, au Hauptsturmführer ? ai-je demandé.

Il est mon père. Les pères n'ont pas de couleur. Ils combattent. Sur le front de l'Est, en ce qui le concerne. Il me rejette complètement en tant que compositeur. Puis, d'un ton hésitant : Un brun-noir mat, peut-être.

Ma mère va apporter une tarte aux pommes, a-t-il poursuivi. Et elle peut faire sortir des lettres en fraude. Car la direction contrô le notre courrier. S'il est écrit qu'on ne nous donne pas assez à manger ou que les médecins ont des pratiques bizarres, le message disparaît. Mesure de guerre, disent-ils. La poste doit s'occuper des lettres du front et des colis envoyés par les mères. Nous autres, les bouches inutiles, nous n'avons pas droit à ce service public.

Vous connaissez mademoiselle Elfi ?

Il m'a regardé presque avec effroi. Je ne lui ai pas encore trouvé de couleur, a-t-il soufflé. Mes yeux ont beau tenter de retenir son image, elle se désagrège.

Elle va écrire sous ma dictée, de temps en temps. Moi, je n'arrête pas de laisser tomber le stylo.

Il a pris mon stylomine posé sur ma table de chevet, a rajusté ses lunettes. Dites-moi ce que je dois écrire, et j'écris. J'écoute et j'écris. À part l'infirmière-chef Rosemarie, personne n'en saura rien. Ses yeux fuyants avaient enfin repris leur calme ; ils cherchaient les miens avec attention.

Étendu de tout mon long, j'osais à peine respirer. Une offre d'affection, d'amitié. En guise de remerciement, j'ai souri.

8

Ma chérie,

Mon nouvel ami, le docteur ès lettres Carl Hohein, écrit ceci sous ma dictée. Quant à moi, le stylo m'échappe sans cesse des mains. Et personne n'est là pour le ramasser. Jusqu'à une date récente, Carl Hohein enseignait le latin et l'histoire à des potaches, mais depuis qu'il compose une litanie sur la couleur noire, il est logé dans le même établissement que moi. Nous sommes devenus amis en un clin d'œil, alors qu'on penserait que l'amitié a justement besoin de beaucoup de temps. Peut-être que, dans des circonstances extrêmes, on a moins de mal à brûler les étapes. Peut-être est-ce aussi ce destin que nous partageons, ou notre commune solitude de malades.

Ne t'étonne pas de ce que je vais t'écrire ; contente-toi de lire calmement. Sur les conseils de l'infirmière-chef, je n'ai pas mentionné l'existence de Poupette dans mon dossier ; de toute manière, on ne l'aurait pas autorisée à me rendre visite. Si je veux la voir, il faudra que nous nous rencontrions à l'extérieur, chez ta sœur à Grunewald, par exemple. Pourquoi j'ai caché son existence ?

Pour qu'elle n'apparaisse pas dans leurs listes. Parce qu'avec un père comme moi, elle serait concernée par la loi sur la stérilisation forcée d'ici à quelques années. J'ai voulu lui épargner cela.

À partir de lundi prochain, je serai soumis pendant huit semaines à des chocs insuliniques*. Deux fois par semaine. Il se peut que ce nouveau procédé apporte vraiment une amélioration. Il se peut aussi que ce soit un prétexte pour me ravaler au rang de cas désespéré. Incurable, inapte au travail : voilà qui ne me promet pas de grosses rations. Car tel est l'étalon monétaire qui a cours ici, figure-toi : travail contre nourriture, de préférence un travail uti le à l'effort de guerre. Carl, par exemple, poinçonne je ne sais quelles pièces métalliques pour la Wehrmacht ; il n'a que le samedi après-midi et le dimanche libres. Comme l'infirmière-chef Rosemarie me l'a raconté hier, les sommes allouées à la subsistance des pensionnaires d'hôpitaux psychiatriques ont beaucoup baissé depuis 1933 : 2,70 marks par jour. Il y a dix ans, c'étaient encore 3 marks. Et sans cesse des provisions disparaissent, surtout des produits de qualité… Mais quand les voleurs portent l'uniforme noir, personne n'ose protester. Tu vois les progrès de l'idéologie selon laquelle les êtres racialement « supérieurs » peuvent se faire une bonne vie aux dépens des « inférieurs ».

Fée chérie, encore une autre histoire. Il y a ici une jeune fille de dix-huit ans qui doit quitter cet endroit de toute urgence : mademoiselle Elfi. Elle te plairait immédiatement. Elle étudiait le piano au conservatoire de Halle, mais depuis que son père est « mort au champ d'honneur », elle tremble et tient des propos bizarres. Elle s'adresse aux psychiatres en leur disant « Mon révérend » – ce qui n'a rien de faux, car ils ont bel et bien fondé leur Église et leur religion de salut à eux. Au lieu de « marcher sur des œufs », elle dit « marcher sur des os », ou encore : Les Allemands le suivent comme un seul orme. Elle répond : « Nue dans la neige » quand on lui demande comment elle va… Peut-être qu'elle deviendra poétesse quand elle aura surmonté son chagrin. Mais pour l'instant, elle est en danger. À cause de ses tremblements, elle ne peut pas se servir de la presse à poinçonner de l'usine, et pour le travail des champs elle n'est pas assez robuste. Elle n'arrive même pas à marcher au pas avec l'équipe. Faut-il qu'elle soit stérilisée ou même qu'elle meure, parce qu'elle a appris à jouer du piano et non à arracher des betteraves ?

Est-ce que ta sœur Catia ne pourrait pas la réquisitionner pour s'occuper de sa belle-mère ? Je sais que tu n'aimes pas lui demander des faveurs, ne serait-ce qu'à cause de Gernoth. Mais en ce moment, le foyer d'un membre haut placé du parti serait justement pour elle le meilleur des abris…

Nous n'avions pas terminé quand les lumières se sont éteintes.

Demain soir il faut que nous trouvions une fin, a dit Carl. Et moi, je lui ai promis un poème de Sapphô*. J'allais le mémoriser pendant la journée et le lui réciter le soir.

9

Carl parti, j'ai fixé les ténèbres et tenté de remplir le vide par des conversations fictives. D'abord avec mon beau-frère Gernoth, qui, en septembre 1939, s'était présenté chez nous en uniforme noir.

Il avait embrassé Felicitas et lancé Poupette dans les airs, trois fois, avant de me saluer.

Bravo pour ta promotion, avais-je dit en montrant l'écusson à son col.

Standartenführer, avait-il répondu. Je notais qu'il avait du mal à réprimer un sourire flatté.

Max, tu pourrais me rendre service dans une certaine affaire.

Pourquoi pas ? avais-je lâché à la légère.

Et, tandis que Fée mettait la table du dîner et que Poupette examinait la cravache de son oncle, j'avais eu droit à l'histoire du fils d'un collègue dont l'avancement était bloqué faute d'un doctorat. Il doit recevoir un poste à l'Institut national pour l'histoire de la nouvelle Allemagne, m'expliquait Gernoth. Mais entre tous ces noms connus, sans un titre de docteur, rien à faire. Il rédige une sorte de récit historique sur le développement du « mouvement », avait-il ajouté sans me regarder. Un combattant hors pair, ce gamin. Il a compris ce qui est vraiment important. Maintenant il lui faudrait un rapporteur de thèse qui comprenne un peu les soucis et les aspirations de la jeunesse.

Je ne suis pas spécialiste d'histoire contemporaine, avais-je fait observer. Mes domaines, ce sont l'archéologie et l'étude de l'Antiquité.

Vous et vos labyrinthes libéraux, avait-il soupiré.

Ah, voilà donc d'où soufflait le vent. Les esprits libres, ils les avaient pourtant chassés de toutes les universités. Je commençais même à me demander si à leurs yeux j'étais trop terne, trop insignifiant ; ou s'ils pensaient pouvoir me gagner à leur cause.

Felicitas, ton mari vit coupé du monde, avait-il ajouté d'un ton venimeux ; dehors tout brûle, et lui, il marmonne des vers latins et grecs dans son coin, sans saisir ce qui est en jeu aujourd'hui. Il tirait furieusement sur son cigare, planté sur le seuil de mon bureau.

Tu n'aurais certainement pas à t'en plaindre, Max, avait-il insisté avec un parfait sans-gêne. Nous sommes en guerre. En temps de guerre, même les érudits aux mains blanches doivent renoncer à leurs subtiles objections. Puis il avait pris place à table, le poids de deux hommes au moins sur une unique chaise, et il avait fait du charme à Fée sans plus s'occuper de moi.

Quelques jours plus tard, la thèse me parvenait à l'université : une sorte de torchon décrivant *la marche de Hitler sur la Feldherrnhalle** et ses *martyrs*. Contre toute règle, le rapport du directeur de thèse y était joint. Il lui avait attribué la note la plus haute, évidemment.

La tâche n'était pas réjouissante. J'avais été assez lâche pour m'exécuter. Je n'avais pas mis la note la plus haute, mais mon rapport était positif. Depuis ce jour-là, j'évitais mon beau-frère. Maintenant il allait triompher : il ne comprend pas notre époque, mais voilà qu'il veut soudain sauver la vierge des griffes du dragon.

Qu'il ricane. La question n'est plus là.

Et Clampe ?

Eh oui, Koenig, me semble-t-il l'entendre. Puis vient sa prose d'universitaire, ciselée jusqu'au bout. Vous êtes resté un peu trop longtemps dans votre zone de confort, en vous servant de la poussière des bibliothèques comme d'un camouflage. Il n'avait pas tout à fait tort, votre beau-frère, en parlant des labyrinthes libéraux. Un bon endroit aussi pour se cacher, n'est-ce pas ? Pour rentrer la tête et hiberner. Vivre en se détournant du monde. Et avant qu'on y ait pris garde, les lauriers sont coupés… Mais je me suis alors rappelé que Clampe était certes volontiers arrogant, mais jamais sans compassion. Alors, Koenig, et maintenant ? me demanderait-il plutôt.

Prendre des dispositions pour Fée et Poupette. Non, Fée : tes objections, je ne peux pas les prendre en compte en ce moment. Je n'écoute même pas. D'ailleurs, je ne les supporterais pas. Je me fais déjà l'impression d'un homme qui doit se trancher les bras et les jambes. Tout ce qui était beau, tout ce qui était bon dans ma vie : à mettre dans un compartiment de chemin de fer, et adieu. Il faut pourtant que la raison l'emporte. Vous pourriez aller à Rome pour les prochaines vacances et rester chez ta mère jusqu'à la fin de la guerre. Pourquoi ne donnerais-tu pas des cours d'italien aux femmes et aux enfants de l'ambassade d'Allemagne, comme tu proposais des cours d'allemand aux Italiens de Leipzig ? Les anciens collègues de ton père s'en occuperont ; ta mère serait ravie de vous avoir chez elle. Ta mère romaine, belle, parlant toujours un peu trop fort, ton père allemand, taciturne, juriste au service économique de l'ambassade d'Allemagne pendant de longues années. Discret, correct, très catholique, un homme pieux qui vivait selon sa foi. Je suppose qu'ils ne m'auraient jamais accordé ta main si j'avais porté un insigne du parti et t'avais tout de suite embarquée en Allemagne. Mais Clampe m'avait obtenu une bourse. Je pouvais rester à Rome pour terminer ma thèse d'habilitation.

Nous nous étions mariés le 22 janvier 1929, un mercredi où, même à Rome, il faisait frais, mais où le soleil avait fini par percer. Et le repas dans ce restaurant près de la Piazza di Spagna : inoubliable. Saumon à la crème d'avocat, tortellinis au beurre et à la sauge, rôti d'agneau à la romaine, crème caramel. Sans parler du gâteau de noces… Nous avions tellement festoyé que la nuit de noces paraissait compromise. Mais ensuite nous avions dansé jusqu'à ce que les étoiles pâlissent et que nos visages, eux, deviennent écarlates.

L'été d'après, mon livre était prêt à partir chez l'imprimeur. Tu te souviens, Fée, comment nous avons fêté ça ? J'avais acheté une bouteille de vin ; tu avais commandé des *sfogliatelle* dans la meilleure pâtisserie de Rome, des feuilletés fourrés à la ricotta. Tu étais enceinte de Poupette et tu avais les envies les plus étranges.

Voilà à quoi ressemble le bonheur, mais nous ne le savions pas encore, en ces années-là. Nous étions trop jeunes, nous vivions dans l'expectative, le nez flairant toujours l'air de l'avenir. Mais nous l'avions, le bonheur. Aujourd'hui je le sais.

Et puis, fin 1932, la lettre de Clampe. Koenig, nous avons de nouveau besoin de vous en Allemagne. Je suis nommé à Berlin et il faut que vous repreniez ma chaire à Leipzig. Dépêchez-vous ! Au reste, nous nous réjouissons de vous avoir bientôt ici.

Tous les deux, nous en avions le souffle coupé : une chaire à trente-trois ans. Fée n'osait pourtant pas en parler à ses parents. L'état de santé de son père s'était beaucoup dégradé. D'accord, avais-je dit, je m'en charge.

Quand j'avais annoncé la nouvelle à son père, en lui demandant s'il se voyait venir nous rendre visite à Leipzig, il avait longuement gardé le silence.

Tu sais bien, Max, avait-il fini par répondre, que j'ai déjà ma fille Catia en Allemagne. Ce qu'elle m'écrit de Berlin et ce que j'entends dire ici à l'ambassade d'Allemagne ne me laisse pas froid. En des siècles plus croyants, on appelait ça « chasser le diable par Belzébuth ».

Et moi, avec la légèreté de ma jeunesse : Oui, Berlin !… Mais Leipzig, ce bourg vieillot, ville des tailleurs et des drapiers, des grandes foires annuelles, de l'édition et de la musique : là où l'on pratique la liberté du commerce, on pratique aussi la liberté de pensée. (Et à peine neuf mois plus tard, à l'Alberthalle*, c'était la tonitruante allégeance à Hitler ; je ne l'aurais jamais imaginé, je n'y aurais pas cru.)

Speriamo, avait-il dit. Espérons.

Alors que nous allions prendre la route de l'Allemagne – d'abord un long week-end à Berlin pour négocier tranquillement avec Clampe, puis retour à Leipzig –, ton père nous avait remis une enveloppe bourrée de reichsmarks en grosses coupures. Pour un petit voyage de noces, avait-il dit. Vous n'en avez pas encore eu. J'ai fait réserver une chambre double à l'*Adlon**, de vendredi à mardi, pour que vous soyez vraiment bien installés pendant vos quelques jours à Berlin. Fée a toujours rêvé de descendre un jour dans cet hôtel mythique.

Ah, les années romaines. C'était si loin. Mais les souvenirs ineffaçables de ces moments de bonheur m'avaient un peu apaisé. Je me suis lentement endormi. Dans mon rêve, je devais escalader une montagne impraticable. Très haute, très solitaire, avec en son sommet un espace tout rond, pelé, entouré d'une grille. *Zone interdite*, était-il écrit sur un panneau à la porte. *Accès réservé aux porteurs d'une accréditation*. J'en avais une.

Estimez-vous heureux, Koenig, que votre famille se trouve à Rome, ai-je entendu dire Clampe à mon réveil. Le sang me battait aux oreilles. Elles sont mieux là-bas qu'en Allemagne.

Seraient, ai-je rectifié. Seraient. Pour l'instant, elles sont encore ici.

10

À l'époque, j'avais donc cédé à Gernoth et rédigé un rapport sur cette fameuse thèse. Maintenant c'était à Gernoth de faire quelque chose pour moi. Il fallait qu'il ouvre à mademoiselle Elfi une porte sur l'avenir, ou du moins une fenêtre.

Fée, ma chérie, ai-je repris dans ma dictée à Carl, *va chez eux à Grunewald, annonce-toi, fais-en un plaisir pour toi et pour Poupette. Je crois entendre frémir les arbres devant la maison, grands, pleins de gravité – la nature n'a jamais eu d'humour –, je crois entendre l'eau du Hundekehlesee clapoter doucement sur la berge. Vous pourriez faire un peu de canoë avec ta sœur et Poupette, jouer un peu au ballon, ou simplement rester assises au soleil. Et avant ça tu passeras ici, pour que je puisse te voir et te parler, que nous mettions au clair tout ce qui doit l'être. Gernoth peut faire passer Elfi pour sa filleule… la fille d'un ami mort au front. Quant à elle, elle peut faire la lecture à la vieille mère de Gernoth, l'emmener en promenade, tenir sa correspondance. Une sorte de dame de compagnie pour cette vieille dame, ce qui allégerait la tâche de Catia.*

Je pense à toi et à notre Poupette plusieurs fois par jour, comme tu t'en doutes. Mais assez. Ma lettre doit partir. Baisers à toi et à notre petit trésor,
Ton Max
(De la main de Carl, Calle, Callissimo.)
Carl a plié et collé ; je lui ai dicté l'adresse à Leipzig. Pour finir je lui ai récité le poème de Sapphô, son plus beau poème d'amour.

Tu es venue, et moi ardemment je te voulais.
Tu as refroidi le feu du désir en mon cœur.

Carl me regardait d'un air pensif. À mon avis, a-t-il observé, la couleur de Sapphô n'existera que dans un lointain avenir. Un noir d'argent, brillant d'un éclat très ténu, peut-être la fourrure d'un animal qu'on n'aurait pas encore découvert. Alors les lumières se sont éteintes.

11

Votre femme viendra dimanche, m'a dit l'infirmière-chef vendredi, pendant la distribution des médicaments. Elle a appelé le service hier. J'ai acquiescé de la tête, en silence, incapable de parler.
Votre petite restera chez une amie à Leipzig. J'ai pris une inspiration prudente, avant d'expirer lentement.
Merci, infirmière-chef, ai-je fini par répondre. Cette semaine-là, j'avais reçu deux chocs insuliniques et j'étais épuisé. Je savais qu'il me restait peu de temps pour préparer le ferme discours à tenir devant Fée et pour noter toutes les informations qui lui seraient nécessaires, à elle et à notre fille. Je devais surtout m'entraîner à une chose : ne pas fondre en larmes moi-même en lui tenant ce discours. Que disait toujours ma grand-mère ? *Il ne faut pas commencer à pleurer, quand il y a trop de raisons de le faire.*
Est-ce que je vous envoie mademoiselle Elfi ? m'a demandé l'infirmière-chef. J'ai fait signe que oui.

Elfi a pris mon stylomine et je lui ai dicté les noms et adresses que j'avais retrouvés de mémoire ou en cherchant dans mon portefeuille : le nom de notre banque, les numéros de compte, le montant de notre épargne, les coordonnées d'un ami avocat. Il avait repris le cabinet de mon père, de longues années auparavant. J'allais lui confier mon testament. Puis l'adresse d'une tante berlinoise, l'adresse de la mère de Carl à Hennigsdorf, l'adresse de Nicola, la veuve de Clampe. Je n'étais pas particulièrement ordonné dans ce domaine, mais au moins elles ne se retrouveraient pas sans argent, sans appui. Et pour finir, la procuration en banque. Je dictais lentement, d'une voix forte, en serrant les mâchoires de temps à autre ; je savais depuis l'enfance que c'était un moyen presque infaillible d'empêcher le tremblement de la voix et les sanglots. Elfi m'écoutait sans un geste ; elle me répondait des yeux avant de noter. Il me semblait parfois qu'elle lisait dans mon cerveau, ligne après ligne.

La dictée terminée, elle a lissé les feuilles et les a glissées dans le tiroir de ma petite table de chevet.

Pour qu'on les retrouve, les mots de pierre, m'a-t-elle dit avant de me laisser seul.

12

La veille de la visite de Fée, j'ai mis longtemps à m'endormir. Curieusement, ce n'est pas à elle que je pensais. Je pensais à mon père. Derrière lequel j'avais couru, un jour, jusqu'à ce qu'il disparaisse à mon regard. Il était monté dans le tramway pour se rendre à la gare de Lichterfelde d'abord et, de là, gagner un endroit lointain qui s'appelait Milan. Il était monté à bord mais était resté sur la plateforme, et j'avais couru derrière le tram en l'appelant, en lui faisant des signes, moi qui avais alors cinq ou six ans. Je le voyais debout, grand, fort, les cheveux sombres partagés par une raie à gauche qui faisait un trait bien net depuis l'occiput jusqu'au front. Comme toujours, il portait un veston foncé, un gilet clair, un haut col blanc. Je courais, pieds nus dans mes fines sandales. C'était un clair matin d'été, le soleil m'éblouissait, la ville était encore silencieuse, repliée sur elle-même. À l'époque, je ne me demandais pas si je l'aimais. Ou plutôt, la question ne se posait pas. Et une question qui ne se pose pas n'existe pas. Aujourd'hui encore, quand je respire une bouffée de sa lotion après-rasage, parce qu'un promeneur inconnu s'est rafraîchi le visage avec le même mélange d'alcool et d'arômes, mon nez réagit. Malgré moi, je retiens mon souffle. J'étais plus proche de lui quand nous habitions encore à Lichterfelde, je viens seulement de le comprendre. À Lichterfelde, l'appartement était petit et ma balançoire était suspendue à deux crochets dans le linteau de la porte de la cuisine. Il aimait m'y jucher dès le matin et riait en buvant son café, tandis que je filais comme une flèche dans un sens, puis dans l'autre, avec un cri perçant quand Maman me donnait une nouvelle poussée en se faufilant à côté de moi avec une pomme, pour la collation de mon père. Sur le montant gauche de la porte, il avait tracé une échelle graduée à l'aide d'un mètre pliant. Et à chacun de mes anniversaires, il notait à l'encre rouge combien de centimètres j'avais pris en un an. On voyait déjà six points rouges.

Bientôt nous pourrons louer un appartement plus grand, aimait-il dire. Peut-être dès après l'Exposition universelle de Milan. Dans sa bouche, « Milan » sonnait aussi banal et quotidien que « gant » ou « caban », et ma mère le corrigeait avec un rire : Milano. Dans sa bouche à elle, c'était comme une mélodie : Mi-la-no. J'irais là-bas quand il y aurait vingt points rouges sur le montant de la porte.

Chaque matin quand il se tenait devant le miroir de la cuisine, j'accourais. Sur le bord de l'évier, il prenait son bol à raser, son blaireau, son savon, et ses doigts entamaient leur ballet : ils touillaient, fouettaient, faisaient monter la mousse. Puis ils aiguisaient la lame sur la courroie en cuir. Les poils drus et sombres semblaient émettre un petit soupir quand il les raclait avec la mousse. Ensuite, la lotion appliquée par petites tapes sur le menton et les joues. Fini.

Alors tu avais de nouveau un admirateur ce matin, plaisantait ma mère en lui apportant sa chemise blanche. Parfois j'avais le droit de fermer ses boutons de manchette en argent dépoli, mais le plus souvent il trouvait que mes mains n'étaient pas assez nettes.

Après le petit déjeuner, il me prenait par la main et je l'accompagnais jusqu'à l'arrêt du tramway.

Tu sais que ce tramway est le tout premier Électrique du monde ? Électrique, c'était un mot magique. Je n'en percevais que le son, sans comprendre ce qu'il signifiait.

Veille bien sur Maman, me lançait-il en adieu. Il agitait la main en riant et j'agitais la mienne. Quelques années plus tard, nous emménagions dans une petite maison du même quartier et, quand il a été mobilisé, j'étais déjà trop grand et trop distant pour courir derrière lui. Il a néanmoins prononcé sa vieille phrase, « Veille bien sur Maman », mais en la faisant suivre de mon prénom complet : *Veille bien sur Maman, Maximilian*. Ce formalisme m'avait pétrifié.

Le jardin derrière la maison nous a été uti le pendant la guerre, quand le ravitaillement s'est fait rare. Avec ma mère, nous bêchions et plantions : pommes de terre, carottes, choux-fleurs, oignons, concombres, mais aussi tomates, salades et framboises. Nous avions en plus un enclos pour les poules ; un voisin qui tournait autour de ma mère nous avait construit un poulailler. Dans la journée on entendait leur caquètement depuis la cuisine, le soir elles se tenaient sur leur perchoir en gloussant tout doucement.

Mais vous êtes devenus de vrais paysans, s'est exclamé mon père quand il a surgi derrière la barrière du jardin dans son uniforme impeccable d'officier. La lettre annonçant sa permission n'allait arriver que plusieurs jours après lui. Ma mère a vite retiré son chapeau de paille effrangé pour faire bouffer ses cheveux. Ce qui se passait dans les tranchées, à quoi ressemblait sa vie quand il ne portait pas sa tenue de sortie immaculée, il n'en a pas parlé devant moi. Ce qu'il racontait à sa compagne, je ne pouvais que le deviner.

Ma mère a tiré du garde-manger la farine de froment envoyée par ma grand-mère plusieurs semaines auparavant, et a pétri un long pain blond. Pour qu'on en mange un sans additifs, pour une fois, a-t-elle dit, presque d'un ton d'excuse, tout en secouant les traces de farine sur son tablier. Elle a aussi monté de la cave un pot de confiture de framboise maison et mis de côté le succédané dont nous garnissions nos tartines. Il en reste encore une portion pour ton anniversaire, m'a-t-elle chuchoté. Et des griottes pour le gâteau au fromage blanc. Puis elle a quitté la cuisine avec le plateau à café.

Mon père, dans sa chaise-longue, s'est laissé servir par elle comme si elle avait été son ordonnance. Très silencieux, très lointain. Un officier allemand, qui portait la responsabilité de sa patrie et ne pouvait plus prendre tout à fait au sérieux les problèmes domestiques ? ou simplement un homme épuisé, qui se laissait un peu gâter ?

Le soir, elle se pendait à son bras pour se rendre au café-concert, une fois même au cinéma. Silencieuse et lointaine elle aussi, à présent. Une femme que je ne connaissais plus. Disparus son rire, son italien perlé, sa faculté de faire sonner les mots étrangers.

N'oublie pas d'aller fermer les poules quand elles seront toutes sur leur perchoir, me disait-elle en partant. Debout à la fenêtre, j'écoutais leur petit gloussement. Samedi, il faut que tu portes la grosse rousse au voisin. Comme ça nous aurons un bon rôti pour ton père, dimanche.

Tu passes d'abord ton baccalauréat, a sévèrement décrété mon père, ce dimanche-là, alors que je lui parlais de mes camarades de classe qui portaient déjà l'uniforme. Nous étions attablés devant le *bon rôti*, mais je n'ai pas touché à la grosse rousse, je n'ai pris que du chou-fleur et des pommes de terre. À l'époque, la phrase cassante de mon père m'avait rendu fou de rage. Aujourd'hui je sais qu'il avait raison. Cette sévérité, il en avait sans doute besoin pour s'imposer, lui et son silence lointain, face à moi. Face à moi qui, bien trop tôt, avais endossé son rôle : nous maintenir à flot pendant la guerre, malgré les rations de famine, nous garder en bonne santé malgré les épidémies qui ravageaient le pays, protéger ma mère des balourdises et des importunités du voisin amoureux.

Parfois je la voyais s'asseoir un moment devant son secrétaire, perdue dans ses pensées, et passer la main sur le dos des gros dictionnaires.

Ça va revenir, tout ça, tentais-je assez gauchement de la consoler. Je voulais dire : les romans italiens, les poèmes italiens qu'elle traduisait avant la guerre. Quand la guerre sera finie, on adorera les vers de Carducci, au moins son *Hymne à Satan*. Peut-être même les récits de Grazia Deledda*, qui parlent des Sardes pauvres et de leur univers borné. *Anime oneste.* Âmes honnêtes. Après de grandes guerres, les destins de gens simples pourraient revenir en vogue. Pour complaire à ma mère, j'étais devenu expert en littérature italienne.

Giosuè Carducci peut-être, disait-elle. Mais est-ce que j'aime encore ses poèmes ? Trop mous. Trop loin de nous. Ses collines, ses plaines donnant sur la mer, elles n'existent plus. Dans ces champs-là, nous avons planté des barbelés. Enfoui des projectiles en acier. Éventré et éviscéré la terre. Dans ces crevasses, dans ces tranchées obscures, nos hommes se terrent comme de gros vers gris. Ils rampent de ci, de là, et ils meurent. Et quand ils s'en sortent, ils ne comprennent plus rien au monde. Ils s'enferment dans le mutisme, ils tremblent, ils boivent trop. Ils n'ont plus d'oreille pour les inoffensifs soucis de notre quotidien.

Au moment où elle me disait cela, mon père était déjà en route pour retourner au front. À sa posture affaissée, à sa voix sourde, je devinais son chagrin et sa solitude. Nul ne pouvait savoir combien de temps survivrait un soldat envoyé sur la Somme ou la Marne. Nul ne pouvait savoir dans quel rouleau de barbelé il s'était pris les pieds. Ou si, blessé, il gisait dans le no man's land depuis des heures et des jours, la voix de plus en plus faible.

Lors de sa première permission, mon ami Thorsten, Thorsten avec un h comme le dieu Thor, m'avait parlé du front de l'Ouest, en chuchotant, à côté d'une grande chope de bière. Nous étions dans le bistrot au coin de la Drakestraße, et le chuchotement rauque avait tourné au cri. Le no man's land couvert de carcasses de chevaux, de cadavres, de bras et de jambes coupés. Mon lieutenant, il s'est fait arracher le nez et le menton par un obus alors qu'il courait devant nous pour nous galvaniser. On l'a conduit au poste de secours, mais personne ne sait s'il s'en est tiré.

Le patron, sans un mot, est venu lui déposer un grand verre de schnaps. Pas pour toi, Max, je regrette, a-t-il dit en se tournant vers moi. Je l'ai promis à ton père avant qu'il ne soit appelé. J'étais écrasé de honte. Pas d'uniforme, pas de schnaps. Eh oui, un potache, ça ne comptait pas comme un adulte.

Lorsque, sentant encore la cigarette, je suis arrivé à la maison, ma mère était de nouveau assise à son secrétaire. Elle avait un livre devant elle, mais je voyais bien qu'elle ne lisait pas. J'ai effleuré sa main, avec prudence, avec précaution, comme si c'était encore la main délicate d'avant-guerre, cette porcelaine couleur d'ivoire. Et non la robuste main brunie de la jardinière qui buttait les pommes de terre, liait les haricots et appâtait une armée de poules avec du maïs fourrager.

Moi, je suis encore là, ai-je murmuré. Et j'ai aussitôt mesuré la maladresse de mes paroles.

Pour tes dix-huit ans, en tout cas, il va demander une permission. Il me l'a promis. Nous irons chez ta grand-mère à Bad Saarow. Sa vil la est enfin achevée ; voilà déjà longtemps qu'elle attend notre visite. Et tu pourras nager dans le Scharmützelsee, la maison dispose d'un ponton privé. Et quand tu auras ton bac et que cette boucherie sera enfin derrière nous, nous irons tous à Milan et sur le lac Majeur. Mi-la-no, chantait-elle.

Mais finalement nous n'y sommes allés qu'un an après mon baccalauréat, et rien que nous deux ; mon père avait des négociations très compliquées à mener pour un brevet, et la peau claire de son visage prenait une teinte jaunâtre et malsaine sous les épais cheveux foncés. De plus en plus souvent, il restait toute la nuit dans son étude de la Kantstraße, et si ma mère protestait, il bondissait de son fauteuil avec irritation. Il criait, gesticulait. Puis il retombait dans son siège. Son costume sentait le cigare et l'alcool, ses joues donnaient souvent l'impression d'être mal rasées. Le père que j'admirais enfant, l'homme robuste et solide, en chemise blanche comme neige, semblait avoir disparu au front. C'est un autre qui était revenu. Un autre homme, qui me devenait de plus en plus étranger. Je ne voulais pas admettre, à l'époque, que cette métamorphose n'était pas seulement due à la guerre.

À notre retour du lac Majeur, il avait déjà versé des arrhes pour la vil la de la Menzelstraße et nous avons quitté la petite maison de Lichterfelde avec son potager. Les poules ne pouvaient pas nous suivre là-bas, mais elles ont déménagé au lotissement d'Eichkamp. Nous payions pour leur nourriture et c'était Mme Lohr, notre aide-ménagère, qui s'en occupait.

Ainsi nous avons toujours eu des œufs frais à la table du petit déjeuner, même dans les périodes serrées de l'inflation.

13

J'ai fait trois cakes, a-t-elle déclaré. En suivant exactement la recette de ta mère. Parce que les cakes restent bons même rassis, et qu'ils se gardent longtemps. J'ai aussi parlé à Catia. Elle passera dès qu'elle aura le temps.

Fée portait ma robe préférée : jaune, très ajustée à la taille, avec une jupe ample et un généreux décolleté. Son parfum, quand elle s'est penchée sur moi les bras écartés et m'a embrassé sur les lèvres : soudain j'étais de nouveau un homme et elle, ma femme. Grâce à ce simple geste, le monde sorti de ses gonds avait repris son assise, était redevenu le mien. Il n'était plus en ruines, en petits morceaux.

Tourne-toi, ai-je dit. Elle a tourné sur elle-même, ce qui a soulevé sa jupe à l'horizontale comme une assiette, me laissant voir sa culotte et ses jambes fermes.

La prochaine fois, tu pourras déjà te lever ; on ira au jardin, ou on filera se cacher dans une pension. Je lui ai caressé les mains, les épaules, les seins, en faisant oui de la tête comme un idiot. Comme un de ces petits nègres en métal qui servent de tronc dans les églises catholiques et hochent la tête quand on glisse une pièce dans la fente.

Elle a déballé les gâteaux et sorti de son sac à main des photos de Poupette. Bientôt ce ne sera plus une poupée, ce sera une demoiselle, ai-je observé avec une pointe de regret. Elle ne m'a pas contredit.

Mais elle m'a contredit avec véhémence quand je lui ai récité mon discours tout préparé.

J'allais prendre ma retraite, toucher ma pension et en dépenser le moins possible pour moi. Fée vivrait à Rome avec Poupette, chez sa mère ; son père, lui, était mort d'une crise cardiaque quelques mois plus tôt. (Et j'étais content de ne pas devoir lui infliger cette cruelle déception. Son gendre, un malade désormais incapable de veiller sur sa famille.)

Non, a-t-elle coupé, et ses larmes ont jailli. Non, non et non ! Voilà comment l'infirmière-chef nous a trouvés en venant nous servir le café dominical.

Conseil de famille, ai-je expliqué. Elle a hoché la tête et s'est éclipsée.

Bataille d'arguments, de contre-arguments, jusqu'à la fin du temps de visite.

Je vais emmener Poupette, a-t-elle fini par dire, en larmes de nouveau. Je vais l'emmener à Rome et l'inscrire à l'école là-bas, quand les vacances d'été se termineront en Italie, puis je reviendrai et on avisera. Point à la ligne. Ne m'en demande pas plus.

De l'amour ? Oh oui, un flot d'amour m'a submergé, et j'ai dû me tenir à quatre pour ne pas inonder mes oreillers trop tôt.

Alors nous avons parlé dates, décomposé la catastrophe en une succession d'étapes nécessaires, sans faire de sentiment. Avocat, comptes en banque, trains. Moi : Quand pourras-tu partir ?

Au début des vacances scolaires, début août ? Qu'en penses-tu ?

Ah, la saison des étoiles filantes à Rome, qui pourrait y résister ? Lors de mon premier été romain, j'étais sur votre terrasse avec ton père et il m'a montré les *Larmes** de saint Laurent*. Mais j'aurais nettement préféré te regarder, toi, la fille en chemisier blanc derrière nous, avec son chapeau rouge posé sur la table devant elle.

Dans quelques semaines je reviens te voir, a-t-elle dit. J'ai pensé à la liste dont mademoiselle Elfi avait pris note avec mon stylomine en argent.

Tiens, ai-je fait en lui tendant les feuilles, et je l'ai vue survoler les trois pages puis les mettre dans son sac. Très soigneuse. Aussi soigneuse que quand j'avais fait sa connaissance, au cours de langue qu'elle donnait à l'ambassade d'Allemagne à Rome. Italien avancé. Ce contraste entre les yeux sombres qui lançaient des éclairs et les mains très calmes, très réfléchies. Les cheveux presque noirs, aux boucles rebelles, et pour seul bijou une chaînette en or sur sa peau brunie. Elle riait rarement mais, quand elle souriait, c'était un lever de soleil.

Professoressa, l'appelions-nous malgré son tout jeune âge. Mon premier été à Rome, mon premier été avec Fée.

Mon train, il ne faut pas que je le rate, s'écriait-elle à présent. Poupette a école, demain. Nous nous sommes enlacés, une fois, une seconde fois.

Chérie, ai-je murmuré en effleurant prudemment ses lèvres. Toi aussi, a-t-elle répondu. Puis la porte s'est refermée.

14

Quand Carl est passé prendre de mes nouvelles, je m'étais déjà un peu ressaisi. Il s'est assis sur l'unique chaise, muet et attentif.

Je peux vous offrir du cake, ai-je dit. Il a fait non de la tête.

Un peu de charcuterie, peut-être ? Nouvelle mimique de refus.

Alors ce sera pour demain. Cette fois il a acquiescé, sans sortir de son mutisme. Il restait là assis, à côté de moi couché. À fixer obstinément le mur, tandis que je fixais obstinément le plafond.

Tout le monde va bien ? Même le Hauptsturmführer ? Il m'a fait signe que oui.

Vous savez quand commencent les vacances scolaires ? ai-je fini par demander.

Il a haussé les épaules. Déjà depuis trop longtemps sur une autre planète.

Avant le départ de Fée pour Rome, ai-je pensé, elle n'allait pouvoir revenir qu'une fois. Et Poupette ? Peut-être l'apercevoir, de très loin ? Là-bas à la lisière du parc ? J'ai aussitôt rejeté cette idée. Non, je ne reverrais pas Poupette. Et à partir du mois d'août, on l'appellera Angelica. An-ge-li-ca. Comme sa grand-mère romaine. J'étais content que nous lui ayons donné ce prénom. Bien content. Et maintenant, ne plus penser à Poupette.

Il se prépare quelque chose ici, a soudain lancé Carl. Ils font des listes. Ils trient, ils classent. Curable – incurable. Apte au travail – inapte au travail.

Il s'agit de nouveau de nos rations alimentaires, probablement. Peut-être qu'ils veulent encore réduire les portions pour les gens comme moi. Mais tout au fond de ma tête, j'ai réentendu Clampe – sarcastique ? inquiet ? – avec son *Ils vont commettre l'inconcevable. Ils n'auront pas besoin de courage, seulement de la protection du groupe, de l'uniforme.*

Dans le bureau des infirmières, il y a une pi le de formulaires. Ça, c'était de nouveau Carl. Envoyés de Berlin, de la Chancellerie* du Führer.

Demain vous aurez droit à un poème, lui ai-je dit. Il faut juste que je me rafraîchisse un peu la mémoire. Il s'est levé de toute sa taille, grand et efflanqué, et il est sorti.

15

En pensée, j'ai écrit à Fée. Ma chérie, ai-je noté sans stylo ni papier. Le meilleur d'une visite, c'est toujours le début. La porte qui s'ouvre, l'air frais, les yeux brillants. Le moment où l'on se tient joue contre joue : former de nouveau un couple. Les oreillers retapés, le gâteau dégusté, les fleurs dans de l'eau. Tout est neuf, presque infini, le temps reste encore inentamé, les tristes vérités encore à dire. On respire d'un souffle léger et régulier, comme si le monde se recréait. Plus tard, une fois que la porte s'est refermée, on se sent si seul qu'on aimerait appeler sa mère au secours. Mais qui m'entendrait ? Et, en parlant de ma mère : est-ce que j'avais besoin d'elle, autrefois ? Sois honnête, Koenig. Tant que tu étais en bonne santé, elle ne t'a jamais manqué. Tu avais ce que tu voulais : Fée, Poupette, les voyages, les belles heures passées à table, à discuter avec tes étudiants de Leipzig...

Alors joue plutôt au jeu qui rend les nuits plus courtes. Le jeu des initiales, le jeu de oui-ou-non. A comme Andalousie : non. Mais A comme Adlon* : oui. En janvier 1933. Du vendredi 27 au mardi 31, pour être plus précis. Nous y avions invité Clampe à dîner, Fée et moi, pour notre dernière soirée. Nous ne nous doutions pas que ce lundi-là serait si particulier, que ce 30 janvier resterait à jamais inscrit dans les livres d'histoire. Nous étions trop jeunes et trop amoureux pour nous soucier de politique. Nous vivions un peu comme des enfants, dans un cocon, les yeux bien fermés au monde. Mais la retraite aux flambeaux, le soir de ce jour d'hiver où le président *Hindenburg* avait nommé chancelier un certain Hitler... Ils ont défilé sous *la Porte de Brandebourg* puis dans *Unter den Linden*, jusqu'à la Chancellerie du Reich dans *la Wilhelmstraße*. Ils ont défilé depuis sept heures du soir jusqu'à minuit. Vingt-cinq mille hommes en uniforme, paraît-il. Fée, les yeux pleins d'effroi, restait pétrifiée devant son café et ses petits fours, Poupette sanglotait à cause de ce bruit sourd de bottes marchant au pas, qui ne voulait pas en finir. Je les ai ramenées dans notre chambre qui, heureusement, donnait sur *la Behrenstraße*, et j'ai tiré les rideaux.

Clampe m'attendait au bar. Quelqu'un a raconté que Hindenburg, à la fenêtre de son palais, battait la mesure de la fanfare avec sa canne. Sur les trottoirs, les curieux se sont bousculés jusque tard dans la nuit.

Fondre en larmes devant ce vacarme guerrier : vous avez bien élevé votre fifille, bravo, a observé Clampe. Puis il a commandé deux cognacs et son regard s'est perdu.

Eh oui, mon cher, a-t-il repris au bout d'un moment. Désormais, le soldat ne se fait plus traiter d'assassin. Il est redevenu le plus bel homme du pays. Et regardez-moi ce cérémonial. Croyez-en un historien de l'art : ce n'est pas un homme qu'on honore ainsi, c'est un dieu. Le nouveau Messie.

À côté de nous au bar, il y avait Udet*, le célèbre pilote de chasse. Il portait des knickers bruns et une veste élégante en cuir de bœuf ; c'était sans doute la tenue qui lui rappelait le plus son uniforme de pilote.

Göring est nommé ministre, a-t-il lancé en direction de Clampe, d'une voix déjà un peu pâteuse. Il va falloir que je lui envoie mes félicitations, il était quand même membre de mon escadrille, à l'époque.

Mais faites donc, monsieur Udet, a répondu Clampe avec une petite courbette. Et je savais que cette courbette s'adressait au héros de la Grande Guerre, qui avait abattu soixante-deux avions ennemis. Même un esprit libre comme Clampe ne pouvait cacher son admiration pour un tel combattant. Il a même levé son verre pour boire à sa santé.

A comme Adlon, G comme Göring, H comme Hitler.

16

Dimanche après-midi, Elfi m'a rendu visite avec sa mère. Une blonde de quarante ans à peine, tout habillée de noir.

Au moment où elle ouvrait la porte, on a entendu la radio du service. Marika Röck chantait « *Par une nuit de mai* ». Le Concert* des auditeurs donné pour la Wehrmacht, notre infirmière-chef en poussait toujours le son au maximum. Et même les patients les plus agités se calmaient pendant la chanson « *Bonne nuit, mère* ». Quel sirop, cette musique, dirais-tu, Fée. Mais quand on est aussi affamé que moi, même le sirop a bon goût.

Est-ce que vous voulez un morceau de gâteau, m'a demandé la mère d'Elfi. Ma fille me dit que vous n'aurez pas de visites aujourd'hui.

Je lui ai adressé un hochement de tête.

Ça va se faire alors, professeur ? Elfi va pouvoir s'installer chez votre belle-sœur à Grunewald ? Elle me regardait de ses yeux très bleus, sans l'ombre d'un sourire, mais avec l'assurance d'une femme qui sait pertinemment qu'elle rend les hommes fous. Ses boucles blondes brillaient.

Enlevez un peu tout ce noir, à la fin. Ce n'est pas ça qui ramènera votre mari d'entre les morts. Faites-le, pour votre fille.

Restons-en au sujet, a-t-elle répondu non sans sévérité. Puis : Je commence à comprendre quelle erreur j'ai commise. J'ai envoyé Elfi ici parce que le patron était un camarade d'études de mon mari.

Ce n'est pas une prison, mais c'est quand même une sorte de maison de redressement gérée par l'État. Et s'ils ont des raisons de vous brutaliser, ils ne s'en priveront pas. En clair : Il faut qu'elle parte d'ici. En disant cela, je réprimais mon désir d'échanger d'autres regards avec cette belle femme seule. Je ne le connaissais que trop bien, le terrible manque que provoquent les nuits solitaires. Je l'ai vue, d'un geste vif, se passer une main dans les cheveux, et j'ai souri à Elfi, qui nous observait en retenant son souffle.

Sa mère a déposé sur ma table de chevet un petit paquet contenant du gâteau et je lui ai baisé la main, comme l'aurait fait ce prétentieux de Clampe. Mais je l'ai vu à son sourire : l'imitation venait à point, en ce moment précis. J'ai salué Elfi d'un geste, puis la porte s'est refermée. Ensuite, la longue nuit. Quels étaient ces tristes vers mis en musique par Schubert ? *La terre est prodigieusement belle, mais sûre, elle ne l'est pas…*

Le lendemain matin, je n'ai pas été étonné de voir mademoiselle Elfi entrer dans ma chambre, les yeux brillants. Elle voulait encore me saluer de la part de sa mère.

Nous allons vous regretter, monsieur Hohein et moi, ai-je dit, comme si nous en étions déjà au jour du départ. Et en pensée j'ai ajouté : Toi au moins, tu vivras.

17

Le soir même, je dictais à Carl une lettre pour ma belle-sœur de Grunewald. *Catia,* écrivais-je, *que nous arrive-t-il à tous ? Qu'est-ce qui peut encore compter dans cette vallée de larmes ? L'entraide, peut-être…*

C'est notre infirmière-chef qui allait poster ma lettre, pour contourner la censure.

Au bout de trois jours, déjà, j'entendais Catia dans le couloir du service, sa voix joyeuse et son allemand teinté d'italien. Elle était en train de faire connaissance avec Rosemarie, apparemment. Puis elle est entrée dans ma chambre avec mademoiselle Elfi. Jeune, impétueuse, parfaitement indifférente aux horaires de visite.

Salut, beau-frère, m'a-t-elle lancé avec chaleur. Voici une jeune dame que je vais bientôt vous enlever. Gernoth rentre vendredi ; ce week-end au plus tard, il déposera sa demande pour prendre Elfi chez nous. Au fait, tu sais que le Conservatoire de Halle dont elle était élève a été fondé par le père de Heydrich ? Bruno Heydrich, artiste lyrique et compositeur. Sans attendre un commentaire de ma part, elle a sorti son carnet et s'est fait dicter toutes les informations concernant Elfi. Le plus malin, ce serait que Gernoth devienne

54

le tuteur de la jeune dame, qu'en penses-tu ? Nous allons négocier ça avec la mère qui vit à Halle.

Son énergie me touchait. Mais elle m'effrayait, aussi. Quand on n'a plus que quelques petites joies, on ne veut se priver d'aucune. Et voir Elfi était une des petites joies de mon quotidien, ici à Wittenau. Quant à Carl, je ne voulais même pas y penser. Impossible de ne pas voir qu'il adorait cette fille.

Par ailleurs, je t'ai apporté une bouteille de rouge et un gros morceau de fromage, a repris Catia en ouvrant son sac. Je me souviens de toi et Papa, à Rome, en train de lever vos verres.

Là-bas, toutes les fêtes de famille étaient aussi des fêtes du vin rouge. Un vin que leur livrait un petit vignoble des Abruzzes, expliquait-elle à Elfi. Vin rouge et gorgonzola, vin rouge et parmesan vieux, parfois complétés d'un cigare pour les deux hommes, si bien que Maman les chassait sur la terrasse. Ils y restaient jusqu'au crépuscule, à parler bronzes étrusques ou fresques pompéiennes comme s'il n'y avait rien de plus important au monde.

Heureuses époques, ai-je observé, où parler d'art peut encore être ce qu'il y a de plus important au monde. C'est loin, tout ça. Mais je m'en souviens très bien. Lors de ma dernière soirée avec votre père à Rome, au printemps 1938, ce n'est d'ailleurs pas de Pompéi ni des Étrusques que nous avons parlé, pas du tout. Nous rêvions au portrait du pape Jules II par Raphaël. Ce triste vieillard qui se cramponne aux bras de son fauteuil et médite. Plus fragi le qu'altier, malgré la pourpre, les bagues aux doigts, la soie de sa tunique. Un homme d'action marqué par l'âge et la maladie, silencieusement perdu dans ses pensées, livré sans résistance au regard de l'observateur. Tout en parlant de ce Jules bis, c'est à un autre que nous pensions : à Mussolini, qui avait voulu s'attirer de force le pouvoir, par ses poses, ses mimiques. L'uniforme, l'œil fixe, la bouche serrée, les bras farouchement croisés : un pitre qui se prenait pour un dieu. Et votre Hitler ? avait demandé ton père. Il disait vraiment : votre Hitler, comme si ce n'était pas aussi le sien.

Catia, avec un rire complice de grande sœur, a jeté à Elfi : Il est comme ça, mon beau-frère Max Koenig. Dès qu'il ouvre la bouche et que personne ne l'interrompt, il se lance dans une conférence. Oh, il faut que j'y aille, a-t-elle ajouté. Je te laisse mademoiselle Elfi, pour que tu ne restes pas tout seul. Un baiser sur la joue, un effluve de vanille. La porte s'est refermée avec un petit bruit.

18

Le traitement aux chocs insuliniques avait été prolongé d'un mois. J'ai reçu une injection, perdu connaissance pendant un certain temps, et au réveil j'étais si épuisé que j'arrivais à peine à parler. Je ne pouvais plus que chuchoter d'une voix rauque. Et même la maigre soupe du déjeuner ne me disait rien, mais vraiment rien.

Aux bains, j'ai pu voir mon visage dans un miroir pour la première fois depuis des semaines. Je n'ai plus que les os et la peau. Tu serais sans doute effrayée, Fée, si tu me rendais visite maintenant. Dans la glace, c'était soudain le visage de mon père qui me regardait. Combien de temps il nous faut pour admettre de telles ressemblances. Et comme elles nous atterrent.

Mon père, ma mère, ils se sont tout simplement esquivés : le mari en costume noir, avec ses boutons de manchette en argent dépoli, elle en tailleur gorge-de-pigeon, ses boucles sombres impeccablement coiffées sur son front arrondi. Ils se sont esquivés sans me demander mon avis, presque sans me saluer. Le mot qu'elle avait laissé, en effet, pouvait à peine passer pour un adieu. J'avais commencé par le repousser avec rage, puis je l'avais mis dans ma poche. Quand je l'avais montré à Fée quelques années plus tard, elle l'avait soigneusement défroissé, avant de lire à mi-voix l'unique phrase :

Mon grand, même pour toi c'est mieux ainsi. Ta Mima.

Mima, un mot de notre langage à nous, datant de l'époque où nous avions dû nous débrouiller tous seuls, elle et moi. Parce que je me sentais déjà trop grand pour dire *Maman*. *Ta Mima*. Le petit nom secret, par-delà la mort. La femme aux dents blanches, aux lèvres pleines, aux boucles presque noires. Une vraie Blanche-Neige. Mais elle l'avait refermé d'un coup sec, le recueil de contes. Sans me demander mon avis. Elle s'était décidée contre moi.

56

Comme elle était lucide et intelligente, ta mère, me disait Fée. J'aurais aimé la connaître. Puis elle avait ajouté sans transition : N'exige pas ça de moi. Jamais. L'homme que j'aime, je ne voudrais pas avoir à le tuer. Pour la seule raison que je le lui aurais un jour promis à la légère. J'entendais sa voix, nouée, au bord de la crise de sanglots et de pleurs. Mais ce n'était pas son genre. Elle était aussi déterminée et rigoureuse que ma mère.

19

C'est bon, Winter, a dit le patron lors de la grande visite du lundi matin. Vous voyez bien que le traitement ne prend pas. Vous le tourmentez pour rien. Debout près de mon lit, ils me regardaient de haut, les bajoues pendantes. Une procession de blouses blanches, où le grand-prêtre portait des lunettes à monture dorée. Une mixture de senteurs submergeait mes narines : amidon, lotion après-rasage, poudre de talc.

Et moi j'étais là, nourrisson géant étendu sur un lit d'hôpital, les bras et les épaules agités de tressaillements. Je savais que j'avais une mine épouvantable : amaigri au point d'en être méconnaissable, jaune de teint, les yeux très grands et sombres dans un visage décharné. Bref, j'avais tout faux. J'étais inutilisable comme membre de la communauté du peuple allemand. Inutilisable pour la victoire finale.

Personne ne m'a demandé : Comment allez-vous ? Même pas : Alors, comment allons-nous, ce matin ? Ils se contentaient de parler par-dessus ma tête. Et, d'émotion et de colère, j'étais incapable d'articuler une phrase. Dans mon angoisse j'ai appelé après toi, Fée. Mais ma bouche n'a émis qu'un « Fff ». Tu n'imagines pas la façon blessante dont ils me traitent, ces sbires de la médecine en blouses raides d'amidon. À voix sonore, ils épluchaient ma biographie. Je suis couché là, comme une pauvre petite chose, et ils parlent de moi. Professeur d'histoire antique… Il devait surtout brasser de l'air, celui-là… Le mieux, pour eux, ç'aurait sans doute été que je sois réellement devenu, dans ce lit, un nourrisson. Un nourrisson qui vagit, bave, attrape tout ce qui passe devant ses yeux. Et une simple tétine parvient à le calmer. Mais cette fine équipe, là, elle va nous calmer par d'autres moyens.

Vous avez une idée de ce qui se passe dans des têtes comme ça, Monsieur le Médecin-chef ? a demandé l'expert en chocs insuliniques, empressé, avant de se détourner de moi.

Pas grand-chose, si vous me le demandez. Un déficit de mouvement et d'oxygène dans le cerveau, sans doute. Mais qu'en savons-nous ?

Alors nous le mettons sur la liste, ai-je entendu dire le chef de service pendant qu'ils ressortaient.

Il faut d'abord remplir le formulaire qui se trouve au bureau, a corrigé le patron. Nous devons procéder par ordre, cher confrère. Je vais d'ailleurs mentionner vos efforts thérapeutiques dans un document séparé. Vous pourriez exploiter l'étude comparative de l'insulinothérapie* pour votre carrière : chocs insuliniques dans les cas de schizophrénie, de dépression, d'affections musculaires dégénératives. Ce la pourrait être décisif pour votre avancement.

Après qu'ils ont enfin quitté ma chambre et refermé la porte, j'ai encore appelé après toi, Fée. Quand on n'a plus personne à qui se plaindre, il est temps de mourir. On est trop seul.

J'ai été content d'entendre la voix de Clampe. Regardez-moi ces bureaucrates, Koenig. On ne se sent pas menacé en leur présence, n'est-ce pas ? Épaules étroites, lunettes, mains soignées. Il faut que l'un d'eux se mette à vociférer et à gonfler la poitrine que nous nous mettions à couvert. Bien archaïque, ce système d'alarme que nous avons là. Voilà longtemps que les meurtriers de masse ne se reconnaissent plus à l'œil nu. Ils n'ont plus besoin de vigueur physique, ils ont maintenant des armes qui passent inaperçues : gaz toxiques, injections, comprimés. L'appareil sensoriel humain s'est laissé distancer par les progrès de la chimie, de la médecine. Maintenant les choses se font sans bruit. Tuer est devenu le métier d'experts bien formés. Des spécialistes de la maladie, de la mise à mort.

Taisez-vous, Clampe, ai-je gémi. Taisez-vous. Oui, je continue à le vouvoyer. Même en pensée. Taisez-vous, à la fin. Je préfère jouer avec les lettres de l'alphabet.

M. comme Müritz. Tu te souviens, Fée, de notre séjour au lac Müritz ? Müritz, du slave *morcze*, petite mer. Nous logions à Waren chez Mme Gutzkow. Elle était veuve depuis dix ans et avait aménagé sa chambre conjugale pour les estivants. Poupette dormait dans un lit à barreaux peint en bleu et rouge. Le premier matin, c'était la tempête dans les ruelles de la ville. Nous nous étions réfugiés dans l'église en brique. Retire tes sandales, avais-tu chuchoté à Poupette. Il n'y a rien de plus beau que de marcher pieds nus sur de la pierre de taille fraîche et des briques rugueuses. À midi, le soleil chauffait la rive ; nous avions étendu notre couverture et sorti nos affaires de bain.

Poupette avec ses pieds minuscules dans l'eau, criant d'enthousiasme. Quel âge avait-elle, quatre ans ? Non, cinq. Elle portait déjà la gourmette que ta mère lui avait apportée de Rome quand elle avait passé l'été chez nous à Leipzig. Nous venions d'emménager dans notre maison et le jardin, au petit matin, brillait d'innombrables gouttes de rosée. L'été 1935. Quand elle est repartie voir ta sœur Catia à Berlin, nous sommes allés à Müritz, c'est ça. Et le beau temps était au rendez-vous. Les aigles pêcheurs plongeaient dans l'eau pour attraper des poissons. Les plus expérimentés y parvenaient d'un seul coup, après quoi on voyait briller quelque chose d'argenté entre leurs serres. Les plus jeunes, eux, devaient s'y reprendre à plusieurs fois.

Ils aiment ça, les poissons ? demandait Poupette en ouvrant de grands yeux. Nous restions muets, un peu embarrassés tous les deux. Comment expliquer à une petite fille de cinq ans les règles impitoyables de la nature ? Les aigles ont faim, avais-je fini par dire. Et en plus, il faut qu'ils rapportent à manger au nid, pour leurs petits. Ah bon, avait-elle murmuré.

Le cri des butors lui faisait un peu peur. Ce bourdonnement sourd au crépuscule, même si nous étions déjà à la fin juillet. Je lui avais dessiné l'oiseau sur une feuille de papier, parce qu'il se laisse rarement voir, et je lui avais expliqué que c'étaient les mâles qui appelaient les femelles. *Ouh hoump, ouh hoump…* Comme moi, quand il m'arrive d'appeler Maman ou de t'appeler, toi. Ensemble, nous avions dessiné le plumage jaune-brun et, autour, les roseaux brunâtres. S'il ne crie pas, il reste seul, lui avais-je expliqué. Cette fois, elle a semblé convaincue.

Le soir, nous mangions des marènes grillées du lac Müritz en buvant de la bière. Et notre fillette, des rubans rouges dans les cheveux, se bourrait de glace jusqu'à ce que ses yeux se ferment presque tout seuls.

Je l'ai regardée en pensée, jusqu'à m'endormir moi-même.

20

L'infirmière-chef Rosemarie m'avait parlé de l'anniversaire de Carl ; il allait avoir trente-cinq ans dans quelques jours.

Vous comptez fêter votre anniversaire, monsieur Hohein ? lui ai-je demandé ce soir-là. Très maigre, chétif pour tout dire, il était assis à mon chevet, les yeux presque clos.

Nous allons la perdre, n'est-ce pas ? m'a-t-il demandé en retour. Je ne suis pas assez bien pour elle. Un homme qui compose une litanie sur la couleur noire. Personne ne voudra jamais la jouer. Le *gris noir* devrait être chuchoté à droite, dans le coin, *le bleu noir* bruirait ici au milieu, par exemple. Et *le brun noir* ? Il a soupiré sans répondre.

Comme les butors, peut-être ? Il m'a regardé, a hoché la tête.

Comme les butors, peut-être. Juste au-dessus du sol, donc. Nouveau hochement de tête.

Les Voix – Litanie sur la couleur noire.

Comment trouvez-vous ce titre ? Il ne semblait pas espérer de réponse de ma part car, sans attendre, il a pris mon stylo en argent et m'a demandé un bout de papier.

Pour écrire à ma mère, s'est-il borné à dire. Afin qu'elle nous procure un repas de fête pour quatre. Notre infirmière-chef, mademoiselle Elfi, vous et moi. Des canapés ? Du vin rouge ? Des gâteaux ? Samedi, ici dans votre chambre.

Vous avez besoin d'une enveloppe et d'un timbre ? Fée m'en avait apporté une bonne réserve. Je l'ai regardé tracer l'adresse, d'une écriture très fine et menue, puis coller le timbre. Mais ensuite il a ressorti la feuille.

Un cadeau, a-t-il dit. Il faut quand même que j'aie un cadeau pour elle. Il ne faut pas qu'elle m'oublie, là-bas, dans cette maison sur le Hundekehlesee.

Pourquoi pas des poèmes, ai-je lancé en le regardant dans les yeux, des yeux remplis d'effroi. Des poèmes d'amour.

Il a secoué la tête avec énergie. Le *Livre des chants* de Heine, ils l'ont brûlé, a-t-il dit. Rilke, elle n'aimerait peut-être pas ; il y avait du Rilke parmi les effets personnels de son père. Et George*, elle ne peut pas aimer.

*Il mène à travers la tempête et les signaux affreux
De l'aurore sa cohorte fidè le vers l'œuvre
Du jour éveillé et plante le Nouveau Règne.*

Il a eu un grand frisson.

Le « Nouveau Règne », hum, en effet... Mais que diriez-vous d'une pierre, d'une amulette ? D'un disque de gramophone avec deux lieder du *Voyage d'hiver* ? ou de la *Belle Meunière* ?

Cette idée-là a paru lui plaire. Je vais lui donner du mal, à madame l'épouse du Hauptsturmführer. Il faudra qu'elle aille de Hennigsdorf jusqu'au centre de Berlin. Leipziger Straße. C'est qu'elle a déjà cinquante-deux ans, madame l'épouse du Hauptsturmführer.

Je l'ai tranquillisé d'un sourire. Elle va y arriver, monsieur Hohein. Elle ne vous laissera pas tomber.

Il est encore resté un moment à sa place, les yeux dans le vague. Puis il a hoché la tête, comme s'il donnait raison à un interlocuteur invisible, et il s'est levé. Il se prépare quelque chose, m'a-t-il dit en partant. Ils vont nous déchirer en deux.

Pourquoi ? ai-je demandé.

Ici il n'y a pas de *pourquoi*, telle a été sa réponse à ma sotte question.

Puis, une main déjà sur la poignée de la porte : Ce soir je me lance à l'abordage du bureau des infirmières ; ce soir, c'est Ria qui est de vigie. Et elle ne reste pas à son poste, celle-là ; après minuit, elle s'en va retrouver le chef de service pendant deux heures et elle réchauffe sa peau de marbre. Je vais grappiller ce que je peux. Il était déjà presque dans le couloir quand je l'ai rappelé.

Monsieur Hohein, restez encore un instant. Il faut que je vous raconte quelque chose. Une chose dont je ne peux parler qu'à vous. À nouveau il a faufilé sa grande carcasse efflanquée le long de mon lit et il s'est rassis sur la chaise, en me regardant avec des yeux immenses.

Vous vous rendez compte, monsieur Hohein, que maintenant je par le avec ma maladie ? que je l'appelle *Monsieur Guy* quand je suis particulièrement agité, et *Dr Huntington** quand je suis taraudé par le désespoir d'être aussi impuissant ? Cet éclat imprévu m'avait desséché la bouche. Calle, l'homme qui composait sur la couleur noire, a pris la tasse à bec sur ma table de chevet et l'a remplie d'eau, m'a fait boire à petites gorgées. Ses yeux bleus surveillaient mon visage, sous leurs épais cils gris.

Et pourquoi vous ne parleriez pas avec vos maladies ? Elles vous accompagnent, après tout. Cependant, comme dit toujours madame l'épouse du Hauptsturmführer, *Il faut maintenir le diable dans son trou, sans quoi il vient vous rôder autour…*

Il m'a salué, deux doigts de sa main droite posés sur un invisible béret. Son *Au revoir* était d'une chaleur inhabituelle.

21

L'infirmière-chef Rosemarie ne s'était plus montrée dans ma chambre depuis plusieurs jours. Maintenant elle se trouvait assise au bord de mon lit, le menton affaissé, assoupie. Elle a vite repris ses esprits quand j'ai toussoté avec prudence.

Excusez-moi, Max Koenig, a-t-elle dit. J'ai eu un geste pour dire « Ce n'est rien ». Jamais encore elle ne m'avait appelé par mon prénom.

Excusez-moi, mais il faut que je vous parle. Cette nuit, quelqu'un a fouillé le bureau des infirmières. Rien n'a été volé. Toutefois, les papiers sur la table étaient sens dessus dessous. L'infirmière Ria s'est plainte auprès du patron et j'ai eu droit à un savon comme jamais. J'accorde trop de liberté à nos pupilles, paraît-il.

Il a vraiment dit *pupilles*, comme si nous étions les pensionnaires d'une maison de redressement ?

Elle n'a pas relevé ma question. Vous n'avez pas quitté votre lit, je le sais bien. On ne se balade pas à gauche et à droite avec une hanche luxée, et d'ailleurs vous êtes immobilisé, pendant la nuit.

Vous voulez dire attaché, ai-je observé. De nouveau, elle n'a pas réagi. Elle s'est contentée de poursuivre : Mais faites entendre raison à notre ami commun. On n'a pas encore rempli de formulaire à son nom. Il est encore capable de travailler, c'est-à-dire qu'il est plus uti le que vous à l'effort de guerre et à la communauté du peuple allemand. Mais s'il se met à dos la petite amie du chef de service et le patron, je ne réponds plus de rien. Son traitement n'a pas plus réussi que le vôtre. Au fait, vous êtes désormais considéré comme incurable. Bientôt ce sera la salle commune puis, un jour ou l'autre, le transfert. Les malades chroniques vont être rassemblés dans des établissements spéciaux, pour simplifier les soins.

Expulsion hors du pays des rêves, ai-je dit. Elle a opiné du chef sans me regarder.

Je vous ai apporté quelques-uns des documents les plus récents. Je vais les oublier ici une minute, et je viendrai les reprendre après avoir fini ma tournée.

C'était un mince dossier, que j'ai ouvert après son départ. Une circulaire du ministère prussien de l'Intérieur.

À la requête du ministre de l'Intérieur du Reich, j'ai chargé mon rapporteur le Dr M., conseiller sanitaire général, ainsi que le Dr W., conseiller sanitaire de l'Aide sociale à l'enfance du Land, de superviser ou d'opérer eux-mêmes le remplissage des formulaires dans votre établissement. L'arrivée des susmentionnés vous sera notifiée incessamment.

J'ai avalé ma salive. Ce n'était d'abord qu'une réaction à cet allemand administratif, à cette langue sèche de bureaucrates, hérissée de substantifs ; puis la signification des phrases a pénétré mon esprit. J'entendais Clampe : Ils vont commettre l'*abominable*. Était-ce bien *abominable* qu'il avait dit ? À la circulaire était agrafée une autre feuille. Le *formulaire*. Il devait être rempli à la machine et complété d'un numéro. *N° d'ordre*, était-il écrit en haut. Puis : nom de l'établissement, nom de la ville. Ensuite, ils voulaient TOUT savoir. Qui ? Quand ? Depuis combien de temps ? Où ? Diagnostic ? Alitement ? Thérapeutique ? Résultats ? Curabilité ? Travail fourni ? avec, sous cette dernière rubrique, en caractères plus petits : Décrivez le plus précisément possible l'emploi occupé et le travail fourni, par exemple : *Tâches agricoles, peu actif, actif seulement par intermittence, ne fait que marcher à côté des autres…*

Ça se présente mal pour moi, Fée. Ils vont définitivement me mettre au régime de famine, sinon pire.

En lisant le test d'intelligence, cependant, je n'ai pu m'empêcher de rire. Aurais-je mieux fait de pleurer ?

— *Quel est le nom de notre Chancelier ?*

— *Pourquoi fait-il jour le matin ?*

— *Quand sème-t-on le seigle ?*

— *Qu'est-ce qu'une maladie héréditaire ?*

— *Comment l'État protège-t-il la collectivité de l'expansion des maladies héréditaires ?*

Après cette question-là, j'ai pleuré pour de bon. J'ai tiré la couverture sur ma tête et j'ai pleuré comme un petit garçon. Il faut que vous partiez, Fée. Je ne veux pas que ces infâmes charcutent notre petite merveille. Pour la seule raison que son père est porteur de mauvais gènes. La semaine dernière, l'infirmière-chef Rosemarie a posé sur ma table de nuit le livre du patron. Reuter et Waetzoldt, *L'Amélioration de la race par l'épuration. Stérilisation et castration dans la lutte contre les maladies héréditaires et le crime.* Il contient des photos. Montrant des jeunes filles et des femmes à qui on ouvre le ventre pour leur ligaturer les ovaires. Tout ça a lieu dans notre pays, bon sang, chaque jour de semaine. Et les médecins délivrent leurs expertises pour ces monstruosités.

Plus tard, notre infirmière-chef est venue me caresser la tête. Comme à un petit garçon.

Elle est allée rapporter le dossier au bureau des infirmières et, cinq minutes après, elle était de nouveau là.

J'ai mon après-midi de libre, a-t-elle dit, je vais un peu vous tenir compagnie. Vous savez que vous me rappelez mon frère cadet ? Pendant la dernière guerre il s'était porté volontaire, à pas même dix-huit ans. Et ce n'est qu'après l'armistice que j'ai appris sa triste histoire. Son ami Cornelius me l'a racontée quand il est venu nous rendre visite à Stralau. Mon père avait son cabinet dans la Warschauer Straße, à Friedrichshain, mais nous habitions près de la Sprée. À l'époque, Stralau était un village qui ne faisait pas encore partie de Berlin. Donc nous étions dans le jardin, au pied de l'église blanche de Stralau, et Cornelius parlait. C'était en novembre 1918 ; il était maigre, dépenaillé, mais sa voix portait. Racontez, racontez, le pressais-je, comme je faisais autrefois avec ma mère, le soir, quand elle venait enfin, enfin ! dans ma chambre me raconter une histoire pour m'endormir. Cornelius m'étudiait, de son regard un peu voilé. Comme pour s'assurer que j'étais digne de son histoire, ou plutôt de celle de mon frère.

C'était après un terrible assaut, avait commencé Cornelius. Des jets de grenades sans fin. Votre frère s'est enfui en poussant des cris. Il a été pris de tremblements. L'obusite, comme on appelait ce syndrome à l'époque. Mais il avait tellement honte qu'il est allé se cacher. Lors de l'assaut suivant, il est resté à couvert et, quand on l'a trouvé roulé en boule sur sa couchette, il s'est fait arrêter. Il est passé devant une cour martiale qui a délibéré pendant vingt minutes ; il ne fallait pas plus longtemps à l'époque, même pour une condamnation à mort. L'atmosphère était électrique ; nous avions trop de pertes. Le lendemain à l'aube, deux soldats l'ont traîné dans la cour et ficelé à une chaise. Douze hommes ont dû former le peloton. Ils étaient si soûls qu'ils ont tiré à côté. Bandeau noir sur les yeux et mouchoir blanc épinglé à l'endroit du cœur, la victime vivait encore, s'est redressée. L'officier l'a achevée d'une balle de revolver dans la tête. *Le coup de grâce*, selon l'euphémisme qu'employaient nos supérieurs avec légèreté.

Je ne disais rien. Cornelius non plus. Pleurer m'était impossible.

Au moins, ils se sont abstenus d'informer mes parents de cette catastrophe, ai-je fini par dire. Il était mis *Mort au champ d'honneur*, sur l'avis de décès.

Oh, ils effacent beaucoup de choses de leur mémoire, les généraux ; ils ne veulent se souvenir ni des soldats morts, ni de leur propre responsabilité. Ils refusent d'admettre que, dans un cas comme dans l'autre, ils ont gaspillé les vies de leurs gars en lançant des offensives sans rime ni raison.

Moi, je ne l'effacerai pas de ma mémoire, ai-je murmuré. Sans un mot, Cornelius m'a tendu la main.

Nous sommes devenus un couple, ce qui ne vous étonnera pas. Les soirs de semaine, nous allions nous asseoir au bord de la Sprée tant que le soleil brillait. Ensuite nous flânions le long de la rive dans le brouillard de novembre ; parfois nous prenions une barque pour aller sur les îles. Il y avait l'île de l'Abbaye, et celle qu'on appelait « Petit fortin » ou l'île de l'Amour. Nous ne sortions pas en ville, ou rarement. Nous n'avions pas assez de vêtements convenables pour ça, ni assez d'argent à dépenser. Quand nous avons voulu nous marier, mon père est intervenu. Lui qui était médecin des pauvres dans la Warschauer Straße, il avait l'œil pour certaines choses.

Elle a soudain interrompu son flot de paroles et s'est tournée vers moi. Vous avez eu l'occasion de visiter un logement ouvrier dans ces années-là ? À Wedding, à Friedrichshain ou dans le quartier de Prenzlauer Berg ?

Elle ne s'est pas privée de commenter mon regard surpris.

Je vois ce que c'est : vous avez été élevé dans du coton, sans jamais sortir de l'Ouest berlinois. Moi, a-t-elle poursuivi, mon père m'emmenait parfois dans ses tournées, malgré les protestations de ma mère. Je les ai vus de mes yeux, ces taudis, car il n'y avait pas d'autre mot. En ouvrant la porte d'entrée, on tombait directement sur la poêle remplie de graisse figée, au-dessus la cuisinière. Une table en bois, récurée cent fois à la cendre et qui restait pourtant tachée, des chaises en bois qu'il fallait écarter pour accéder à la porte du séjour, un buffet, une horloge, une table et, derrière, les lits des enfants. Deux enfants par lit, mais un seul matelas, un seul oreiller, une seule couverture. Tout au fond, le cagibi, généralement sans fenêtre, où dormaient les parents. Et quand la famille était vraiment dans le besoin, elle arrivait encore à caser un pensionnaire par-dessus le marché. Un monsieur qui payait dix reichsmarks par semaine, ce qui mettait un peu de beurre dans les épinards. Les toilettes, au palier d'en dessous, devaient être partagées avec quatre autres foyers. Pas d'eau. En guise de papier hygiénique, de vieux journaux découpés au couteau et accrochés à un clou. Pour résister aux hivers ou même survivre à une grosse infection dans un bouge pareil, il fallait être en fer. Des enfants en bas âge mouraient. Des femmes exténuées mouraient. Les hommes s'imbibaient de bière, et les rares qui ne devenaient pas des brutes passaient presque pour des saints. Mon père le connaissait, ce milieu-là. Et, concernant la santé de Cornelius, il a tout de suite su à quoi s'en tenir.

Faites d'abord soigner vos poumons, Cornelius, a-t-il dit non sans fermeté. Le sanatorium de *Hohenlychen*, ce serait un bon endroit.

Mais nous pourrions quand même déjà… Non, a coupé mon père. Pas question. Alors nous nous sommes inclinés. C'était à Noël 1918. Nous avons fêté le Nouvel An ensemble, très frugalement, malgré une carpe encore frétillante que mon père avait reçue d'un patient comme paiement en nature. Ensuite, Cornelius a interrompu ses études de droit pour aller à Hohenlychen. Moi, je terminais ma formation à la Charité. Au printemps, je suis allée lui rendre visite.

Tu n'y vas pas sans masque de protection, m'a ordonné mon père. Et tu le jettes aux ordures à l'instant même où tu quittes la clinique.

Un bel endroit, Hohenlychen, sous le soleil d'avril. Des narcisses poussaient en grosses touffes à côté des allées tirées au cordeau. Des pins à perte de vue, le ciel qui se reflétait dans les lacs. Le domaine rattaché à l'établissement était grand comme un village, tout encerclé d'eau. Pas besoin de barrières. Après les pestilences industrielles de Berlin, un air délicieux, frais, encore pur.

Ce sont des lacs glaciaires, m'a expliqué Cornelius. Il paraissait bouffi de graisse, les traits étrangement noyés : un garçon de trois ans, mais de taille adulte, qui avalait sa bouillie sans broncher. Je l'ai quitté à la tombée de la nuit, parce que je devais prendre le dernier train. Devant son regard interrogateur, il m'a semblé ressentir le froid de l'ère glaciaire. Malgré cela, j'ai évité de lui faire la moindre promesse.

Vers la fin de l'été il a dû s'aliter ; je lui écrivais régulièrement. Je ne l'ai plus revu.

Mon père m'a prise dans ses bras, le jour où j'ai trouvé l'avis de décès sur la table du petit déjeuner. Plus tard, il a brûlé le journal intime que m'avait envoyé la sœur de Cornelius.

Même la poussière peut encore être contagieuse. C'est moins probable, mais on n'est jamais trop prudent.

Et voilà, a conclu Rosemarie. C'était clairement un point final. J'ai écouté sa respiration.

Merci, ai-je fini par dire. Merci de m'avoir raconté cette histoire. Votre histoire. C'est un peu comme si vous aviez remonté et rajusté ma couverture, avant de me border bien serré.

En quittant ma chambre, elle m'a souri de très loin.

22

Carl a été le premier au courant. Il est arrivé après le dîner, s'est assis à mon chevet et a regardé dans le vague.

On l'envoie en Bavière. Dans un hôpital psychiatrique de Kaufbeuren. Le patron veut se débarrasser d'elle, d'après les bruits de couloir. Il a fait d'elle un éloge dithyrambique, pour qu'elle ne soit plus là pour le gêner dans ses mesures d'hygiène* raciale.

Je ne lui ai pas demandé de qui il parlait. Ma seule question a été : Quand ?

Après les vacances d'été, quand tout le monde sera rentré de la Baltique. Je n'ai pas de couleur, pour madame Rosemarie. Elle a toujours voulu que je chante le *rouge*. Une litanie sur la couleur *rouge*. Peut-être parce qu'elle votait socialiste, à l'époque où on votait encore. Ou peut-être parce que le *rouge*, dit-on, est la couleur de l'amour. Aimer, est-ce qu'elle sait ce que c'est, madame Rosemarie ? Est-ce qu'elle sait qu'au bout de l'amour il n'y a plus que des objets matériels ? Des maisons, des échelles, des lapins et des poules. Du linge et un billot, du bois de chauffage, des fruits et des pommes de terre. Pour l'hiver.

Je crois bien, ai-je dit. Elle l'a vu en observant sa mère. À Stralau, ça ne devait pas être différent de chez vous à Hennigsdorf.

Il a acquiescé avec mesure. Madame l'épouse du Hauptsturmführer viendra samedi après-midi. Pour nous apporter nos plaisirs de fête : le gâteau, le vin, les canapés au jambon, les tranches de fromage. Et des cerises, et des pommes hâtives. Voilà qu'à nouveau il retombait dans son chantonnement monotone.

À six heures, après la distribution du dîner ? ai-je demandé. Il a fait oui de la tête. N'oubliez pas que vous m'avez promis un poème.

Non, ai-je répondu.

23

Tante Käthe, tout le monde la connaissait ici. Quand elle ouvrait la porte et déposait son seau sur le seuil, le garçon aux yeux mongols passait parfois cahin-caha dans le couloir. Oscar, il s'appelait. Oscar avec c. Un c qu'il prononçait comme un « th » anglais. Il est vrai qu'il n'arrivait pas à sortir beaucoup de mots. Alors il préférait écarter ses petits bras dodus et faisait entendre un bourdonnement. *Affention, un Stuga*, criait-il. Puis il se jetait en avant, la tête si basse qu'il perdait l'équilibre et s'étalait. Aujourd'hui, il avait même atterri dans le seau de Tante Käthe. Il s'est mis à brailler, Tante Käthe a pesté, moi j'ai eu un rire qui s'est fini en toux. C'est ainsi que nous avons fait plus ample connaissance.

Oscar, avec ses grosses joues rouges, s'est approché de mon lit et a appuyé sa tête contre ma main. Ses cheveux mouillés dégoulinaient.

Alors, p-petit Stuka, ai-je dit, ou essayé de dire. T-tu es t-tombé ? Il a un peu repris son bourdonnement et s'est laissé réchauffer. Et pendant que Tante Käthe, toujours en pestant, épongeait l'eau répandue, il s'est blotti contre moi. Un moment il a semblé dormir, puis il a commencé à chanter. Un air tout simple qu'il chantait juste, mais dont je comprenais à peine les paroles. Recommence, lui ai-je dit. Et malgré sa prononciation, j'ai fini par distinguer :

P'tit Jésus, rends-moi muet,
Sinon à Dachau j'irai.
P'tit Jésus, rends-moi sourd,
Pour qu'Hitler je croie toujours.
P'tit Jésus, rends-moi bigle,
Pour que j'trouve tout magnifique.

Il chantait d'une voix rauque mais mélodieuse, avec la ferveur des vieilles femmes qui accablent le Ciel de suppliques pour leurs fils et leurs filles.

Incroyable qu'il ait pu retenir cette chanson, a lâché Tante Käthe en reprenant son seau et son balai-brosse.

C'est grâce aux rimes, Tante Käthe. Les rimes, ça aide.

Au moins, votre chambre, elle est faite à fond, ce coup-ci. Même un parfum vraiment cher, ça couvrirait pas cette odeur de détergent. Je vous prends Oscar ? a-t-elle encore demandé. Je lui ai fait signe que non et me suis endormi quelques minutes. Le souffle d'Oscar à côté de moi m'avait bercé. Je me suis réveillé parce qu'il me réclamait un conte de fées. La *G-grenouille*, disait-il en projetant énergiquement sa grosse langue en avant.

Tu veux parler du *Roi-Grenouille* ?

Mais quand je me suis mis à lui décrire l*a belle fille du roi* et *sa balle en or*, il a perdu patience.

Jette la g-grenouille contre le mur, a-t-il exigé en tirant sur ma manche de sa main trapue.

Mais Oscar, ai-je protesté, il faut d'abord que la balle tombe dans la fontaine. Alors la fille du roi pleure et la grenouille plonge pour la lui rapporter. Mais il ne voulait rien savoir de l'ordre réel des événements. Il faut croire que c'était trop sage pour ses espoirs piaffants.

Peut-être qu'il avait raison, peut-être qu'il nous reste à tous deux trop peu de temps pour raconter le début, le milieu et la fin de l'histoire. J'ai levé le bras et mimé un lancer pas tout à fait réussi.

Plof, ai-je fait. Maintenant, toi et moi, on est les *princes de la Havel*. Ou du *lac de Tegel* ? Ou même de *l'île aux Cygnes* ? J'ai pris un carré de chocolat dans le tiroir de ma table de nuit et je le lui ai fourré dans la bouche.

Cours, ai-je dit. Sans quoi l'infirmière va chercher après toi.

Non, a-t-il répliqué. Et au lieu de s'en aller, il a retiré ses chaussettes et, de ses mains courtaudes, a massé ses pieds courtauds.

Puis il a repoussé ma couverture et posé son pied gauche à côté de mon pied droit. En me montrant fièrement le large intervalle entre son gros orteil et celui d'à côté.

Ça, t'as pas.

Ça, je n'avais pas, non. Mes orteils à moi étaient minces, longs et lisses. J'arrivais à peine à les écarter, mais mon pied n'arrêtait pas de tressaillir.

Bouge plus, a-t-il ordonné. Il a ri, et ses joues rêches sont devenues rouge vif comme des boskoops à la fin de l'automne. Quand il s'est mis à jouer au trampoline sur le bord de mon matelas, je suis tombé du lit. J'ai eu le temps de voir son regard effrayé, puis la douleur m'a fait perdre connaissance.

24

Mademoiselle Elfi était à mon chevet quand j'ai rouvert les yeux. Mon épaule droite était immobilisée par un bandage. Ils m'avaient ficelé comme un paquet. Prêt à l'envoi.

C'est la clavicule, m'a expliqué mademoiselle Elfi en promenant une main tremblante entre son épaule et le col de sa robe. Il va falloir que je vous aide à manger. Pendant deux, trois semaines, ensuite ça ira. Elle a tiré sur sa manche aux fins plissés. Je lui ai déjà écrit, à votre Catia, a-t-elle ajouté. Elle a téléphoné hier au bureau des infirmières. Elle va passer vous voir.

J'ai fermé les yeux, comme si j'étais vraiment écrasé de fatigue. Une basse manœuvre des aînés, qui leur permet de se dérober impunément aux questions des plus jeunes.

Mais la punition est venue sous la forme du visage de mon père, qui a surgi sous mes paupières closes. Blême, émacié. Un triangle aigu, avec des sourcils très foncés et des yeux caves. Les cheveux blanchis, sévèrement plaqués vers l'arrière. Puis le souvenir m'a assailli : lors de son dernier anniversaire, il était lui aussi empaqueté et ficelé, comme moi aujourd'hui. Ficelé. Prêt à l'envoi. Ce jour-là, il n'avait presque pas parlé. Il avalait son gâteau au fromage blanc ; il avalait, avalait. Le rôti de bœuf, avant, il n'en avait pas voulu.

C'est bien que tu apprécies au moins le gâteau, lui avait chuchoté ma mère à l'oreille. Mme Lohr avait déposé une énième portion de gâteau sur l'assiette et fait mine de prendre le relais pour le nourrir. Mais ma mère s'y était refusée, alors qu'elle-même n'avait encore rien mangé. Avec le temps, elle était devenue presque aussi maigre que mon père.

Maman, l'avais-je implorée. Puis, comme elle faisait la sourde oreille, j'avais essayé l'ancien petit nom : *Mima*. Là, elle s'était enfin assise devant son assiette.

Je suis tellement contente quand il mange, m'avait-elle dit tout bas. Manger ensemble, c'est un reste de vie normale. Manger ensemble, rire ensemble, je ne réfléchis pas plus loin. Puis, d'une voix haute qui s'adressait de nouveau à tous : Tu sais que même ton Clampe a envoyé ses bons vœux ? Il a remercié ton père de t'avoir laissé partir le rejoindre à Leipzig. Sur le moment, cette phrase m'avait mis dans une colère noire. Aujourd'hui, il me suffit de penser à ma fillette perdue pour ressentir un peu du chagrin, de la solitude de mon père.

J'ai dû soupirer à ce moment-là, car mademoiselle Elfi m'a prudemment touché la main. Ah non, pas P comme pitié, maintenant. Chaque journée sans larmes est une bonne journée. J'ai relevé la tête avec énergie.

Pardonnez à un vieil homme, ai-je dit. Dehors, les assiettes s'entrechoquaient sur le chariot portant la soupe du déjeuner.

25

Mademoiselle Elfi venait de me débarbouiller après mon repas quand on a frappé à la porte. Sur le seuil se tenait un habit noir, complété d'une chemise blanche et d'une cravate noire aussi. L'aumônier protestant. Il arborait un grand sourire.

Ah, la petite demoiselle, a-t-il dit. C'est bien que tu sois aussi serviable, mon enfant.

C'est seulement de près que j'ai remarqué que la croix d'argent, à son revers, était encadrée par une grande croix gammée. La croix des *Chrétiens allemands**.

Clampe l'avait connu, ce club particulier de luthériens qui revendiquait Jésus-Christ lui-même comme un Germain. Le Christ était pour eux le fils d'un mercenaire germain de l'armée romaine alors cantonnée en Galilée. L'un de nos ancêtres à la tignasse rousse avait donc fricoté avec la graci le Miriam sur le lac de Génésareth ? La Vierge Marie, fille à soldats d'occupation ? Écartant les jambes pour une chaînette en argent, pour une amulette en bronze ? Et il n'y avait vraiment personne pour rire de ça ? Non, m'avait répondu Clampe. Pour les Allemands, rien n'est impossible. Et n'allez pas croire qu'ils ont eu besoin d'attendre Hitler et les siens pour proférer ces absurdités. Les hommes en brun n'ont fourni que la charge de propulsion. L'idée, elle, remontait déjà aux idéologues racistes de l'époque impériale, pour qui les Allemands étaient les meilleurs chrétiens du globe. Ils exigeaient bien, dès 1904, l'abolition de l'*Ancien Testament*, cette corruption juive de la pure doctrine de Jésus. Et avec un rire – avant la prise du pouvoir par les nazis, Clampe riait encore en nous servant ces histoires – avec un rire, il a cité quelques vers de Max Bewer :

… ton règne est le monde et l'Allemagne est ton foyer
quand nous viendras-tu, ô empereur caché ?

L'homme de Nazareth, un empereur allemand caché ?

Non, il n'avait rien d'impérial, celui qui était en train de s'asseoir sur la chaise à mon chevet. Il ne ressemblait même pas à un valeureux homme-lige. Il avait un petit ventre, et ses courtes cuisses remplissaient à craquer le pantalon noir.

Comment allez-vous, mon fils ? Si au moins il m'avait appelé *mio figlio*. Peut-être qu'à ces sonorités, le *faune dansant* aurait surgi dans ma cervelle. Ou *Sapphô*, avec son petit bonnet en résille d'or.

Le titre de *fils* ne me va pas si bien, Monsieur le Pasteur. Un fils, dans mon esprit, c'est jeune et plein de santé.

Il m'a épargné un « Nous sommes tous les enfants de Dieu ». Peut-être qu'il n'y croyait plus du tout, peut-être que depuis longtemps il avait fait du *Führer* son Sauveur. Et nous, nous étions les infidèles, les païens que ce Sauveur devait venir racheter. Avait-il suspendu le drapeau à croix gammée à côté de sa chaire ? Célébré le Jour de Luther par cette association absurde : une bannière d'église encadrée par des drapeaux hitlériens ? Était-il de ceux qui, en novembre 1933, avaient applaudi avec enthousiasme quand un docteur en théologie, au Palais des Sports de Berlin, avait dénoncé l'*enjuivement* des âmes allemandes ?

Je n'écoutais que d'une oreille quand Clampe me l'avait raconté. Comme toujours, il m'avait appelé le soir, et Fée s'était énervée en reconnaissant sa voix. Elle attendait derrière ma table de travail pour m'emmener à table, parce que le dîner était déjà servi. *Palourdes au vin blanc,* un de mes plats préférés. Depuis un bon moment déjà, mes narines percevaient les arômes prometteurs de l'hui le d'olive et de l'ail.

C'est Clampe ? m'avait-elle demandé. Et, avec hargne : Mais il ne respecte vraiment rien, celui-là. J'avais tenté de l'apaiser en caressant de ma main libre ses lèvres d'abord, puis la pointe de ses seins. Quand Clampe avait enfin conclu la conversation et que j'avais raccroché, les palourdes étaient oubliées, car Fée se trouvait assise sur mes genoux, à moitié nue. Et malgré son énervement, la soirée était devenue une fête. Les palourdes attendraient.

L'habit noir garni d'une croix gammée au revers avait bien senti que je n'étais plus là. Le pasteur Bötcher a toussoté et sorti son mouchoir.

Les temps sont durs pour notre chère patrie, a-t-il commencé. Même les malades doivent faire des sacrifices.

Faut-il que nous renoncions à manger, Monsieur le Pasteur ? que nous nous condamnions spontanément à mort ?

Il a eu un soupir lourd de signification. Ça y est, a ricané Clampe dans ma tête, il va vous sortir la tirade du *corps sain de la nation.* Il va vous démontrer pourquoi le droit de vivre doit être dénié aux gens comme vous. L'individu n'est rien, le peuple est tout. Pendant que des jeunes en pleine santé se battent au front, il ne faut pas que des croulants malades leur bouffent le peu de pain disponible. Je continue, Max Koenig ? Vous en voulez encore ?

Ça ne suffit donc pas de se sentir déjà à demi-mort ? ai-je demandé à l'homme en noir. Et le petit mongolien* ? Vous lui enviez les deux tranches de pain qu'on lui accorde, une le matin, une le soir ? Même les enfants ne doivent plus manger à leur faim, maintenant ? J'aurais aimé lui dire ça, Fée. Mais, d'émotion et de colère, je n'ai réussi à émettre que des sifflantes et des chuintantes. Seul l'amour aurait pu y reconnaître un discours articulé. Ton amour, Fée. La timide adoration de mademoiselle Elfi. La solide affection de l'infirmière-chef Rosemarie. Elles, elles m'auraient compris. Ou du moins auraient fini par me comprendre. Elles auraient complété et rempli les vides, comme font tous les êtres de bonne volonté.

Le pasteur Bötcher, lui, a eu un nouveau soupir et s'est penché sur moi. Si près que je pouvais sentir la sueur de ses aisselles. Il a déposé sur ma couverture une image pieuse qui représentait le Christ. D'un bref regard, j'ai vu que ce Christ avait des traits aryens à la fois délicats et robustes, avec de longs cheveux blonds et des yeux très bleus. J'étais comme cloué à mon lit, étendu de tout mon long, sans force. Au-dessus de moi, l'homme en habit pastoral noir.

Dieu soit avec vous, mon fils, a-t-il dit en me gratifiant de son haleine. Le Christ veillera sur vous. Pour tout le reste, remettez-vous-en au *Führer*. J'étais pétrifié ; seuls mes épaules et mes pieds tressaillaient.

Clampe a voulu nous mettre en garde, Fée. Ni l'un ni l'autre, nous ne l'avons écouté. Tu sais bien que je n'avais trop que faire de Dieu. Être libre, débattre, examiner les arguments d'autrui, tel était mon monde, notre monde. Mais la foi en un être supérieur n'est peut-être nullement l'obstacle le plus dangereux ; il se peut que déifier un seul homme soit encore pire. Car qui lui pose des limites ?

J'ai été content de voir apparaître la grosse tête d'Oscar dans l'entrebâillement de la porte, peu après le départ du pasteur. Le saluer de la main, ce n'était pas possible ; mon épaule était trop douloureuse. J'ai levé le visage vers lui, tant bien que mal, pour lui sourire. Il s'est approché de mon lit, cahin-caha, et a touché mon bandage avec prudence.

Ça, j'ai pas, a-t-il commenté.

T'as pas besoin, ai-je répondu. Alors il a hoché la tête et lové sa joue rêche dans ma main.

26

Ma belle-sœur Catia est apparue en pleine matinée, de nouveau sans tenir aucun compte des horaires de visite. Elle a ouvert ma porte à la volée, poussant devant elle un énorme paquet tout bardé de ficelles. Derrière son trench-coat blanc, j'ai aperçu le concierge qui haletait sous sa blouse de travail. La poche-poitrine de la blouse laissait dépasser deux paquets de cigarettes et un cigare. Intacts. Avec de telles devises, même pas la peine de porter à son revers un insigne du parti.

Ici, a dit Catia en lui indiquant, radieuse, l'espace libre à côté de la porte, juste en face de la fenêtre. Mettez ça ici, monsieur Kowalski. Il a déballé le paquet, tiré de sa poche un marteau et des clous.

Le miroir de papa, à Rome. Celui qui était dans son bureau et qui t'a toujours tellement plu ; il va un peu égayer ta piaule sinistre, du moins les jours de soleil. Et toutes les malades qui te rendent visite t'en sauront gré. Elles pourront de nouveau se tourner et retourner devant une glace, comme à la maison. Là-dessus, elle a extrait de son sac du vin rouge, du vin blanc et du salami italien.

Quelle chance que les fascistes italiens, malgré leur zè le martial, n'aient pas touché à la merveilleuse cuisine italienne, a-t-elle observé. Cher Kowalski, vous ne pourriez pas faucher quelque part une petite table pour mon beau-frère ? Sa table de chevet m'a l'air trop fragi le pour le pain et le vin. Je t'ai aussi apporté des pommes de notre jardin. Et un bloc-notes, pour toi et ton copain.

Kowalski a décampé. Elle s'est accroupie à côté de moi et m'a pris la main.

Tu souffres ?

Non, si tu parles de mon épaule. Ça, c'est vivable. Elle a hoché la tête.

L'infirmière-chef Rosemarie vient de me raconter qu'ils veulent vous transférer. Loin de Berlin.

Fée va aller à Rome avec Poupette, ai-je déclaré. Je ne transigerai pas là-dessus. Il faut qu'elles partent avant qu'il ne soit trop tard. De nouveau elle a hoché la tête.

Au moins, Elfi va encore rester deux semaines avec toi, jusqu'à ce que ton épaule soit guérie. Et votre transfert, ce ne sera qu'à l'automne. Gernoth disait l'autre jour que les hôpitaux berlinois allaient être mis à la disposition de nos blessés. Elle avait chuchoté ces deux dernières phrases.

On a frappé à l'extérieur. Le concierge Kowalski est rentré en traînant une petite table, qu'il a installée de l'autre côté de mon lit. Catia a tiré de son sac des pommes d'hiver toutes ratatinées et les a disposées dessus.

Elles ne paient pas de mine mais elles sont bonnes, celles de cette année ne sont pas encore mûres. Je vais t'en peler une et te la couper en fines tranches. Puis je vais devoir te laisser, il faut que la mère de Gernoth fasse sa promenade et prenne son déjeuner. Avant de s'en aller, elle s'est penchée sur moi. Pendant un instant, ses boucles odorantes ont flotté au-dessus de mon visage. Et déjà elle était repartie.

Plus tard, mademoiselle Elfi est arrivée et s'est tournée devant la glace. Elle a souri, a rajusté son col. Soudain, les gestes normaux d'une jeune femme. L'imperceptible blessure sur son visage, cette expression qui laissait croire que des doigts grossiers avaient enfoncé la peau tendre : disparues, pendant un bref instant. Comme Catia avait eu raison.

Oscar, lui, s'est montré plus prudent. Il a plaqué ses deux mains contre le verre puis est vite venu me rejoindre. En riant, Elfi a glissé une tranche de pomme sur sa langue épaisse.

Des hosties sucrées, a-t-elle observé. Enfin, des moitiés d'hosties, tout ici est en demi-portion.

Hosties, a répété Oscar, ce qui, à vrai dire, donnait plutôt *ho-fhies*. Nous avons ri tous les trois.

Quelques instants plus tard, c'est une petite femme menue qui est venue tourner devant mon miroir. Elle avait ouvert la porte et, après un regard un peu craintif dans ma direction, s'était approchée de la glace d'un pas hésitant.

Mais quelle charmante dame, a-t-elle dit à son reflet. Comment se fait-il que je ne la connaisse pas ?

Gisa perd la mémoire, m'a expliqué l'infirmière-chef en passant avec les médicaments. Elle a cette maladie qu'a décrite un certain Dr Alzheimer*. Elle aussi, on va la transférer.

27

Calle est venu tard. Il n'a accordé aucune attention au miroir et s'est assis sur mon lit.

Vous avez reçu une visite, a-t-il lancé. Une visite de couleur noir cuivré, ai-je entendu. Mais non pas vu, malheureusement. J'étais dans les cachots du poinçonnage. Fer-blanc pour les soldats. L'infirmière-chef Rosemarie m'a dit que vous aviez une lettre à écrire d'urgence. D'urgence. Je me suis contenté d'un signe de tête.

Fée, j'ai passé une nuit effroyable, lui ai-je dicté. J'errais dans une cave. Non, ce n'était pas la cave de notre maison de Leipzig. Je courais en tous sens, sans trouver la moindre issue. C'était peut-être aussi un grenier, car j'avais l'impression que dans mon dos, des chauves-souris volaient. Je sentais, je savais que tu étais dehors, seule et sans protection. J'ai fini par grimper, les pieds en feu, sur un champ plein de tessons. Alors je me suis réveillé, parce que mon pied et ma jambe droits s'étaient engourdis.

Fée, quelque chose rôde aux alentours. Le monde dans lequel nous vivons peut être détruit d'un instant à l'autre, démantelé par quelques fous sans aucun scrupule. Dis-moi quand tu viendras me voir, et quand tu partiras définitivement. Pour que je puisse de nouveau dormir.

Ils aspirent à un empire mondial, de l'Atlantique à l'Oural, pour la seule raison qu'ils se considèrent comme la race supérieure. Ils veulent revenir sur les grandes migrations. Mettre l'Europe sens dessus dessous. Et si le meurtre est la méthode retenue, y compris contre des faibles comme moi, qui sont quand même des bouches inutiles, ils n'hésiteront pas. JE CONSIDÈRE TOUTE CHOSE AVEC UNE GLACIALE ABSENCE DE PRÉJUGÉS. C'est une phrase de l'homme qu'ils appellent leur Führer et à qui ils vouent une obéissance absolue.

Calle a toussoté. Il a tiré un mouchoir de sa poche de pantalon, d'un geste si ample que le bloc-notes lui a glissé des genoux et que le stylo est tombé par terre. Alors seulement j'ai remarqué que la page était restée blanche. Il n'y avait que *Chère Fée* en haut à gauche. Ensuite, plus rien.

De l'angoisse et de l'horreur à la pelle, a observé Calle. Elle ne partira pas, si vous lui écrivez tout ça. Jamais.

Un instant j'ai fermé les yeux, honteux qu'un plus jeune que moi ait dû me faire la leçon.

Merci, monsieur Hohein, ai-je fini par dire. Reprenons du début. *Très chère fée, je t'en prie, viens me voir dès que ce sera faisable. Nous avons tant de choses à discuter...*

Après avoir fermé et affranchi la lettre, Calle s'est levé très lentement de sa chaise, a soigneusement posé ses mains sur les deux côtés de son pantalon et s'est incliné devant moi.

Je vous remercie, professeur Koenig, m'a-t-il dit d'une voix ferme. C'était un grand honneur.

28

Notre infirmière-chef poussait devant elle le chariot portant nos dossiers. Derrière elle, le chef de service, comme toujours en uniforme noir sous sa blouse blanche ouverte.

Bonjour et *Heil Hitler*, a-t-il lancé, la main droite en l'air. À chaque dossier était fixé par un trombone le formulaire du ministère de l'Intérieur ; la plupart des exemplaires étaient déjà remplis au crayon-encre bleu. L'heure des spécialistes avait sonné, beaucoup de *pupilles* du service voire de l'établissement étaient jaugés et évalués.

Koenig, il faut encore qu'on s'occupe un peu de votre certificat, a grasseyé le chef de service, sur le ton jovial d'un camarade de promo. Il a tiré la chaise vers lui et s'est assis à la table. Bon, l'infirmière Ria nous a déjà rempli l'en-tête : Nom, âge, maladie, thérapeutique, curabilité. Je vous passe le test d'intelligence, avec ces questions ridicules sur le nom de notre Chancelier et les semailles du seigle. Mais les questions concernant le travail fourni, il faut y répondre de façon conforme à la réalité.

L'infirmière-chef Rosemarie fixait les vitres sales. J'essayais de respirer calmement, aussi calmement que ma situation me le permettait.

Travail fourni : néant, a-t-il repris avec sévérité. À moins que vous n'ayez une proposition à faire pour vous rendre utile ? En pleine lutte de notre race aryenne pour sa survie ?

Je n'ai pu émettre qu'une sorte de sifflement qui se voulait un *Non*, mais devait être à peine compréhensible.

Bien, bien. C'est vrai que même parler, vous n'y arrivez plus tellement. Il s'est levé, a claqué les talons. Au revoir, Koenig. Nous allons sans doute vous transférer à la campagne. L'air frais, ça ne fait de mal à personne. Il ne se fatiguait même plus à me dire *Monsieur, Professeur*. En pleine lutte de la race aryenne pour sa survie.

L'infirmière-chef Rosemarie a pris mon dossier et l'a reposé sur le chariot avec les autres. Pour le docteur Winter, je n'existais déjà plus.

Un des experts passera la semaine prochaine, a-t-il dit en se tournant vers elle, un spécialiste qui a beaucoup d'expérience. Il a déjà mené des expertises dans de grands établissements, d'après ce qu'il m'écrit. Un Hauptsturmführer de la SS*. Tous les dossiers et formulaires devront être prêts et impeccablement remplis pour sa venue. C'est lui qui va décider qui sera transféré où. Ne peuvent rester ici à Berlin que les patients qui accomplissent des tâches utiles à l'effort de guerre ou sont capables d'aider dans la maison ou aux champs. Pour les existences superflues, c'est bien simple, nous n'avons pas la place. Là-dessus il s'est éclipsé, sa blouse blanche voletant derrière lui.

Rosemarie a fait passer le chariot par la porte ; j'ai vu qu'elle le cognait exprès contre le chambranle. Les dossiers ont glissé et bruyamment dégringolé par terre.

Elle s'est accroupie et, pendant une fraction de seconde, a levé vers moi un visage soucieux.

Plus tard, a-t-elle dit en me faisant un signe. Je lui ai fait signe aussi, le souffle oppressé. Je savais que bientôt, j'entendrais la voix de Clampe. *Éliminez les gens, vous éliminerez le problème*, allait-il dire. On ne peut guère trouver de solution plus simple en ce monde. La manière la plus radicale de se débarrasser d'un fardeau. Et le pouvoir qu'il a maintenant, ce docteur Winter, ce pouvoir de vie et de mort, ça lui donne des ailes. Maintenant. Tous ces gens se trouvent formidables, parce qu'il n'y a plus personne pour leur tendre un miroir, pour oser les critiquer. Mais le jour où ils auront perdu ce pouvoir, il sera sans doute trop tard pour vous, mon cher Max Koenig.

Je marchais de nuit sur une immense friche, sans panneaux indicateurs, sans lumière. Mes chaussures mal lacées restaient prises dans le sol bourbeux. Je continuais d'avancer pieds nus dans cette boue froide. Pourquoi je n'avais pas mis de chaussettes, je ne m'en souviens plus. Un fugitif, qui était parti en toute hâte et avait foncé droit devant lui ? Ou un homme à la recherche des siens, toi, Fée, et ma fillette ? Je me suis réveillé quand la cloche a sonné cinq heures. Jusqu'à six heures je suis resté prostré dans mon lit, le cœur tambourinant. Jusqu'à ce qu'on entende dehors le chariot apportant l'ersatz de café et les tartines de confiture.

Fée, il faut que tu viennes. L'espace entre nous, fait de tout ce que nous n'avons pas vécu, que nous n'avons pas pu vivre, s'élargit de plus en plus. Voilà, je crois, à quoi ressemble le regret. Le regret de ne pas avoir épuisé la source ; l'eau qui nous était impartie.

Jamais nous n'avons dansé autour d'un cyprès, comme mes parents quand mon père avait acheté la maison de Grunewald. Je les vois tous les deux, je les entends. Il parle, elle parle. Ils rient. Non, dit-il, ça, jamais. Si, riposte-t-elle. Et lui : Tu vas voir que non. Ils se battent, gambadent autour de l'arbre comme des enfants turbulents. Et moi, narquois, jaloux, j'étais allé m'affairer dans la cabane à moitié en ruine, en les épiant par les fentes du bois. À ce moment-là, j'ai su que ma mère mettrait toujours de l'ordre derrière lui, parce qu'elle voulait le protéger.

La maison de Grunewald coûte très cher, m'avait-elle chuchoté, le matin du déménagement ; il faudra vendre la vil la de Bad Saarow quand Grand-mère ne sera plus là. Ses mines de conspiratrice, son ton de confidence avaient réussi, comme toujours, à m'apaiser. Et pour la maison de Bad Saarow, la suite allait lui donner raison. Quand la maladie avait commencé à ronger mon père, il avait dû fermer son étude et les rentrées d'argent régulières s'amenuisaient : de maigres honoraires pour les conseils juridiques donnés à des amis et voisins. Tout ce qu'il pouvait régler sans grand effort dans son bureau à domicile. Plus de procédures, plus de brevets. Des miettes, disait-il.

Il avait pris une première hypothèque sur la maison, une seconde. Il y avait alors longtemps que je m'étais réfugié à Leipzig auprès de Clampe. Mais même avec lui, je ne pouvais pas parler de ce marasme familial. D'ailleurs, aurait-il vraiment su quoi me conseiller ?

81

29

Pour l'anniversaire de Calle, mademoiselle Elfi avait mis un chemisier blanc à cravate rouge et un chapeau noir. Sur le chemisier, une jaquette en soie ajustée. Elle n'avait pas franchement l'air d'une petite Allemande de la BDM*. Plutôt d'une señorita s'apprêtant à sauter sur un cheval blanc. Je crois que tu aurais beaucoup apprécié sa tenue. Et Calle ? Il n'arrêtait pas de toussoter.

Même le révérend comptait passer nous voir, a dit mademoiselle Elfi. Et nul ne savait si elle parlait de l'aumônier ou du chef de service.

Calle avait déplacé la table vers le milieu de la pièce pour que Rosemarie, mademoiselle Elfi et lui puissent s'asseoir autour. Quant à moi, j'étais à moitié relevé dans mon lit, le dos soutenu par un coussin supplémentaire.

Calle a déballé la caisse en contreplaqué qu'avait apportée sa mère dans l'après-midi.

Madame l'épouse du Hauptsturmführer vous salue, a-t-il déclaré. Tout le monde l'a regardé en silence déballer les tranchettes de jambon et les canapés au fromage, poser sur une assiette un kouglof aux raisins secs, sortir enfin une bouteille de vin blanc. Envoyé de l'Oder, a dit Calle. Probablement par Monsieur le Hauptsturmführer.

Nous n'avions que trois verres. Le personnel des cuisines ramassait la vaisselle chaque soir, après la distribution des médicaments.

Nous boirons dans le même verre, m'a proposé l'infirmière-chef.

Le poème, m'a rappelé Calle. Mademoiselle Elfi est allée chercher la feuille où elle avait noté la veille le poème déchiffré à grand-peine sur mes lèvres, et la lui a tendue. Mais ensuite elle s'est plantée bien droite, aussi droite que peut l'être quelqu'un qui tremble, et elle a commencé. Et ce qui était vraiment étonnant, c'est qu'elle chantait. Elle chantait pour Calle, de sa voix claire, travaillée, qui ne chevrotait que de temps à autre. Non, ce n'était pas le poème de Sapphô

que je m'étais laborieusement remémoré, c'était « La Mer »
de Heine.

La mer resplendissait immense
Le soir jetait ses derniers feux ;
Près de la hutte du pêcheur
Nous étions seuls, faisant silence.

Avec le flux montait la brume,
La mouette croisait dans le ciel ;
Alors de tes yeux attendris,
De douces larmes sont tombées.

Je les vis tomber sur tes mains,
Et je plongeai à genoux
Pour recueillir ces douces larmes
Les boire sur ta blanche main.

Mais la mélodie n'était pas celle de Schubert. Quand je l'ai
interrogée des yeux, elle a chuchoté fièrement : Musique
de *Fanny Mendelssohn*. La sœur aînée de Félix, qui n'avait pas
le droit de publier ses propres compositions. Mon arrière-
grand-mère a fait de la musique avec elle. À Berlin, Leipziger
Straße, à l'époque où les jeunes filles *de bonne famille* étaient
condamnées à la pratique musicale privée.

La quatrième strophe du poème de Heine, mademoiselle Elfi
y avait renoncé. Probablement pour ne pas assombrir un tel
jour de fête par des vers tristes. Calle m'a chuchoté : Je crois
qu'elle est de la même couleur que Sapphô. Une couleur qui
n'existe pas encore.

Fée, je n'ai pas osé manger avec eux. Je les voyais mordre
non sans avidité dans leurs tartines de jambon, et je savais quel
spectacle pitoyable je leur donnerais en les imitant. Un homme
émacié, au teint jaunâtre, qui laisserait tomber de sa bouche
des bribes de pain, avalerait de travers et serait pris ensuite
d'une toux caverneuse : gênant pour moi, pénible pour eux.
Mais voilà que les choses ont pris un tour joyeux. Oscar est
entré cahin-caha dans ma chambre, a tapé dans ses mains et
crié *h-hourrah ! h-hourrah !* Tout le monde a ri. Elfi lui a taillé

une tartine de jambon en petits rectangles, comme je le faisais autrefois pour Poupette, et lui a donné la becquée. Sa façon de manger n'était pas très appétissante non plus, mais on faisait moins attention : c'était un enfant, et non un homme adulte.

L'infirmière-chef était allée chercher une tasse à bec propre dans la cuisine du service et me l'avait remplie de vin blanc. J'ai bu à gorgées très prudentes.

Calle et Elfi étaient assis dans le coin de la pièce. Silencieux comme des fidèles en prière devant l'autel. Était-ce le *Dieu inconnu* qu'ils priaient, ou le *Dieu de l'amour* ? Allez savoir. Impossible d'être plus absorbé l'un par l'autre, dans un silence plus fervent. Parler de bonheur, il n'en était pas question ; le bonheur, dans la situation présente, était hors de portée. Ce qui était possible, c'était de savourer ce précieux instant. Et malgré tout ce qu'il avait de fragi le et d'impondérable, ils parvenaient à en profiter. J'ignore ce qu'ils se chuchotaient des yeux. Convenaient-ils d'un lieu de rendez-vous ? Le *café Morgenlicht* sur la Schlossallee, par exemple, ou le *café Sommerabend* du Heiligendamm ? Pour que leur rêve ait un nom. Pour qu'ils puissent le désigner, s'en souvenir.

L'équipe de nuit va bientôt arriver, a dit Rosemarie. Elle s'était levée et rassemblait la vaisselle. Puis elle a caressé les cheveux courts de sa protégée Elfi. Laquelle a pressé la main de Calle, sans un mot, et m'a embrassé avant de partir.

Moi aussi, a réclamé Oscar.

Puis elle a disparu.

Notre amour à nous, Fée, il y a déjà longtemps que je ne peux plus le protéger. Je suis à peine capable de veiller sur vous, et je ne dormirai en paix que lorsque vous serez arrivées à Rome. Mais jouer brièvement les anges gardiens pour ces deux-là, ça m'a fait plaisir.

30

Cette nuit, le garçon a de nouveau pleuré. Calle était penché au-dessus de moi et me regardait en ouvrant des yeux immenses. Sur le tableau qui est dans ma chambre, le garçon pleurait,

pleurait ; c'était un torrent de larmes. Peut-être parce que les Grands-Listeurs* se déplacent, sillonnent le pays en train.

Je n'avais jamais vu le tableau de Calle représentant ce garçon, je ne savais que ce que m'en avait raconté l'infirmière Rosemarie.

J'ai vu le Grand-Listeur, a-t-il repris. Il feuilletait nos dossiers dans le bureau des médecins, et il a levé les yeux à mon passage. Un nez fort, comme Monsieur le Hauptsturmführer. Mais des yeux globuleux. Il me fixait de ses yeux globuleux. Bien en chair. Un homme bien en chair. Il portait l'uniforme d'un Standartenführer de la SS*, en plus de la blouse blanche. Sur la table, il y avait un crayon rouge et un crayon-encre bleu. Pour tracer les croix en rouge et les signes « moins » en bleu. Il ne restera ici que trois jours, le temps d'examiner tous les formulaires. L'un après l'autre. Le mien, le vôtre et celui d'Oscar. C'était à nouveau le chantonnement de ses litanies. Il n'avait pas mentionné le formulaire de mademoiselle Elfi, peut-être pour ne pas l'ajouter à cette lugubre liste, peut-être aussi parce qu'il savait qu'une lettre du Standartenführer Gernoth von Trabitz était jointe au dossier d'Elfi. Une invitation à s'installer chez lui à Grunewald, dans la Douglasstraße.

Vous avez averti votre mère ? lui ai-je demandé. Il a hoché la tête. Oui, a-t-il dit. J'ai parlé au téléphone avec Madame l'épouse du Hauptsturmführer. Mais *les lignes étaient complètement obstruées. Je la comprenais à peine.*

Je n'ai rien demandé. Il n'a rien répondu.

Quand les lumières se sont éteintes, il s'est mis debout.

C'est si grave que ça ? ai-je demandé dans le noir. J'ai vaguement distingué sa tête qui faisait oui. Et pour finir, j'ai entendu la porte.

Fée, ma chérie, parfois j'aimerais qu'il y ait un Dieu. Pour interdire le traitement qu'infligent à leurs semblables des hommes-dieux autoproclamés. Mais plus un mot. Des baisers. Si seulement tu étais couchée à mes côtés.

31

Il m'a été impossible de m'endormir pendant un long moment. J'ai fermé les yeux et laissé les images papilloter sous mes paupières jusqu'à ce que surgisse devant moi Nicola, la jeune épouse de Clampe. Elle m'avait transmis la dernière lettre de Clampe, en juin 1939, quand elle était venue à l'un de nos congrès à Munich. Elle venait lire un exposé de lui, parce qu'il n'était plus en état de voyager. Après sa communication, je m'étais retrouvé assis à côté d'elle dans l'auditorium, un peu grisé par son charme, comme toujours. Nicola, avec sa coupe à la garçonne et son sourire rouge sombre.

Il a beaucoup vieilli, m'avait-elle chuchoté ; je suis inquiète pour son cœur. Ses yeux brillaient tellement que j'en étais inquiet aussi, inquiet pour moi. Après tout, nous logions dans le même hôtel, et je ne me sentais guère de taille à résister à ses assauts. Clampe était-il au courant ? L'avait-il voulu ? Je ne le saurais jamais. Elle était jeune. Moi, je n'étais pas aussi vieux que lui.

Le soir, elle a frappé à la porte de ma chambre avec, sous le bras, une chemise contenant des papiers. Elle portait un corsage vaporeux, un large pantalon blanc, et les ongles de ses pieds nus étaient vernis de rouge. En la voyant debout dans l'encadrement de la porte, malgré moi j'ai sifflé entre mes dents comme un gamin des rues. Mais elle, sans s'émouvoir, m'a tendu la chemise.

Je ne sais pas d'où il a eu ce manuscrit, peut-être de son ami Arnheim*. Impossible de l'envoyer par la poste, ce serait trop dangereux. Je ne peux te le laisser qu'une nuit, Max. Il tient absolument à ce que tu le lises. Ce soir. Demain matin, je dois repartir avec. Il a joint une lettre pour toi, je t'en prie, lis-la plus tard ; c'est peut-être une lettre d'adieu.

Tu veux un verre de vin ? ai-je demandé. Elle a fait oui de la tête, s'est laissé tomber dans l'unique fauteuil. Je l'ai servie, puis je me suis assis au bureau et j'ai commencé à lire. C'était le photocalque bleu d'un article dactylographié. Cent soixante-deux pages. On voyait que plusieurs minuscules avaient mal été nettoyées, le *b* et le *p*, le *d* et le *e*.

Le Serment* nocturne, portait la page de titre. Par *Konrad Heiden**.

Il est déjà en train d'être traduit en anglais, en suédois et en français, m'a expliqué Nicola. Pour sa parution en allemand, il faudra sans doute attendre que soient écoulés les *mille ans* de votre *Reich millénaire*.

Après lecture des premières pages, j'ai compris pourquoi. Ce que décrivait ce journaliste avec une certaine froideur suffisait à qualifier définitivement les SA et les SS pour l'inscription au fichier des criminels internationaux. Tous autant qu'ils étaient. Cette nuit-là, ils étaient sortis dans les rues avec des haches, après avoir une fois de plus juré fidélité absolue à leur *Führer*. Fidélité jusqu'à la mort. Avec leurs haches, ils avaient fracassé les objets de culte dans les synagogues, mais aussi la porte d'appartement d'une Juive qui, aide-infirmière sur le front de l'Ouest en 1918, avait perdu une jambe pendant les derniers mois de la guerre. Ils avaient commencé par la rouer de coups, puis ils avaient mis en pièces sa jambe de bois. Je lisais, lisais, sans cesse pris d'effroi, voire de haine, et je remarquais à peine la respiration profonde de Nicola. Elle s'était endormie.

Je ne savais plus comment j'avais passé cette nuit du 9 au 10 novembre 1938. Il fallait déjà que je me le rappelle. Où étais-je, ce soir-là ? Où étaient Fée et Poupette ? Puis ce la m'est revenu. Nous étions à Rome, parce que le père de Fée venait de quitter ce monde. J'étais rentré avant elles ; mais même après mon retour, ces crimes ne m'avaient pas tellement préoccupé. La synagogue du 3, Gottschedstraße : réduite en cendres. Même l'orgue avait été détruit. Ce n'est pas que je n'étais pas effrayé. Plus jamais je ne passerais devant avec Poupette ; je préférais faire un détour. Je lui avais montré des temples et des églises à Rome. Comment lui expliquer ces monstruosités commises ici, en Allemagne ? et la mort du brave docteur Felix Cohn*, au 3 de la Nordplatz, tué d'une balle à travers la porte de sa consultation ? Juste parce qu'il était juif. N'allait-elle pas me demander pourquoi je ne lui étais pas venu en aide ?

Au lieu de ça, j'avais savouré mon week-end libre, savouré même l'absence de Fée et de Poupette restées à Rome, et le fait que personne n'était là pour me compter les verres de vin rouge. Mais aux marges de ma conscience rôdaient d'oppressants messagers : Clampe, ma mère, le médecin dont elle m'avait noté l'adresse pour qu'il m'explique ce qui était arrivé à mon père. Ce week-end-là, j'avais commencé à comprendre que ma vie s'en allait. Par petits bouts. Mes pieds qui ne voulaient plus rester fermes sur le sol, mes mains dont la prise devenait moins sûre, les problèmes de déglutition, d'élocution. J'avais pris sur l'étagère *La Métamorphose* de Franz Kafka, paru en 1916 à Leipzig. Mon père me l'avait offert avant que je ne m'en aille rejoindre Clampe. Ce Gregor Samsa, était-ce lui, était-ce moi ? Allions-nous être métamorphosés en insectes répugnants, non pas d'un seul coup comme Gregor Samsa, mais lentement, jour après jour ? Tôt ou tard, nous retrouver sur le dos, incapable d'un geste. Et tôt ou tard, quelqu'un prononcerait la phrase : ... *eh bien, si vous voulez savoir comment il faut débarrasser le machin d'à côté, vous n'avez pas de souci à vous faire...*

J'avais dû sangloter, car soudain Nico la se tenait derrière moi, m'enlaçait, plaquait contre mon dos ses seins à peine couverts par ce haut presque immatériel. Ah, Fée, ai-je eu le temps de penser, avant de m'enfouir dans le ventre soyeux de Nicola.

32

La lettre de Clampe, je ne l'ai ouverte qu'après le petit déjeuner, une fois Nico la repartie, le visage rembruni. Je devinais que la séparation lui était dure. Je savais que c'était surtout la solitude qui nous avait poussés dans les bras l'un de l'autre. Elle, parce qu'elle devait ménager Clampe, ce colosse qui, à présent, ne vivait plus que par les yeux. Moi, parce que je voulais ménager Fée et la petite. Elles ne devaient pas remarquer trop tôt que je ne maîtrisais plus la marche et perdais le contrô le de mes mouvements, que mes épaules tressaillaient sous le tweed épais de ma veste. Que je mangeais avec avidité, tout en maigrissant de plus en plus.

Nico la s'était contentée de me dire : *Max, n'attends pas trop.*
Viens vite nous rendre visite. Il ne reste plus beaucoup de temps.
Puis elle avait pris son manteau et son sac de voyage.

Après avoir lu la lettre de Clampe, j'étais si troublé que
j'ai envoyé un télégramme à Fée : *Retour différé. N'arriverai à*
Leipzig que demain soir.

Comme à l'époque où je faisais mes études à Munich, je suis
allé au Château de Nymphenbourg et j'ai erré dans la « Galerie
des Beautés » de ce Louis II de Bavière qui avait risqué son
trône pour une femme. Mais ce n'était pas l'impérieuse Lo
la Montès qui m'intéressait ; c'est devant le portrait d'*Hélène*
Sedlmayer, la jolie fille d'un cordonnier munichois, que j'ai
essayé de mettre de l'ordre dans mes pensées. Son portrait
avait toujours été mon préféré. Elle était d'une beauté tellement
exempte de calcul, comme Fée. Nicola, en revanche, était une
œuvre d'art, conçue avec rigueur. Avec elle, les règles du jeu
étaient différentes. Et encore une fois : Clampe était-il au
courant ? Le voulait-il ? Ou s'était-il servi de Nico la comme
d'un simple appât ?

Au bar de l'hôtel j'ai commandé un schnaps, un deuxième,
un troisième ; j'avais besoin de frôler la folie avant de déployer
devant mes yeux la lettre de Clampe pour la relire.

Cher Max, écrivait-il, j'ai promis à votre mère et à votre père
de veiller sur vous. Ils se sentaient coupables à votre égard, et
pourtant ils n'avaient pas le choix. Ils nous ont souvent appelés au
téléphone, moi et Nicola, avant de boire leur gobelet de ciguë. Votre
père, surtout, était plus que désespéré. Il était tellement humilié et
malheureux de laisser à son fils unique une maison hypothéquée.

Dans ces jours qui ont précédé leur dernier geste, j'ai dû le blesser
considérablement. Je lui proposais de vous adopter. Il criait, hors
de lui : Non ! C'est mon fils ! À moi ! Les points d'exclamation
s'entendaient distinctement. Aujourd'hui, je me rends compte que
j'avais surtout à cœur l'avenir de Nicola. Elle aurait eu un frère
aîné. Quelqu'un pour s'occuper un peu d'elle, quand mes cendres
auront été dispersées.

Max, ne restez pas dans ce pays de criminels. Même vous, un
jour ou l'autre, vous n'y couperez pas. Les crimes qui restent impunis
corrompent tout et tous. Une guerre d'asservissement et d'exter-
mination s'annonce, la plus monstrueuse qu'ait connue l'histoire.

*La guerre est toujours le meilleur prétexte du crime. Pensez à
la sombre prophétie de Heine.*

*Si le sort vous est clément, vous finirez victime et non bourreau.
Quel dilemme. Je ne peux que me répéter : l'heure est à la fuite.
Prenez femme et enfant, et venez.*

Comme toujours, il avait pensé à tout. La lettre, manuscrite
bien sûr, était accompagnée d'une invitation à Locarno pour
un colloque ; et d'un courrier de son beau-père, un fabricant
de montres suisse. Il me recommandait à son honorable ami et
voisin Hans Frölicher*, ambassadeur de Suisse à Berlin depuis
1938.

*Ce diplomate de Frölicher, à vrai dire, abhorre le « péril rouge »
plus que la « peste brune »,* écrivait Clampe, *mais il ne refusera
pas un service à son vieil ami. Au moins, cette recommandation
vous garantira une procédure accélérée.*

Fée n'a pas dit grand-chose, quand je lui ai montré la lettre
de Clampe.

Alors pour lui, c'est toujours *omnia vincit labor*, le travail
triomphe de tout ? Y compris de la mort ? Il y croit, vraiment ?
Ce n'était pas à ces questions-là que je m'attendais.

Il est malade. Il va bientôt mourir. J'étais en colère, même
si j'avais mauvaise conscience à cause de Nicola.

Je ne lui ai pas raconté qu'une heure plus tôt très exactement,
j'avais décidé de rester. De rester auprès d'elles, tant que ce
la irait. Puis dans une clinique, quand ma déchéance devien-
drait un fardeau trop lourd pour elle et Poupette. Ce serait à
moi, et à moi seul, de déterminer le bon moment.

Je ne lui ai pas raconté non plus qu'à peine arrivé en gare
de Leipzig, j'étais monté sur le toit de l'immeuble Kroch* en
suivant l'artisan qui devait régler l'horloge. Je lui avais glissé
dix marks et je lui avais dit : La vue sur la ville doit être
extraordinaire de là-haut, à quarante-trois mètres du sol. Pour
finir je m'y étais retrouvé, là-haut et, debout, j'avais dialogué
avec moi-même.

Enjambe le rebord et saute, disait Koenig à Koenig. J'étais
resté très longtemps ainsi, plaqué contre le rebord, au-dessus
du vide, à regarder en bas. Et soudain j'avais entendu le rire
de Fée et le *Papa, papa* de Poupette quand je rentrais dans
notre vestibule après une longue journée de travail. Alors

j'avais su que je n'avais pas le droit de sauter. Oh non, je n'en avais pas le droit. Il fallait que je reste. Que je termine les choses en beauté. Au lieu d'imposer ce fardeau à Fée et à Poupette, le prendre discrètement sur mes épaules, tant que ce la irait plus ou moins : une créature en sursis, comme nous le sommes tous.

À cet instant où, très calmement, très prudemment, je m'étais éloigné du rebord pour me retourner vers l'artisan, à cet instant-là j'avais été un héros. Un homme qui ne se débinait pas quand *l'hôte noir* prenait ses aises chez lui.

33

L'été était déjà bien avancé quand j'ai revu Catia à mon chevet. Les couloirs étaient plus silencieux que d'habitude, car même les hommes en uniforme noir prennent des vacances. Catia portait une robe sans manches mariant le blanc et le rouge et, comme toujours, la pièce semblait trop exiguë pour sa fraîcheur et sa vitalité.

Tu vas avoir des adieux à faire, m'a-t-elle lancé. Dimanche, le chauffeur de Gernoth vient prendre mademoiselle Elfi et ses bagages. Dimanche soir vers sept heures.

Elle a caressé mon bras droit qui s'obstinait à ne pas fonctionner convenablement, parce que la clavicule était mal guérie. Mais ta Fée va venir la dernière semaine de juillet, pendant que Poupette restera avec moi et mademoiselle Elfi. Vous aurez tout le week-end pour vous deux.

Je n'ai pu retenir mes larmes.

Tu es heureuse avec lui ? ai-je demandé au bout d'un moment.

Au lieu de répondre à ma question, elle m'a dit avec un soupir : Il faut que je me fasse plus petite et plus faible que je ne suis, pour qu'il se sente fort et puissant. Alors seulement il est capable de m'aimer.

J'ai hoché la tête et soupiré à mon tour. Tout en espérant secrètement que Fée ne sortait pas ce genre de phrases à sa sœur ou à sa mère. Catia a croisé les jambes ; pendant un instant, j'ai aperçu un bout de sa cuisse nue et une jarretière

91

rose. Il était absurde de chercher à savoir comment Gernoth était arrivé à ses fins avec cette femme.

Tu sais qui on revoit beaucoup à Berlin ? Le neveu de Gernoth, Friedel Lerbe. Tu l'as rencontré à mon mariage. Un jeune médecin, diplômé depuis peu, qui vient d'être chargé d'une mission spéciale par la Chancellerie* du Führer. Il se fait mousser avec ça, tu n'imagines pas. Pour l'instant il travaille à Brandebourg-sur-la-Havel, dans quelques mois il sera détaché à Bernbourg pour une durée plus longue. Il y a une grande clinique neurologique, là-bas. C'est *Bormann** en personne qui lui a fait prêter son serment de discrétion. Même Gernoth se moque un peu de lui, c'est dire.

Je me souvenais vaguement d'un visage étroit, d'une chevelure et d'une moustache sombres, de mains nerveuses qui, à tout bout de champ, puisaient dans un paquet de cigarettes. Quant à ses yeux, je ne m'en souvenais pas.

La mère de Gernoth s'enferme dans sa chambre dès que Lerbe met les pieds chez nous.

Alors mademoiselle Elfi est arrivée, en robe grise sous le tablier blanc. Elle m'apportait mon dîner : une tranche de pain moulé, tartinée d'une fine couche de fromage frais. Catia a écarté l'assiette et tiré de son sac des petits pains au lait et un morceau de parmesan. De Rome, envoyé par Maman ; la Poste fonctionne encore. J'ai aussi du vin rouge pour toi.

Quand Calle a ouvert la porte, elle a eu un rire joyeux et lui a fait signe d'entrer. Une petite fête d'adieu, a-t-elle expliqué. Attends, je vais te couper le fromage en dés.

Je lui cachais tant bien que mal que je gardais les bouchées au creux de mes joues. Manger m'était impossible. Je regardais l'homme et la jeune fille pris dans cette histoire d'amour et de désespoir, de désir et de chagrin, et je ne parvenais pas à avaler.

Je dois filer, a soudain dit Catia. À dimanche sept heures, Elfi. Que ta valise soit faite. Calle a pris une grande inspiration.

Venez donc nous voir, monsieur Hohein, un jour où vous êtes libre. Je vais vous noter l'adresse. Son ton était léger mais elle ne parlait pas à la légère : elle a sorti une trousse de son fouillis et en a tiré un fin stylo.

Penchée vers moi, elle a chuchoté : Il faut que tu manges, mon cher. Tu mâches et tu avales. Tu avales et tu mâches. Si tu ne le fais pas pour toi, fais- le pour Fée et Poupette.

Sur le seuil, elle s'est retournée une dernière fois. Mon père allemand me racontait toujours l'histoire des musiciens de Brême. *Tu trouveras partout mieux que la mort*, comme disait l'âne au coq. Puis elle a disparu. Et moi, je ne savais pas s'il me serait encore donné de revoir son aimable personne.

34

Pour le départ de mademoiselle Elfi, Calle avait mis un costume noir et une chemise blanche. Le costume le faisait paraître encore plus maigre et plus grand, son visage étroit, aux yeux cernés, parlait de longues insomnies et de larmes rentrées. De la main droite, il pressait contre sa poitrine un disque noué d'un ruban de soie rouge.

Je n'ai rien pu dénicher de mieux, m'a-t-il murmuré avec un regard interrogateur. Je suis pourtant allé jusqu'à mendier du papier à l'infirmière Ria.

Comme disait toujours ma grand-mère, *Il ne faut pas commencer à pleurer, quand il y a trop de raisons de le faire*. Il a eu un hochement de tête imperceptible.

Alors l'infirmière-chef a fait entrer mademoiselle Elfi, en chemisier blanc et en jaquette noire, le chapeau encore à la main. Son visage n'était que silence tendu. Dehors, dans le couloir, on entendait le Concert* dominical des auditeurs. Willy Fritsch* chantait : *J'aim'rais bien être une poule, je s'rais plus à la coule…*

Monsieur Hohein a un cadeau pour vous, chère mademoiselle, ai-je dit à Elfi. Il s'est incliné pour lui baiser la main.

Il va falloir vous réhabituer aux formes de la vie civile, ai-je ajouté. Tout en sachant bien qu'elle accordait peu d'importance aux politesses bourgeoises. J'ai vu le rouge lui monter aux joues.

Je pense que monsieur votre père en serait très heureux, a enchaîné Calle. Sa jeune et jolie fille, installée dans une coquette maison sur le Hundekehlesee. Et madame Catia sera une bonne mère pour vous, presque autant que votre vraie mère. À nouveau il s'est incliné devant elle, noir et cérémonieux.

Maintenant les larmes arrivaient quand même. D'abord chez elle, puis chez moi. Calle, lui, se tenait sur ses gardes. Seules ses mâchoires remuaient et grinçaient.

Il m'est venu une idée, ce soir. Une proposition, pour que nous ne nous perdions pas de vue, ai-je chuchoté d'une voix à peine audible, en bégayant beaucoup. Après la guerre, retrouvons-nous dans l'archipel toscan. Sur la mer des Étrusques, au soleil, dans le vent tiède, en ces lieux de mythes et de légendes. Là où les désirs humains ont leur chez-eux. Et vous, mon ami, vous pourrez enfin achever votre *Litanie sur la couleur noire* et la faire jouer. Il faut seulement survivre.

Seulement : combien ce simple mot était décisif, je l'ai vu dans les yeux de l'infirmière-chef Rosemarie.

Seulement survivre.

35

Calle venait chaque soir. Il restait là, assis, et il ne disait rien.

La *Mort* blanche*, vous connaissez ? m'a-t-il demandé le samedi.

Quand on n'a plus que des idées noires ? Des idées noires, des nuits sans sommeil. Il a acquiescé. Avant de revenir à son chantonnement monocorde : Les nuits, les jours, les médecins, les infirmières…

Vous avez perdu du poids, ai-je observé. Il a encore acquiescé. Tout maigre et efflanqué sur sa chaise, il exhalait la dignité des êtres qui n'attendent plus rien et n'ont plus rien à perdre. Redevenu un roi du crépuscule, un roi de la nuit.

Vous avez eu des nouvelles ? Cette fois, il a fait non de la tête.

Écrivez-lui, ai-je proposé. D'abord il a eu un signe d'assentiment, puis il a détourné le buste en un geste de défense.

Tu veux bien écrire pour moi, mon ami ? Le tutoiement m'était venu spontanément. Une brève lueur est passée dans ses yeux, avant qu'il ne prenne stylo et papier.

Chère Mademoiselle, très chère Elfi,

Nous vous regrettons beaucoup, monsieur Hohein et moi. Vous nous manquez lorsque le soleil brille. Vous nous manquez lorsqu'il se voi le la face. Nous pensons à vous quand le sommeil devient trop noir ou que les journées sont privées de toute couleur. Écrivez-nous une simple ligne. Pour nous dire que vous allez bien. Pas plus. Ainsi nous saurons que vous survivrez. Jusqu'à la mer des Étrusques.

Fidèlement vôtres,

M. Carl Hohein   M. Maximilian Koenig

(De la main de Carl, Calle, Callissimo)

Il y a des enveloppes et des timbres dans le tiroir, ai-je ajouté. Et donne la lettre à ta mère, si elle vient demain. Je suis sûr que plusieurs de ces phrases seraient considérées ici comme du délire et ne passeraient pas la censure. Elfi, en revanche, les reconnaîtra. Certaines sont d'elle.

Calle a souri, pour la première fois depuis le départ de la jeune fille.

36

Fée avait réglé tous les détails de notre week-end au téléphone avec l'infirmière-chef. La chaise roulante était prête, la pension était réservée sur le lac de Tegel, il y aurait une chambre attenante à la nôtre pour l'infirmière privée. En tant d'années, je n'avais jamais remarqué à quel point ma chère et tendre avait le don de l'organisation. C'est moi qui avais souhaité cette escapade à Tegel ; en souvenir de ma petite enfance, de l'époque où Grand-père Koenig était chef-ajusteur aux usines Borsig.

Samedi matin, Rosemarie m'a habillé avec une aide-soignante ; tout décharné dans un costume devenu trop grand, je me laissais raser et peigner, assis devant le miroir. Cahin-caha, Oscar est entré dans ma chambre et a ouvert de grands yeux.

F'est ton anniverfaire ?

Presque, ai-je répondu.

Fée est arrivée, jaune d'or comme l'été, bruissante comme un champ de blé sous la brise. Dans sa robe de lin jaune au généreux décolleté, elle a pirouetté devant moi comme une ballerine. Elle avait des roses plein les bras, du gâteau et du chocolat plein ses sacs. C'était un flot d'amour et de bonheur qui me submergeait.

De la part de Catia, a-t-elle précisé en montrant le chocolat. Tu sais bien que les grosses légumes de la SS reçoivent presque de tout, malgré la guerre et le rationnement*.

Tiens, petit bonhomme, a-t-elle dit à Oscar avant d'en déposer un gros morceau dans sa menotte. Et maintenant, sauve-toi.

Pauvre gamin, il n'est pas gâté par la vie, a-t-elle observé une fois la porte refermée, en se retournant vers moi. Elle s'est énergiquement frotté le visage pour en chasser les ombres : On ne peut pas prendre toute la misère du monde sur ses épaules. Puis elle a poussé ma chaise roulante hors de la chambre, tout au long du couloir, jusqu'à la sortie.

Vers midi nous étions sur le lac de Tegel, où je mangeais des nouilles coupées en tout petits morceaux avec de la sauce de rôti, en buvant du vin dans une tasse à bec.

Poupette m'a remis un cadeau pour toi. Fée a sorti de sa valise l'ours en peluche qui grognait comme un vrai. Elle te l'envoie pour qu'il veille sur toi.

Qu'est-ce que tu lui as dit ?

Que tu avais une maladie contagieuse. Que tu nous rejoindrais à Rome dès ta guérison.

J'ai hoché la tête.

Tu sais que maintenant, il m'arrive de parler avec ma maladie ? Je lui donne des noms, je l'appelle « saint Guy » quand je suis très remuant, « Dr Huntington » quand le désarroi et le chagrin prennent le dessus. Mais ces messieurs ne me répondent pas.

Cette fois, c'est elle qui a hoché la tête. Est-ce qu'il y a des leçons à tirer de toutes ces souffrances, comme le prêchent les catholiques ?

Je n'ai eu qu'un geste de dénégation. Puis je me suis ravisé. Peut-être une leçon : la modestie.

Qu'est-ce que je pourrais laisser à Poupette ? J'ai préparé un mot pour quand elle sera grande ; quelques phrases de moi, prises en note par Calle. J'ai tendu à Fée une feuille blanche que Calle, avec le plus grand soin, avait remplie de caractères d'imprimerie. Fée a lu tout bas, d'une voix entrecoupée.

Angelica, ma fille,

Comme ton rire me manque. Et pourtant, personne ne pourra me le prendre. Je l'entends le matin en mangeant ma tartine de confiture, je l'entends à midi en avalant ma soupe.

Je ne sais pas si je vivrai assez vieux pour pouvoir t'aider à sortir du cocon de ton enfance et à ouvrir, l'une après l'autre, les fenêtres du monde. Ta mère devra le faire pour moi.

Cette terre est une vallée de larmes, et l'important, c'est la main qu'on tend à autrui, le sourire qui apparaît sur un visage malgré toutes les souffrances.

Après tant d'années d'existence, je ne sais toujours pas s'il y a quelque chose qu'on peut appeler LE mystère de la vie. Il y en a sans doute plus d'un. Écoute les histoires qui se racontent, mais ne laisse pas aux autres le soin d'en tirer les conclusions. Le bonheur et le malheur ne nous enseignent pas grand-chose : ils nous frappent, c'est tout. Les Anciens appelaient ce LA le fatum, c'est-à-dire le destin, ce qui nous échoit en partage. Mais là aussi, la prudence s'impose. Recevoir en partage la pierre tombale de son père, ce LA n'implique pas qu'il faille gaspiller son bref temps de vie à la lustrer, encore et encore.

Peut-être que le mystère de la vie consiste à collaborer, jusqu'à un certain point. J'insiste : jusqu'à un certain point. Malgré tout, il ne faut jamais renoncer au dialogue avec soi-même sur le bien et le mal. Car c'est justement parce qu'il n'y a ni Ciel ni enfer que nous ne pouvons nous rendre heureux ou malheureux que réciproquement.

Et fabrique-toi un petit tampon à mettre entre le monde et ta propre peau. J'insiste : un petit. Pour que tu ne sois pas trop vulnérable, mais que tu restes attentive aux autres.

Prends un peu soin de ta mère, et beaucoup de toi.

Ton père

… Et, non, je ne te regarde pas du haut du Ciel, contrairement aux bêtises que d'autres peuvent te raconter. Et, non, tu ne lustreras pas ma pierre tombale, même en pensée. Avec tout mon amour, ton Papa.

(De la main de Carl, Calle, Callissimo)

Tu es sûr qu'elle est pour Poupette, cette lettre ? m'a demandé Fée d'une voix rauque. J'ai haussé les épaules autant que je pouvais ; quant à répondre, j'en étais incapable. Nous sommes encore restés un peu au soleil, à écouter le bruit de l'eau et les mouettes.

Quand partez-vous ? ai-je fini par demander.

Jeudi 8 août. D'ici là, j'aurai trouvé quelqu'un pour le jardin, fait les valises de Poupette, arrangé deux ou trois choses avec les voisins. Nous pourrons y être le samedi. Maman se réjouit déjà.

Alors vous appellerez Poupette *bambolina*, « petite poupée » ?

Massimo, m'a-t-elle dit avec une prière dans la voix. Massimo, elle n'a déjà plus l'âge pour ce petit nom. Elle a onze ans, tu sais, et elle commence à avoir un peu de poitrine. Elle sera *Angelica*, tout simplement.

Massimo, c'était un nom que Fée ne m'avait plus donné depuis longtemps ; un nom qui remontait à notre époque romaine. L'époque la plus radieuse de notre vie. Où tout semblait facile, accessible.

Je lui ai donné mon journal intime, que j'avais à côté de moi dans la chaise roulante.

Lis, ai-je dit, là où j'ai laissé le marque-page. Pendant ce temps je vais regarder les vagues, le lac, les bateaux. Parler me fatigue trop.

Fée, tu te souviens quand nous sommes allés à Paestum avec ton vieil ami Giulio ? L'immense esplanade, silencieuse et vide, la lumière dorée. Les temples, les fouilles et, au-dessus de nous, le ciel inconcevablement bleu. Et Giulio, qui était si amoureux de toi. Mais nous formions déjà un couple depuis longtemps, même s'il ne fallait pas que ta mère le sache. Nous nous aimions dans n'importe quel lit, si étroit fût-il, en faisant le moins de bruit possible. Ta mère ne m'a jamais vraiment apprécié, n'est-ce pas ? Un archéologue allemand, un antiquisant. Giulio aurait eu sa préférence, Giulio, l'héritier d'une banque romaine. Mais ton père, lui, m'appréciait. Avant que nous ne montions tous les deux dans la fabuleuse voiture de Giulio, moi devant, toi à l'arrière, je crois qu'il pressentait déjà que ce serait pour nous comme un voyage de noces. Ton visage rayonnant sous le chapeau rouge, l'éclat soyeux de ton chemisier blanc – qui pouvait te regarder sans des battements de cœur ?

Fée, je sais très bien que tu t'es parfois ennuyée auprès de moi, avec moi. Poupette, tes cours de langue, le jardin : c'était pour toi. Les fouilles à Paestum et à Pompéi : c'était pour moi. Nous n'avons jamais dansé autour d'un cyprès, comme mes parents l'ont fait après avoir acheté la grande maison. Et pourtant : l'amour et l'amitié, qui les trouve dans un seul être ? Il se peut que je me trompe, mais l'amour me paraît tellement plus simple que l'amitié. Peut-être est-ce parce qu'en dehors de toi, je n'ai jamais eu d'ami. Parce que tu as abattu la paroi entre moi et le monde. Où se trouvait la brèche que tu as aperçue ? Je m'étais réfugié dans l'Antiquité ; toi, tu étais le présent.

Mon mode de protestation, c'était la mélancolie ; je ne me laissais pas utiliser. J'étais sorti du jeu. Non, ce n'est pas ça du tout : je n'en avais jamais vraiment fait partie. Sans Clampe, je n'aurais même pas appris les règles. Clampe, l'esprit supérieur qui pouvait pérorer au-dessus d'une bière, devant des étudiants bouche bée, sur tout ce qui est infini : l'eau, le ciel, le temps, avant de déplorer la finitude de l'individu. Parfois, sa vanité amoindrissait le poids que sa parole aurait dû avoir. Il fallait qu'il discoure, encore et encore, dans le seul but de capter l'attention, même quand sa profondeur de vues tournait au bavardage. Alors, les laissant à leurs bières, je fuyais en bibliothèque.

Tu vois comme je saute d'un sujet à l'autre, en pensée ? C'est parce qu'en vrai, avec mes jambes, je ne peux plus sauter.

Fée a soupiré ; puis, poussant ma chaise, elle m'a promené le long du lac. Les mouettes criaient, les pigeons se blottissaient dans le gravier tiède. Je notais que les gens nous regardaient beaucoup, ma Fée et moi. Elle comme le bon soleil du pays de l'enfance, et moi dans le rô le du géant perclus, gris et usé.

Vers le soir, Fée m'a préparé mon plat préféré dans la cuisine de notre logeuse : des gnocchi di patate, avec un ragù al la bolognese. Elle a sorti les ingrédients de son grand sac de plage rouge ; il y avait même du parmesan. C'est bien simple, elle avait pensé à tout. Ensuite, installés sur la terrasse, nous avons bu du vin rouge et goûté le silence de cette nuit d'été.

Plus tard, elle m'a tenu dans ses bras, bien fort, peau contre peau. Une dernière fois j'ai pu être un homme, ce qui m'a mis les larmes aux yeux. Sommeil sans rêve, serrés l'un contre l'autre.

37

Tu veux que je parte, a-t-elle lancé sans la moindre entrée en matière. Tu le veux. Elle avait joint ses grandes mains très calmes en toit de cathédrale. Seuls ses deux petits doigts tremblaient visiblement. Elle n'avait pas touché à son petit déjeuner.

Tu vas bientôt devoir y aller, ai-je répondu. Mange quelque chose, au moins un petit pain. Et emportes-en deux autres dans le train ; un pour toi, un pour Poupette. J'ai regardé ses larmes comme si c'étaient des gouttes de pluie glissant sur une vitre. De grosses gouttes sur le verre lisse.

Vers onze heures, nous étions de retour à la clinique. Elle a poussé la chaise roulante jusque dans ma chambre, juste à côté de mon lit.

Soyons brefs, ai-je dit. Elle s'est agenouillée, a posé sa tête sur ma poitrine. Je lui ai caressé les cheveux, en essayant de maîtriser autant que possible les tressaillements de ma main.

Va, ai-je murmuré. Là-bas, Poupette t'attend. Va. Pense à notre Rome. Un jour ou l'autre, elle nous sera rendue. Pense à notre Paestum, à l'éclat doré des colonnes et des pierres, aux fleurs rouges courant le long des frises.

Elle s'est relevée, énergique, résolue. J'emmène Poupette, a-t-elle déclaré de sa voix claire. Je l'emmène et j'attends qu'elle se soit habituée à la vie là-bas. Puis je viens te rejoindre.

Tu sais que tu peux toujours trouver asi le chez Nicola, sur le lac Majeur ?

Elle a fait oui de la tête, puis a gagné la porte. J'ai entendu ses talons claquer sur le sol du couloir, j'ai entendu la porte battante grincer puis revenir en place avec un soupir. Fée était partie. C'était comme toujours. C'était la fin.

38

L'infirmière Ria est venue me déshabiller et me remettre au lit ; mains sèches et fraîches.

On est en guerre, et vous, vous faites des excursions, disait-elle. Je n'ai pas répondu. Je restais parfaitement silencieux sur cette couche, plus lourd qu'une pierre. Dernière excursion, dernière escapade. Je croyais voir Fée, dans sa robe virevoltante, en train de saluer Poupette, qui s'appelle maintenant Angelica : « An-*djé*-lica ». Une petite main brune dans la main plus grande de Fée. *Il ne faut pas commencer à pleurer, quand il y a trop de raisons de le faire.*

Pense à l'époque où on t'appelait Massimo. *Massimo, pronta la cena*, le dîner est prêt. Et les plats que préparait Fée, ils embaumaient l'ail revenu dans l'huile, le romarin et l'origan.

Et aussi, pense à sa langue dans ta bouche. Tu en gardes encore le goût. Non, même l'ersatz de café de l'hôpital n'a pas pu le chasser ; il te restera jusqu'au dernier instant. Sur le rebord de ma fenêtre passaient maintenant des pigeons qui trottinaient, gloussaient, faisaient des courbettes : les rituels insouciants de la fécondité. Pour eux, l'été n'était pas encore passé.

J'avais dû m'endormir ; je n'avais pas entendu qu'on m'apportait la soupe du déjeuner. À mon réveil elle était sur ma table de chevet. Refroidie depuis longtemps ; mais comment aurais-je pu avaler quoi que ce soit ?

Et soudain, l'inattendu. Madame Lohr se tenait dans ma chambre. Elle avait discrètement ouvert la porte, prononcé mon nom. Madame Lohr, l'aide-ménagère de mes parents. Treize ans que je ne l'avais plus vue.

Max, s'est-elle écriée, Max Koenig ? Ou est-ce que je dois t'appeler *Professeur*, maintenant ? J'ai fait non de la tête avec un sourire ; elle s'est assise. Elle a ouvert son grand sac à main et en a sorti un bocal. Du pâté de foie maison, a-t-elle dit. Tu as toujours tellement aimé ça. Et aussi une brioche.

Je lisais sur son visage qu'elle me trouvait terriblement changé. À vrai dire, elle aussi avait vieilli. Mais tandis qu'elle avait simplement quelques rides de plus autour des yeux, j'étais devenu, moi, un vieillard avant l'heure.

Tu ressembles de plus en plus à ton père, a-t-elle chuchoté avant d'éclater en sanglots. Je me suis contenté de pleurer avec elle. Pour finir, elle a pris entre ses mains fines mon visage baigné de larmes et elle m'a embrassé.

Crois-moi, ils t'aimaient beaucoup, a-t-elle essayé de me consoler. Ils n'avaient pas le choix. C'était leur seule issue.

Ils ont emporté avec eux les restes de mon enfance, ai-je objecté. Je n'ai pas pu apprendre d'eux comment on meurt avec dignité. Ils ne m'en ont pas laissé l'occasion.

Elle a hoché la tête, comme si elle voyait très bien ce que je voulais dire. Mais ensuite elle a repris, avec beaucoup de calme et de gravité : Mourir, ça ne s'apprend pas en regardant les autres. Il faut le faire soi-même.

Après son départ, ce n'est pas seulement mon visage mais mon oreiller que j'ai inondé. Eh oui. *Trop de raisons.*

39

Calle ne disait rien, Calle ne posait aucune question. Assis à mon chevet, il jouait avec mon stylomine. Je lui ai proposé du gâteau. Il ne voulait rien manger.

Mes *cérébrillements*, a-t-il expliqué en haussant les épaules. Ils ont repris de plus belle, aujourd'hui.

Alors je lui ai dicté une lettre à Fée.

Chère Felicitas, ai-je écrit, ou plutôt a écrit Calle.
Ma toute belle, ma très chère, que devrais-je donc faire ? Il faut que je vous sache en sécurité. Tu te souviens que je t'ai appelée miagola, *après notre première fois ? Miagola, minette. Vous êtes plus en sécurité à Rome. Attendez-moi là-bas. Je dis bien : là-bas. Si tu m'aimes, tu resteras à Rome et auprès de notre fille. Mais je m'arrête, sans quoi mon cœur va se briser avant l'heure.*
Ton Massimo.
(De la main de Carl, Calle, Callissimo)

Je l'ai regardé glisser la lettre dans une enveloppe, écrire l'adresse, coller un timbre.

Ma mère passera demain m'apporter du linge. Je la lui donnerai.

Merci, mon ami.

Il m'a fait un salut militaire avant de s'en aller.

Apparemment Oscar s'était tenu aux aguets derrière la porte. La mine fermée de Calle lui faisait un peu peur. Mais à présent il passait le seuil, cahin-caha, et tirait sur ma couverture. J'ai poussé le gâteau en direction de ses menottes.

Mange, fiston, ai-je dit. Il s'en est rempli la bouche et a avalé.

T'es trisse ?

J'ai fait oui de la tête. Ma réponse lui a amplement suffi. Il a enfoui sa joue rêche dans le creux de ma main.

40

L'infirmière-chef Rosemarie portait aujourd'hui un tailleur gris clair et un chemisier blanc. Elle a déposé son sac de voyage et s'est assise. Sans sa tenue d'hôpital, elle semblait étonnamment étrangère à ce monde.

L'été touche à sa fin, a-t-elle dit. Le patron est rentré de la Baltique ; au début de la semaine prochaine, le programme de transfert va commencer. L'infirmière Ria réglera tous les détails. J'ai maintenant deux semaines pour me reposer, ensuite je rejoins l'hôpital psychiatrique de Kaufbeuren. Là-bas, je vais diriger le bureau du personnel. Monsieur Hohein pourra m'accompagner ; il m'aidera à traiter tous ces dossiers. Son visage semblait soudain gris et défait.

Vous savez, Max Koenig, a-t-elle poursuivi, ce n'est pas seulement à vous que je dois dire adieu. Je dois aussi dire adieu au travail avec les malades. Mon cœur bat un peu trop vite et parfois, au contraire, il a des arrêts. Une chaise de bureau, pour les gens dans mon cas, c'est sans doute une place plus indiquée.

Elle s'est adossée, a regardé fixement par la fenêtre. Il y a tant de façons différentes de mourir. Certains s'effondrent comme un arbre pris dans une tornade. Mon père, par exemple.

D'autres s'en vont par petits bouts. Je peux encore marcher, je peux encore rester assise. *Encore.*

Et moi je peux encore parler, ai-je chuchoté. *Encore.* Elle l'a lu sur mes lèvres, avec ce soin d'autrui qui n'appartenait qu'à elle. *Encore.* Elle a hoché la tête et m'a caressé le bras.

Je vous salue, mon ami, a-t-elle dit. Monsieur Hohein a ma nouvelle adresse, il la notera dans votre journal. Est-ce que nous nous reverrons, je ne sais pas. Elle était déjà à la porte quand elle s'est encore retournée.

Et tenez-vous un peu sur vos gardes, avec l'infirmière Ria. Mon père qui était médecin des pauvres à Friedrichshain citait toujours son confrère Hufeland*, une célébrité en son temps : *Le médecin peut être l'homme le plus dangereux de l'État.* Mais même des infirmières peuvent devenir dangereuses ; elles ont un tel pouvoir, face à des malades qui n'en ont plus aucun… Et qui s'étonnerait d'un décès, dans un hôpital ?

41

C'est le troisième soir que Calle m'a trouvé.

Après le départ de Rosemarie, tout était allé très vite. Deux infirmiers m'avaient empoigné et mis sur une civière. Puis ils m'avaient sorti de ma chambre et conduit dans une salle réservée aux hommes. Dès la porte, une odeur pénétrante de couvertures défraîchies et d'êtres humains décrépits. J'ai compté vingt lits, répartis en rangées de cinq. L'espace entre les lits était étroit, il n'y avait pas assez de tables de chevet pour tout le monde. On m'a installé dans un lit vacant de la dernière rangée. La table de chevet se trouvait à droite, collée au mur ; je l'avais pour moi tout seul. Une chance, dans ma malchance. La salle était mal éclairée, mal ventilée. Deux fenêtres donnant sur un puits de lumière. La vue quotidienne des nuages et des arbres allait me manquer.

Quand Calle a passé la tête par la porte, j'ai essayé de l'appeler, aussi fort que possible. Mais ma bouche n'a émis qu'un petit croassement. Il a dû m'apercevoir malgré tout, car il s'est approché d'un pas rapide, si grand et efflanqué qu'on ne voyait que lui. Il s'est assis au bord de mon lit et a tiré une carte postale de sa poche.

Mademoiselle Elfi vous salue.

Oh, ai-je fait. Qu'est-ce qu'on voit, sur la carte ?

Le Hundekehlesee, avec une barque et un cygne. Ses yeux brillaient.

Tu veux bien écrire pour moi ? Il a fait oui de la tête.

Fée chérie,

Depuis que je suis bardé de courroies dans une salle commune et que tout le monde me prend pour une préparation de laboratoire, j'en entends dire plus qu'il n'est bon pour mon âme. Les messieurs en blouse blanche passent devant nos lits et parlent à haute voix de morts cérébraux et de déchets humains, pour lesquels il n'y a plus rien à faire. Hier, le patron a dit qu'il fallait être reconnaissant au FÜHRER *: grâce à lui, on allait bientôt être débarrassé de ces bouches inutiles. Et pouvoir enfin se remettre à des choses intéressantes, comme l'expérimentation de nouveaux traitements. Je suis une mauvaise herbe à arracher : je ne l'oublierai jamais, quoi qu'il advienne de moi.*

Cette lettre restera ici jusqu'à la prochaine visite de la mère de monsieur Hohein. Depuis que l'infirmière-chef Rosemarie ne travaille plus dans la maison, la mère de Carl est la seule à pouvoir sortir une lettre en fraude. Tu sais bien que les bonzes de l'établissement font disparaître les messages écrits par les malades ; ils craignent (à juste titre) que des plaintes ne filtrent à l'extérieur.

Envoie donc à madame Hohein, de Rome, un petit cadeau de remerciement ; peut-être un salami fumé, c'est un luxe en temps de guerre.

Mon ami Carl est très patient avec moi. Il se concentre sur le mouvement de mes lèvres et cherche à saisir le sens de mes balbutiements.

Les lumières s'éteignent.

Je te laisse, ma chérie.

Baisers à toi et à Angelica.

Ton Massimo

(De la main de Carl, Calle, Callissimo)

105

42

Oscar a mis deux jours de plus que Calle à me trouver. Soudain il était là dans l'encadrement de la porte, à fouiller la salle du regard. J'ai levé le bras gauche pour lui faire signe. Alors il s'est dirigé, cahin-caha, vers mon recoin.

Calle était assis à ma droite, papier et stylo en main ; Oscar s'est mis à gauche, au bout de mon lit. Reprends, ai-je dit à Carl. Sans quoi nous n'aurons pas le temps de finir. Et demain, on m'emmène.

Ma chérie,

Demain, on me « transfère ». Comme ce mot me paraît soudain curieux, appliqué à un être humain. On transfère des fonds, des droits de propriété… mais des gens ? Tous, dans cette salle, nous allons être transférés. Combien d'autres partent avec nous, Carlle sait peut-être. Des bus viendront nous prendre pour nous conduire vers un autre établissement. À Teupitz, paraît-il. Mesure de guerre, nous dit-on. Mais tout le monde a peur. Si T'Y VAS, T'ES FOUTU… chante une gamine aux boucles d'or qui passe de temps en temps devant la porte de notre salle. On ne peut qu'espérer qu'elle ne comprend pas ce qu'elle chante. Comme notre Poupette, le jour où elle était rentrée de l'école et, avec une parfaite candeur, avait entonné la rengaine du « boucher de Hanovre ». ATTENDS UN PEU, ET T'Y PASSERAS, AU P'TIT HACHOIR DU PÈRE HAARMANN…

Cet après-midi on nous a lavés, mesurés et pesés. Pour finir, les infirmiers nous ont tracé un numéro entre les omoplates, avec un crayon-encre qu'ils humectaient régulièrement sur leur langue. À quoi les gens acceptent de se prêter, c'est parfois presque incompréhensible. Après cette procédure, l'infirmière-chef nous a distribué des petits pains. Des petits pains blancs. Une sorte de dernier repas du condamné, sans doute. Je n'ai pas réussi à manger le mien et je l'ai gardé pour Oscar, le garçon que tu disais « peu gâté par la vie ».

Il paraît que dans le bus, il y aura des places aménagées pour les gens comme moi, les malades qui ne tiennent plus assis. Ils seront immobilisés par plusieurs sangles.

Dans le miroir de la salle de bains, c'est le visage sans vie de mon père, décharné, qui m'a regardé une dernière fois. Comme on met du temps à lire dans ses propres traits les signes de la mort. Et comme il est dur d'y consentir.

Hier, il y a eu beaucoup d'agitation ici. Un jeune homme d'une salle voisine n'arrêtait pas de crier : Je veux encore vivre. Si fort qu'on l'entendait dans tout le couloir. Il a crié jusqu'à ce qu'un infirmier appelle le médecin. Qui lui a apparemment fait une piqûre. En tout cas, au bout de quelques minutes, c'était un silence sépulcral ; seul mon voisin de lit pleurait tout bas. D'autres s'étaient plantés devant la grande croix du couloir et récitaient les prières de la Passion. L'aumônier ne s'est pas montré ; peut-être qu'il était en train de potasser Mein Kampf.

Non, ce n'est plus un établissement de soins, c'est devenu une geôle. Et les médecins sont à la fois juges et sbires. Ils décident qui peut travailler, qui doit mourir de faim, qui sera voué à une mort plus rapide. Non, ils ne se servent plus de tenailles ni de brodequins, comme en ces siècles que nous disions naïvement « de ténèbres ». C'est vrai qu'à l'époque, on envoyait facilement les malades au bûcher, et peut-être qu'on m'aurait brûlé comme sorcier à cause de ces tressaillements et de ces soubresauts involontaires. Mais au moins on m'aurait reconnu une âme immortelle. Aujourd'hui, je ne suis plus qu'un cerveau dégénéré qu'on montre dans du formol à des étudiants bouche bée.

Leur instrument, ce n'est pas la douleur ; ils ne sont pas si rétrogrades. C'est le mépris. Leur regard froid peut être un arrêt de mort. Ici, les docteurs tiennent à ce que les malades tremblent devant eux. Alors seulement ils se sentent puissants. Et malgré cela, de tels hommes rentrent chez eux le soir, caressent leur femme et leurs enfants.

Il vaut mieux que je te laisse, maintenant. Est-ce que nous nous reverrons, je ne sais pas.

Adieu, ma chérie, adieu. Quel bien tu m'as fait, toutes ces années. Et comme j'aimerais poser encore une fois ma tête contre la tienne.

Baisers à toi et à Poupette (tu remarqueras que je n'arrive pas à cesser de lui donner ce nom). Il n'y a rien que je puisse lui laisser. Un jour, plus tard, dis-lui que les Romains de l'Antiquité avaient bien raison avec leur CARPE DIEM, Profite du jour ; mais si par hasard elle fait voler le jour en éclats, qu'au moins ces éclats soient d'or.

Ton Massimo

(De la main de Carl, Calle, Callissimo)

Quand part le bus ? a demandé Carl.

Fix heures, a répondu Oscar, qui avait attaqué mon petit pain du condamné depuis un bon moment.

J'y serai, a dit Carl.

43

Et il y était. À six heures du matin, sa grande silhouette efflanquée se détachait à côté du bus qui nous attendait devant l'entrée latérale de la clinique. Là où, dans la journée, stationnaient les camionnettes de livraison. On l'avait repeint en gris ; même les vitres étaient badigeonnées de peinture grise. Probablement pour que personne ne nous voie, ne nous reconnaisse.

Ils veulent probablement nous protéger des bombes anglaises, a ironisé le jeune épileptique qui avait posé son baluchon à côté de ma civière. Trente-huit malades allaient monter à bord. *Si t'y vas, t'es foutu.*

Adossé au capot, le chauffeur faisait des ronds de fumée. Sur les garde-boue salis, une main inconnue avait inscrit en lettres tremblées *Haarmann*, le nom du « boucher de Hanovre ».

Du bus sont descendus des hommes en blouse blanche, qui ont fermement pris les malades par le bras. Sans rudesse, juste avec efficacité. Vite, vite, lever le camp avant que n'éclate une crise grave. Un homme s'était cramponné aux chevrons du séchoir en hurlant. Même la frê le malade d'Alzheimer*, celle qui s'était pavanée devant le miroir de ma chambre, se débattait de toutes ses forces. Aux fenêtres du bâtiment, on voyait peu à peu apparaître les visages de ceux qui restaient là, très pâles et silencieux. Les noms de la liste ont été cochés. Il ne restait plus qu'Oscar, qui se serrait contre ma civière, et puis moi, Max Koenig.

Deux hommes m'ont attrapé, m'ont porté jusque dans le bus. Mes pieds ont heurté le marchepied au passage. Puis on m'a attaché à mon siège avec des sangles à hauteur de la poitrine et des jambes. Carl s'est approché.

J'ai tout noté, a-t-il dit en me caressant la main. Au revoir, mon ami.

Achève ta symphonie sur la couleur noire. Et n'oublie pas de m'attribuer une couleur, à moi aussi.

Ce sera celle du feu et de la mort : un noir incandescent.

Rendez-vous sur la mer des Étrusques. Au revoir.

Vous descendez maintenant, lui a lancé le chauffeur en écrasant sa cigarette et en se mettant au volant. C'est valable pour vous aussi, mon frère.

Frère Johannes nous avait distribué des images de piété ; il s'est dépêché de sauter hors du véhicule qui s'ébranlait déjà. Carl a levé la main pour me saluer. Quand le portail s'est refermé derrière nous, le silence s'est fait dans l'habitacle. Même Oscar ne pipait mot. Accroupi par terre, il se collait contre mes jambes. J'ai caressé ses cheveux ébouriffés.

44

Dans le nouvel établissement, la salle commune était encore plus vaste. Cinq rangées de six lits. Les couvertures sentaient le rance. Vers midi, on nous a servi une soupe de légumes. Du bouillon et des lamelles de chou blanc, sans pommes de terre, sans viande.

Après la soupe, j'ai fermé les yeux. J'ai entendu Poupette et ses gazouillis de moineau. J'ai entendu Fée, mais son rire semblait résonner de très loin. Rome, ai-je pensé. R comme *Rome*. Je n'en avais pas encore fini avec le jeu des initiales. *Je m'en doutais*, a lancé la voix de Clampe. J'ai coupé court à son triomphalisme. Comment disait ma grand-mère de Tegel ? *Rien ne sert de pleurer sur le lait répandu.* Et pourtant : R comme *regret*. T comme *ténèbres*, T comme *tourment*, T comme *trépas*. M. comme *mort*. Tout ce la avait fini par former une couleur, la mienne. Comment sonnerait-elle dans la symphonie de Carl ? Comment y caserait-il l'incandescence du feu ?

Je pressentais que les journées ici seraient interminables. À part Oscar, personne qui me connaisse, personne pour parler avec moi. Très peu d'air, très peu de lumière, une nourriture chiche. Combien de temps nous avons finalement dû passer dans cette salle, j'en perdais la notion. Je dormais énormément. Peut-être que, dans notre infusion de menthe du soir, on ajoutait un médicament qui nous calmait. De la *Pervitine* aux soldats, pour qu'ils tiennent indéfiniment pendant les marches forcées, du *Luminal* aux malades pour qu'ils somnolent en permanence. L'infirmière-chef Rosemarie n'avait-elle pas dit quelque chose de ce genre ?

Et puis, un matin, il s'est quand même produit un événement. Oscar, bondissant, s'est faufilé entre les lits pour venir me chuchoter un simple mot :

Lett'e. Je ne lui ai pas demandé d'où il la tenait. Je l'ai prise, et j'ai lu mon nom. C'était l'écriture de Carl. Des caractères d'imprimerie, menus et soignés. J'ai poussé ma tartine de confiture vers Oscar et je l'ai regardé mordre dedans, avaler. Je tenais la lettre des deux mains. Je comptais la laisser reposer une petite heure de plus et savourer ma joie anticipée. Mais Oscar ne tenait pas en place ; il a décollé l'enveloppe à petits coups, jusqu'à ce qu'à avoir entre les mains un feuillet écrit et une seconde lettre.

Monsieur le Professeur et cher ami, ai-je lu.

Le courrier ci-joint de l'admirable signora nous est parvenu hier à Kaufbeuren. Il a d'abord été déposé à Wittenau, puis renvoyé à Rome, d'où il est reparti vers la Douglasstraße et la maison du Hundekehlesee. Mademoiselle Elfi a fini par l'envoyer à Rosemarie. Cette dernière est la seule à s'y connaître en établissements hospitaliers.

Ici à Kaufbeuren, j'ai un travail de bureau et, le week-end, j'écris le courrier d'autres patients. C'est bon pour mon estomac, car on me paie en cornichons et en pommes, parfois même en gâteau. C'est mauvais pour ma symphonie, je dois dire. Mais ce supplément de nourriture me permettra peut-être de tenir jusqu'à la mer des Étrusques. Rosemarie vous salue. Sa santé laisse à désirer : lèvres bleues, chevilles enflées, essoufflement dans les escaliers.

Restez avec nous, mon ami. Faites un effort. On a encore besoin de vous, et je ne par le pas seulement de la signora.

Votre bien dévoué, ton bien dévoué
Carl.

P'eure pas, m'a dit Oscar en essuyant maladroitement les larmes au coin de mes yeux.

J'ai contemplé l'adresse sur la seconde lettre. L'écriture de Fée. Claire, bien tracée. Quelle compagne je m'étais trouvée là.

Ouv'e, m'a ordonné Oscar. J'ai laissé à ses mains zélées le soin de le faire.

Massimo, mon chéri, écrivait-elle.

Je n'arriverai pas à venir te voir avant la fin de cette année. Poupette a pas mal de difficultés à l'école. Les enfants de sa classe ont mis un temps fou avant de plus ou moins l'accepter. La langue, ses tresses, sa façon de s'habiller... Nous lui avons fait couper les cheveux, coudre d'autres vêtements pour l'école, et tous les après-midi, que le soleil brille ou non, je travaille son italien avec elle. Elle ne demande jamais de tes nouvelles, mais il lui arrive de pleurer dans son sommeil.

Même avec Maman, c'est un peu problématique. Quand je ne partage pas ses idées sur l'éducation, elle a facilement des migraines. Babo nous manque, ici. Il avait toujours l'art de contenir le tempérament bouillant de sa femme. Et à quel point tu me manques, toi, je peux à peine l'écrire.

As-tu reçu le colis contenant des biscuits aux amandes, du salami et du fromage de brebis ? Tes variétés préférées, du moins autrefois.

Nous avons connu cet « autrefois », ne l'oublions jamais. Je t'embrasse aussi fort que je peux. Ta Miagola.

Oscar s'était fabriqué une sorte de grotte au pied de mon lit. J'étais content qu'il se soit endormi pendant que je lisais. Comme lui expliquer que je n'avais reçu ni biscuits aux amandes, ni charcuterie ? Il faut qu'on nous vole, par-dessus le marché.

45

Après des semaines – ou étaient-ce des mois ? – de nouvelles listes ont été établies ; deux infirmiers sont passés dans les rangs avec des boîtes d'archive et ont comparé nos visages aux photographies dans leurs dossiers. Nous étions devenus des documents, des numéros. Rien de plus. Mais il fallait absolument que les noms correspondent aux numéros portés sur les listes.

Quand les lumières se sont éteintes, Oscar est accouru et a collé sa joue rêche contre la mienne. J'ai vite rabattu ma couverture sur lui.

Écoute, Oscar, lui ai-je chuchoté à l'oreille. Il a eu un petit rire.

Tu me fatouilles, a-t-il dit, le poing sur l'oreille. J'ai immobilisé ses deux mains dans les miennes.

Oscar. Demain matin, dès que tu as mangé ta tartine de confiture, tu viens te mettre près de moi et tu ne bouges plus. On va de nouveau devoir sortir dans la cour et monter dans un bus. Et quand je dis *Allez*, tu pars en courant. Tu passes le portail, tu descends la rue. Tu continues droit devant toi, aussi vite que tu peux. Jusqu'à ce que tu voies une femme qui te sourie. Alors tu lui tends les bras. Tu entends ?

Quand tu dis *Allez*, je cours. Puis ses yeux se sont fermés.

Le lendemain, la bouche encore pleine, il est venu se blottir contre moi et m'a demandé : Juste courir ? *courir* avec un *h* derrière chaque *r*, *juste* avec un *v* au début.

Je lui ai caressé les cheveux et j'ai confirmé : Juste courir. Aussi vite que tu peux.

Quand ils l'ont ramené dans le bus, nous étions déjà tous à nos places attitrées. Ils l'ont mis à côté de moi. Son nez saignait.

Il avait l'air un peu honteux. Un peu fâché contre moi. Et je ne savais comment le consoler, comment lui demander pardon. Puis le moteur a démarré.

46

Bernbourg-sur-la-Saale, avaient dit les deux blouses blanches au chauffeur. Enfermés dans cette grande boîte grise, nous roulions.

Il fallait que personne ne nous voie pendant la traversée des villages et des villes, que personne ne nous reconnaisse. Nous avancions, cahotés dans une sorte de prison sur roues,

coupés depuis longtemps du monde des *gens normaux*, apparte-
nant depuis longtemps à une autre sphère. Mais ce que n'avait
pas prévu la « Société d'utilité publique pour le transport
des patients », c'est que personne ne *voudrait* nous voir, que
les habitants de ces bourgades se terreraient pour ne pas être
obligés de voir quelque chose. Sans quoi, ces anciens véhicules
postaux auraient sans doute gardé leurs couleurs vives. Je ne
l'avais pas prévu non plus, quand j'avais dit à Oscar de courir
dans la rue pour se sauver. Il n'y avait aucune issue pour
un enfant comme lui. Les agglomérations étaient désertes et
silencieuses ; quiconque n'avait rien à faire dehors restait chez
lui.

J'ai dû m'endormir. À mon réveil, j'avais des tiraillements
d'estomac, apparemment nous étions déjà en route depuis
des heures. Avons-nous traversé Berlin une dernière fois ?
Aurais-je pu me glisser une dernière fois dans le cimetière
où étaient enterrés mes parents ? Au lieu de ça, c'est Rome
qui a surgi dans mon cerveau ; le soleil brillait, nous étions
sur la terrasse avec vue sur le Tibre, Fée, sa famille et moi.
C'était le soir de nos fiançailles. Le père de Fée versait du vin
rouge dans de grands verres ventrus. La mère de Fée apportait
des assiettes de gnocchis arrosés de beurre brûlant, dans lequel
elle avait fait revenir de la sauge. Par-dessus, un soupçon
de parmesan râpé ; encore au-dessus, le sourire de Fée.

J'ai été arraché à ma rêverie, car le bus avait brutalement
freiné. On a entendu le grincement et le raclement d'un grand
portail qui s'ouvrait. Le bus a avancé, un infirmier a refermé
le portail. Soigneusement. À double tour.

Tout le monde descend, a dit le chauffeur. Deux auxiliaires
en blouse blanche se sont emparés de moi. Ils m'ont attrapé
sous les bras et entraîné, par-dessus des pavés, des seuils,
des marches, jusqu'à une salle d'attente carrelée. Là, sous
la fenêtre à barreaux, il y avait un lit tendu de draps en caoutchouc salis de rouille. Pour les malades comme moi, qui ne
pouvaient plus marcher. Ils m'y ont couché. Pas jeté, oh non.
Leur prise était ferme, ferme et efficace. On sentait la pratique.

Pouvoir encore une fois s'étendre, fermer les yeux : un
sentiment de soulagement, de menu bonheur. C'est seulement
quand les infirmiers se sont redressés en rajustant leur blouse

que j'ai remarqué que le plus grand, une vraie armoire à glace, portait un étui à pistolet sur son ceinturon. Un garde-malade armé d'un pistolet.

Oscar nous avait rejoints en trottinant. Maintenant il se cramponnait des deux mains à ma cuisse droite. Il a fondu en larmes quand un des infirmiers l'a tiré en arrière. Cahin-caha, il a suivi les blouses blanches en sanglotant.

Non, Oscar ne chantait plus. Même lui devinait que nous étions parvenus dans le plus noir de tous les contes. En un lieu où l'on entrait sans billet.

J'ai lancé « À tout de suite, Oscar », et j'ai agité la main dans sa direction. Je m'attendais à le revoir encore une fois. Peut-être la dernière. Mais je n'en étais pas sûr.

DEUXIÈME PARTIE

Visite du lieu d'exécution

Récit Du Médecin-Chef Lerbe

3 septembre 1939
Celui qui s'en alla apprendre la peur

Si au moins je pouvais joindre Alexander. Mais il a disparu depuis novembre dernier, et même Père n'a pas d'adresse sûre.

Et à l'heure qu'il est, Berlin est en ébullition. Les gares, bondées ; les trains de banlieue, bondés. Pendant mon trajet du matin vers le sanatorium de Lichtenrade, un silence tendu. Les gens sont encore trop fatigués pour parler. Même dans le service que je dirige, un silence tendu.

Seule Volksempfänger* de la salle d'attente bourdonne toute la matinée. Communiqués spéciaux, marches militaires. La voix du *Führer*. Goebbels et son accent chantant de la Rhénanie. Et puis, dans l'après-midi, le niveau sonore qui monte un peu partout, juste avant l'explosion de pleurs ou de cris. La guerre, vingt et un ans seulement après le dernier armistice. Ceux qui ont plus de quarante ans aujourd'hui tenaient déjà un fusil, à l'époque. Comme Alexander, juste après son baccalauréat.

Soudain je me suis revu en culottes courtes, venu lui dire adieu sur un quai de gare. En mai 1917. *L'adieu aux combattants*, comme on disait. Lui très grand, les cheveux épais et luisants, le havresac coincé entre lui et la fenêtre ouverte. Le soleil brillait, Alexander s'était allumé une cigarette et regardait dans le vague, jusqu'à ce que le train s'ébranle lentement sous la verrière. Mon grand frère et les cathédrales de France – voilà ce que je pensais, dans mon imagination d'enfant. C'étaient surtout des tombes qu'il aurait l'occasion de voir, j'allais l'apprendre bien plus tard.

Alexander, avais-je crié. Mets-leur une bonne raclée. Mon poing droit, levé bien haut.

Et à présent, de nouveau, un front à l'Est et un autre à l'Ouest. J'avais le frisson à cette idée, quand j'y appliquais mon intellect. J'ai aussi le frisson en pensant à la blessure de Père. Il ne s'en est jamais vraiment remis. Et c'est maintenant un vieil homme, aigri, non pas, mais épuisé. Quand il avait enfin pu reprendre le chemin de son cabinet vétérinaire, il traînait derrière lui un panache de désespoir et de douleur. Même les bêtes qu'il soignait semblaient ne pas beaucoup l'aimer. Mère, dans sa triste sagesse, mélangeait de la farine et des œufs, ou plus tard des produits de substitution en tout genre, et confectionnait un gâteau marbré pour arracher un sourire au visage renfrogné de son mari. Nous étions ravis d'en recevoir notre part, ce la va de soi. Mais jamais plus d'une tranche – le gâteau, c'était d'abord pour lui, qui souffrait tant.

Pendant ces années de disette, même Alexander vivait de nouveau chez nous. Stagiaire, assesseur, doctorant. Tard dans la nuit, je l'entendais feuilleter ses livres de droit. Infatigable, lointain. Parfois il chuchotait avec Mère.

Elle avait perdu la ligne depuis longtemps, Mère, et ses cheveux grisonnaient. Mais son visage rappelait encore celui de la belle jeune femme sur leur photo de mariage, et ses yeux étaient vifs et pleins d'entrain. J'aimais la regarder. Mais pour ses chuchotements et les secrets de la révolution, elle m'estimait trop petit.

Je ne l'étais plus, en revanche, pour les aventures de la grande inflation. Le maigre salaire de vétérinaire de district, il fallait tout de suite, tout de suite ! le convertir en denrées non périssables : lentilles, haricots secs, riz, pommes de terre, un jambon fumé. Achetés dès cinq heures du matin au grand marché, avant que les prix ne grimpent encore plus. Moi et la bonne, nous coltinions les sacs de provisions jusque dans la voiture de Père. Alexander prenait le volant. Et à sept heures pile, quand Père descendait prendre son petit déjeuner, nous étions déjà tous assis à l'énorme table bien astiquée et couverte de porcelaine de Saxe bleu et blanc, souvenir des jours meilleurs, avant guerre, où la famille de Mère avait encore son domaine en Haute-Silésie. Et après ces courses au grand marché, il y avait de quoi manger à sa faim. C'était en 1923 ; Alexander allait soutenir son doctorat. Nous étions tous très fiers de lui. Même Père souriait quand Alexander évoquait le 11 novembre, jour de sa future soutenance, d'une voix où se mêlaient la fierté, l'excitation et la peur. Ses yeux gris étincelaient, ses cheveux foncés luisaient. Je constatais que les femmes se retournaient sur lui quand il flânait le long de l'Isar. Pour lui, c'était facile. Les femmes l'adoraient. Moi, maigrichon et gauche, il fallait que je marche sur les mains ou fasse le saut périlleux pour qu'elles me prêtent un tant soit peu d'attention.

Je crois qu'il reste encore un peu de vin à la cave, me disait Père. Du riesling. Si tu m'aides, nous le remonterons un de ces jours.

Je vais prévenir mon frère Gernoth, lançait ma mère. C'est bien qu'il sache à quel point mes fils se distinguent. Ah, le baron – et mon père s'attardait complaisamment sur ce titre. Le baron, ma foi oui, pourquoi pas ?

Mais finalement, Gernoth von Trabitz n'allait pas pouvoir assister à la fête de soutenance. Le 9 novembre, avec Ludendorff et Hitler, il avait marché sur la Feldherrnhalle* et s'était pris une balle. Il se terrait au cabinet vétérinaire de mon père en attendant que ce dernier puisse la lui extraire. Blessure musculaire, bandage épais. Fuite en Italie avant que la police ne l'arrête. Je l'admirais. Pour le garçon de quatorze ans que j'étais alors, c'était un héros. Quelqu'un qui osait. Qui prenait des risques. Père et Alexander, eux, gardaient obstinément le silence. Mère non plus ne disait mot. Pour la fête d'Alexander, elle avait préparé de la salade de pommes de terre au concombre et à l'oignon, déniché Dieu sait où des saucisses de Vienne, de vrais petits pains de froment en veux-tu en voilà. Et elle avait fait un gâteau marbré. Pour son fils aîné, cette fois. Qui, tout content, l'avait découpé et en avait généreusement distribué les tranches.

Dix ans plus tard, c'était à moi de passer mon examen d'État. Mère avait beaucoup maigri, bien que notre table se soit regarnie depuis longtemps. Et Père, quand il se croyait inobservé, restait prostré à sa table de travail, le regard vide.

Personne ne pouvait se douter qu'ils allaient remporter la victoire, avait-il dit le 31 janvier 1933, quand Alexander avait fait un saut chez nous après une audience. Il était désormais avocat pénaliste, et sa femme attendait un bébé.

S'en douter, si, avait répliqué Alexander. Mais nous ne voulions pas y croire, dans notre arrogance. Ce n'étaient pas des adversaires pour nous. Ces gens sortis du ruisseau, on ne se bat pas avec eux, on est au-dessus de ça, pensions-nous sans vraiment nous l'avouer : orgueil de caste, mépris du peuple inculte, comme à l'époque de l'Empire. Nous allons nous en mordre les doigts.

Un an plus tard, peu après la Nuit des longs couteaux, oncle Gernoth est venu nous faire ses adieux : il emménageait à Berlin. Père restait invisible. Il s'était dépêché de filer par la porte de derrière quand son beau-frère avait sonné au portail du jardin. L'oncle portait son uniforme noir et, depuis la victoire de Hitler, il avait pris la grosse tête. Il nous a montré l'écusson à son col. Sturmbannführer, a-t-il expliqué non sans fierté. Et, à moi : Ça correspond à un grade de major.

Maintenant ils ont besoin de moi, a-t-il dit à ma mère. Depuis la destitution de Röhm*, Himmler a besoin de nous. Quant aux meurtres commis sur le Tegernsee et ailleurs, il n'en soufflait pas mot. C'étaient les nécessités de la cause. On ne fait pas d'omelette sans casser des œufs.

Passe me voir si tu viens à Berlin, Friedel. Des médecins, le mouvement n'en comptera jamais assez. Mais viens en uniforme, si je peux me permettre.

Quatre ans plus tard, juste après la Nuit de cristal, c'est Alexander qui frappait à notre porte d'entrée. Hannchen se tenait derrière lui, une beauté aux yeux sombres et aux boucles presque noires. Elle avait dans ses bras leur petite fille, les cheveux tressés de rubans. Mère a pâli en voyant leurs valises. Elle s'est retenue au dossier du fauteuil installé sous le miroir de l'entrée.

Tu pars, a-t-elle dit à Alexander. Il s'est contenté de hocher la tête. Dès que j'aurai une adresse fixe, je te dirai. Veille bien sur notre mère, a-t-il ajouté en se tournant vers moi. Père était absent ; il aidait un confrère juif à plier bagages. Alexander ne pouvait pas attendre son retour.

Nous prenons le train, direction Rome. Petites vacances d'automne. Pour la suite, on verra.

Étais-je content de son départ ? Peut-être bien. J'avais tout juste vingt-huit ans et je vivais encore chez mes parents. Sans emploi fixe, mal payé. Je multipliais les stages ici et là, malgré mon examen d'État et mon titre de docteur en médecine. En secret, j'avais adhéré à la *Ligue des médecins allemands nationaux-socialistes*. J'avais aussi posé ma candidature pour entrer au parti. Tous ceux qui se montraient prêts à collaborer obtenaient de l'avancement, en fin de compte. Ils paradaient d'abord avec leur carte du parti, puis avec leurs nouveaux titres. Médecin attaché aux services de santé. Médecin d'entreprise. Membre du Conseil de l'Ordre. À la maison, je ne racontais rien. Par mon ancien camarade de classe Joschi, je savais combien de temps cela pouvait prendre avant que ma demande ne soit traitée. Un an ou deux, me disait-il. Mais décroche déjà la médaille d'or sportive, c'est très utile pour entrer dans la SS. Je m'étais donc acheté un vélo et je pédalais le long de l'Isar ; je courais, je nageais par tous les temps ou presque. Mon sac de sport était toujours prêt dans le vestibule. Mère ne faisait pas de commentaires sur mes activités, mais elle avait l'air de se douter de quelque chose.

Si je restais chez eux, c'est parce qu'elle était malade et en train de mourir. Chaque jour en revenant de mon hôpital, je trouvais le logis plongé dans le silence. Elle déjà au lit, la porte de sa chambre ouverte. Père, le regard vide, assis à son bureau. Dès que je me montrais, il brassait des papiers au hasard, l'air affairé. D'Alexander, pas un mot, pas une adresse. Je passais ma vie à attendre.

Quand j'ai fini par faire mes valises pour Berlin, Père a tiré une feuille du tiroir de son bureau. L'adresse d'Alexander à Rome. Mère était la seule à l'avoir. Écris-lui, à ton frère. Personne ne l'a encore prévenu qu'elle était morte. Cela dit, il se peut que l'adresse ne soit plus valable, la dernière lettre envoyée par ta mère lui était revenue.

Dehors, dans notre jardin à l'abandon, des mésanges pépiaient, on voyait même déjà voler une hirondelle. La bonne saison pour un départ. Père dormait encore quand je suis parti. Nous avions passé ensemble la soirée de la veille, à vider deux bouteilles de rouge.

Ne te compromets pas trop, m'avait-il dit, avant de monter rejoindre sa couche solitaire. Je ne veux pas perdre mes deux fils. Trois jours plus tard, je prenais mes fonctions au sanatorium de Berlin-Lichtenrade. En parallèle, je suis aussi devenu médecin d'entreprise chez Siemens. Bref, je m'en sortais.

Je ne vais sans doute pas être enrôlé de sitôt. Médecin d'entreprise et clinicien en sanatorium, c'est assez stratégique comme activité. Le Dr Conti*, nouveau ministre de la Santé, m'a d'ailleurs laissé entendre la semaine dernière que des tâches particulières m'attendent. *Affaire d'État confidentielle.* J'étais chez lui au Bureau central pour la Santé du peuple. Une imposante vil la avec vue sur le lac de Wannsee et pelouse bien entretenue sous les fenêtres. Aryanisée, comme beaucoup de maisons dans cette banlieue résidentielle.

Les Juifs ont trop longtemps occupé les meilleures places, me disait le Dr Conti. Maintenant, c'est notre tour. Et nous saurons défendre tout ce que nous avons eu tant de mal à obtenir.

Début avril 1941

1

Marcher au-devant du bus, le long du passage soigneusement couvert, la tête haute, les épaules droites, et accueillir tous les patients avec un sourire. Les premiers ont sauté dehors presque avec agilité, sans doute contents de se dégourdir les jambes après le trajet de Teupitz à Bernbourg. Deux cents kilomètres, c'est-à-dire quatre ou cinq heures passées sur un siège dur, ce n'est pas rien. Ces anciens bus postaux n'étaient pas des plus rapides.

Un jour ouvré sur deux, la même procession : après les agiles, les grisonnants et, pour finir, ceux qui ne pouvaient plus se déplacer sans aide.

Bonjour tout le monde, ai-je dit. Et, s'il vous plaît, on ne se bouscule pas. D'abord la visite médicale, puis la douche, puis le repas. Il y a une grosse soupe aux pommes de terre ; avec même des bouts de saucisse dedans. Plus d'un visage s'est éclairé quand j'ai parlé de déjeuner. Mmm, a lancé un frê le garçon d'à peine treize ans.

Mon sourire calmait les patients. De plus, cette scène était importante pour mes hommes. Le fait que je sois là. En uniforme noir sous la blouse blanche. Ma présence les tenait en bride. Ces malheureuses épaves n'avaient pas besoin d'angoisses supplémentaires, elles devaient faire leur entrée chez nous, au *Département berlinois*, dans le calme et en bon ordre. Sans cris. Sans mots grossiers. Plusieurs fois, j'avais déjà dû tancer certains de mes infirmiers. Surtout Kurt Nolte, un malabar qui pressait les malades entre son bras et son thorax comme on écrase un ver. Devant leurs yeux écarquillés d'effroi, je m'étais promis de profiter du début de la prochaine séance pour faire un laïus à mes hommes. *Dévotions matinales*, selon le mot de ma secrétaire. Elle peut bien se moquer.

Je leur parlerais du Dr Brandt*, du beau Dr Brandt, grand, imposant, avec le prestige du praticien chevronné, qui se contentait d'effleurer le bras des malades. Délicatement, sans brusquerie. C'était à la Vieille Prison de Brandebourg-sur-la-Havel, dans la grange, où plusieurs salles avaient été aménagées pour la *mort douce*. Des carreaux blancs aux murs, un damier noir et blanc au sol. Tout sentait le propre, tout était accueillant. La Centrale du bâtiment fondée par Himmler s'était chargée des rénovations ; avec une rapidité étonnante. Sur les murs de l'antichambre, des patères pour les vestes et les pantalons. Le Dr Brandt aidait les hommes à se déshabiller, avec des gestes qu'on avait plaisir à suivre : très mesurés, et néanmoins soigneux. Pour finir, tous les hommes s'étaient retrouvés nus jusqu'au dernier. Brandt les avait précédés dans la *salle de douche*. Ceux qui se sentaient trop faibles pour rester debout avaient le droit de s'asseoir sur un des bancs en bois qui couraient tout le long des murs. Les tuyaux blancs camouflés en conduites d'eau comportaient de petits trous dont s'échapperait le monoxyde* de carbone dès qu'on actionnerait la manette des bonbonnes de gaz entreposés dans un cagibi attenant.

Il y a de l'eau en suffisance, avait lancé le Dr Brandt en souriant, et il avait salué de la main tous ces hommes nus, avant de quitter la salle. Nous étions assis dehors ; le Dr Conti se trouvait juste devant un œilleton pratiqué dans la porte. Le Dr Widmann, un ingénieur de l'Institut* de technique criminelle, avait actionné la manette. Tous faisaient silence : Bouhler*, Brack, Brandt, Conti, ainsi que les techniciens et médecins invités à ce *gazage d'essai*. On n'entendait qu'un léger sifflement. Au bout de quelques minutes, dans la chambre à gaz, plus rien ne bougeait. Brandt s'était levé le premier pour gagner la salle de conférence où nous nous étions réunis le matin. Nous l'avions suivi, un peu hébétés. Avant ce premier gazage, lui et Conti avaient déjà tué huit malades par injection létale. Une expérience pour l'étude comparative des méthodes de mise à mort. Son but : déterminer quel procédé était le plus humain.

Parfaitement organisé, avait observé Conti. Comme chaque fois que Brandt prend quelque chose en main.

La secrétaire avait apporté des plateaux de canapés ; à côté des plateaux, il y avait des flûtes et, dans un seau à glace, trois bouteilles de Henkell.

Messieurs, avait dit Brandt en levant son verre. C'est une étape décisive dans l'histoire de la médecine. La mort douce et indolore pour les malades incurables. Et nous, grâce au talent de nos ingénieurs et à l'intrépidité de nos médecins, nous marchons tous ensemble à la pointe du progrès.

Ensuite nous avions bu. Les yeux rivés à l'élégante silhouette dans son uniforme noir, naturellement taillé dans le drap le plus fin, et sur mesure. Les chaussures cousues main elles aussi, naturellement.

C'était le médecin personnel de Hitler, dont la rumeur disait qu'en fait, il aurait voulu suivre Albert Schweizer dans son hôpital de Lambaréné, en pleine forêt vierge. Mais ça, je ne le raconterais pas à mes gars dans ma harangue de demain matin, avant l'arrivée du premier bus. Je ne ferais que louer sa politesse avec les malades, sa délicatesse. Un modèle, y compris pour Kurt Nolte. Et même pour notre concierge Saitl avec ses maximes balourdes.

Le bus s'était vidé ; le chauffeur et les deux accompagnateurs avaient remis les listes et les dossiers médicaux, reçu quittance pour leurs services. Maintenant ils allaient faire un petit tour à la cantine ; manger une portion de ragoût, arroser ça d'un schnaps : mieux que rien. Et moi, je suis retourné boire un café dans mes locaux avant de m'occuper des admissions. Comme chaque mardi, depuis que j'étais médecin-chef du *Département berlinois* de Bernbourg-sur-la-Saale.

2

Non, je n'ai pas joué des coudes pour décrocher cette mission, une fois devenu collaborateur scientifique au Bureau central pour la Santé du peuple. Mais le chef de l'Ordre des médecins du Reich, le beau Leonardo Conti, m'appréciait. Peut-être parce que je ne faisais pas d'histoires, ou alors parce que mon oncle Gernoth lui avait passé un coup de fil. Conti m'a donc recommandé aux professeurs Heyde* et Nitsche. À l'époque – on était en décembre 1939 –, ils étaient encore installés au Columbushaus* ; c'est plus tard qu'ils ont emménagé dans une énorme vil la ancienne au 4, Tiergartenstraße, dont l'ancien propriétaire juif était, paraît-il, un oncle du célèbre peintre Max Liebermann*. Mais quand j'ai reçu la lettre m'invitant à un entretien personnel au siège de la *Fondation d'utilité publique pour l'entretien des maisons de santé*, ils ne disposaient encore que de quelques bureaux au Columbushaus. La teneur de la lettre était énigmatique : voulais-je m'impliquer dans une *affaire d'État confidentielle* ?

Je me suis présenté en uniforme, un uniforme bien brossé et repassé. Eux, comment étaient-ils habillés ? Je ne sais plus. J'étais trop excité. Le professeur Heyde, le professeur Nitsche. Ils avaient la mine grave, presque sévère. Avais-je lu l'ouvrage de Karl Binding et d'Alfred Hoche* ? Oui, ai-je balbutié. Et j'allais en énoncer le titre, quand Heyde m'a devancé :

L'autorisation de détruire les vies indignes d'être vécues. Son ampleur et sa forme.

J'ai même assisté à une conférence sur ce thème, ai-je vite glissé, une conférence prononcée par le professeur Hoche en personne. Nitsche, jusque-là resté sur la réserve, a eu un hochement de tête approbateur.

Alors vous savez de quoi il s'agit.

Heyde ne l'a pas laissé poursuivre. Le Chef de l'Ordre des médecins du Reich vous a décrit comme particulièrement fiable. En tant qu'officier SS, vous avez juré fidélité absolue au Führer. Vous sentez-vous capable de lui rester fidè le y compris quand les temps seront durs ? Au prix de sacrifices encore inimaginables ? Y compris si ces sacrifices doivent être accomplis dans le plus grand secret ? Silencieusement et discrètement, sans vous valoir de décorations ni d'honneurs publics ? Vous ne pourrez même pas en faire étalage, comme les jeunes soldats en permission, quand les vieux leur paient un coup pour qu'ils racontent. Même à votre petite amie, vous n'aurez pas le droit de tout raconter. Vous serez assez seul. Vous devrez faire des choses qui ne vous plairont pas forcément. Mais vous le ferez pour votre peuple. Et ce peuple, que cette opération aura doté d'une santé et d'une force sans égales, saura un jour rendre grâce à ses héros anonymes.

Vous n'avez pas à vous décider tout de suite, donnez-vous quelques jours. Si vous dites non, nous n'en parlons plus et vous poursuivez vos activités présentes. Si vous dites oui, vous devenez médecin-chef, d'abord au nouveau département de Brandebourg-sur- la Havel puis au département de Bernbourg. Votre traitement : 1250 reichsmarks. Ça au moins, votre petite amie va aimer. Vous pourriez vous marier. Avoir des enfants.

Comment j'ai réussi à gagner la porte, je m'en souviens à peine. M'avaient-ils serré la main ? Avais-je claqué les talons et incliné le buste ? Mes oreilles sifflaient, mon visage brûlait comme si j'étais resté trop longtemps au soleil. J'ai foncé vers la première cabine téléphonique pour appeler Joschi. Ania, j'allais devoir lui écrire, elle n'avait pas le téléphone.

Ce coup de fil à mon ancien camarade de classe Joschi, c'était particulièrement important pour moi. Salut, Joschi, allais-je pouvoir lui dire. Tu parles à un futur médecin-chef. Là, il ferait moins le malin avec ses fonctions auprès du Führer. Ses fonctions, son traitement, ses privilèges. Mais ensuite, j'ai hésité. D'abord rentrer à la maison, laisser passer la nuit sur tout ça et, avant, acheter un sachet de bonbons à la framboise ou de caramels, pour le gamin de ma logeuse. Flirter un peu avec cette jeune veuve et manger les tartines qu'elle me prépare toujours, là-bas dans Eisenacher Straße.

Aller à Brandebourg le week-end suivant, voir la ville, visiter la cathédrale. Déjeuner au bord de l'eau, seul avec la ville, seul avec mes pensées.

3

Ania, j'avais fait sa connaissance sur un trottoir de la Friedrichstraße. Des cheveux clairs qui brillaient au soleil, très grande et mince, les épaules droites et le pas ferme. C'est ainsi que marchait Mère : redressée de toute sa taille, le pas ferme. Je trottais derrière elle comme un petit garçon. Elle se courbait toujours un peu en entrant dans un magasin, comme si ses cheveux allaient effleurer le dessus de la porte.

J'étais juste derrière l'inconnue quand elle a fait volte-face. Elle allait dire quelque chose, mais elle a ri en voyant ma mine effrayée. Elle me regardait avec des yeux qui en savaient plus que n'avouait sa bouche.

Un café au bord de la Sprée ? ai-je proposé. Elle a accepté d'un signe de tête. Sans plus de façons. Nous avons traversé la gare de Friedrichstraße puis le pont sur la Sprée. Devant un minuscule bistrot, elle s'est immobilisée. Il s'appelait le *Moulin à café*. Elle m'a regardé d'un air interrogateur. Je lui ai ouvert la porte. C'est seulement quand elle a retiré son manteau que j'ai vu la petite croix d'argent au col de sa veste de tailleur. Je me suis félicité de porter mon veston d'été et d'avoir oublié mon insigne du parti sur l'uniforme noir. D'un autre côté, il allait bien falloir annoncer la couleur, la non-couleur en l'occurrence : noir. Mais pas de précipitation. Elle a retiré ses gants ; doigts robustes et soignés. Ce n'était pas une petite demoiselle gâtée, plutôt une femme à poigne. Remarquant mon regard, elle a souri.

Je suis infirmière, a-t-elle dit. Des yeux très bleus, des dents très blanches, d'épaisses boucles blondes. Même Himmler n'aurait rien eu à redire à son type racial. Quant à la croix d'argent, nous en reparlerions. Plus tard. Quand j'aurais généreusement embrassé cette généreuse bouche. Je ne pouvais en détacher mes yeux, de ces deux coussinets. Une bouche qui appelait les baisers, qui m'évoquait des framboises, des roses pâles. Quel goût pouvaient-elles bien avoir, ces lèvres ?

Si jeune, et vous ne faites pas la guerre ? telle a été sa première question. Ils ne voulaient pas encore de moi, ai-je répondu. Front intérieur. Sanatorium de Lichtenrade. Et médecin d'entreprise chez Siemens, industrie de guerre. Elle n'a eu qu'un hochement de tête.

Et vous ? Si rose et fleurant bon la framboise, vous n'avez encore personne dans votre vie ? Elle a frotté ses mains robustes, un peu gênée, un peu déstabilisée.

Cet après-midi-là, nous n'avons fait que parler. Beaucoup, à cœur ouvert, comme il arrive parfois entre parfaits inconnus.

Le poste de radio derrière le comptoir passait *Le vent dit une chanson…*, de Zarah Leander*. Et elle, elle me parlait de son père, une de ces sombres histoires que personne n'aurait envie d'entendre à moins d'y être obligé. C'est à peine imaginable, mais cet homme battait constamment sa femme. Sur le dos, sur les fesses, sur le ventre, pour qu'on ne voie les bleus. Une fois, à l'arrivée d'Ania, il l'avait mise à plat ventre sur une chaise et la frappait en rythme. Il lui avait attaché les bras aux pieds de la chaise et avait mis en marche un métronome. Tac, un coup, tac, un coup, tac, un coup. Personne n'aurait cru ça de lui. Un ingénieur propre sur lui, avec de bonnes manières, capable de jouer du Brahms au violon. Elle m'a montré une photo de sa mère. Une Madone espagnole aux yeux sombres, aux cheveux sombres, merveilleusement belle mais d'une tristesse glacée. Le plus stupéfiant, c'est que cet homme n'a jamais levé la main sur sa fille. Ni même crié après elle. Quand il lui parlait, c'était toujours à voix basse. Et il y a encore une chose qui m'a stupéfié : sa femme ne s'est pas enfuie. Elle n'a pas pris sa fille pour filer avec elle. Ce qu'elle a fait, c'est accumuler un par un des somnifères. Puis elle les a avalés, un jour où tous les autres étaient en vacances.

Sa mort a tout changé pour moi, poursuivait l'inconnue. Soudain j'ai trouvé le courage de prendre des décisions. Je n'ai emporté que ma brosse à dents et une photo de ma mère. Je suis partie avant même son enterrement. J'irais chercher sa tombe plus tard et y déposer des marguerites blanches. Ses fleurs préférées. Elles te sourient, ces fleurs comme de toutes jeunes filles, m'avait-elle dit un jour.

Et lui ? Qu'est-ce qu'il est devenu ?

Je ne l'ai jamais revu. Des années plus tard, j'ai lu son nom dans le journal. *Hans Haye, 72 ans.* C'était un avis de recherche lancé par le service municipal des cimetières ; régulièrement, ils essaient de retrouver les proches des personnes décédées.

Et alors ?

Je me suis présentée là-bas. J'ai enseveli l'urne en fer-blanc sur la tombe de ma mère. Un lundi soir, avec l'aide d'un collègue. Le cimetière était aussi vide qu'on pouvait l'espérer. Mon collègue avait une pelle et moi, une houe. Pour finir, nous avons mis un géranium en fleur sur la terre retournée.

Elle aurait vraiment souhaité ça, d'avoir à ses pieds les cendres de son mari ?

Je n'avais pas d'argent, a-t-elle répliqué. Ni pour une tombe à lui, ni pour un enterrement avec fleurs, orgue et gâteau maison.

Elle n'avait pas baissé les yeux, non, pas du tout. Elle prononçait ces phrases aussi sèchement que si elle avait fait ses classes chez des buveurs de whisky. Je n'arrivais pas à détacher mes yeux d'elle. Une enfant de l'effroi, mais que rien n'effrayait.

Elle s'appelle Ania, Ania Haye.

4

Il y avait déjà un petit moment que je me tenais devant la fenêtre ouverte de mon bureau. J'avais sorti une cigarette de mon tiroir et je soufflais la fumée dans l'air du parc. De vieux arbres, une pelouse tondue, des plates-bandes fleuries. Même devant le *Département berlinois* il y avait des fleurs, des clôtures blanches, tout ce la coquet et soigneusement entretenu par le concierge.

À l'étage inférieur et au sous-sol se trouvaient les locaux fonctionnels : le vestibule avec les patères, la salle d'admission avec le bureau du médecin, le coin aménagé pour le photographe, l'espace réservé aux effets personnels des arrivants. Un palier plus bas, les *douches* avec le cagibi attenant pour les bonbonnes de gaz, l'étroit couloir menant des douches aux fours crématoires : tout ce la clair, attrayant, faci le à nettoyer. Même les incinérateurs de cadavres – que nous appelions simplement les I-C, ma secrétaire et moi – avaient leur salle de repos. Avec une glacière pour rafraîchir leur bière et leur schnaps pendant l'été. C'est moi qui m'en étais occupé, ainsi que de leur procurer des verres et deux cendriers.

En haut, il y avait les bureaux. Le vaste hall décoré de photos de l'Attersee, un lac au bord duquel nos employés disposent d'un établissement de cure.

Le hall desservait des pièces grandes et petites, remplies de meubles-classeurs, de machines à écrire, de téléphones. Nous avions même une antenne de l'état-civil où devaient être établis les certificats de décès. Sans oublier la section de péréquation avec, au mur, une grande carte de l'Allemagne, et le bureau où l'on rédigeait les épîtres consolatoires aux proches. Au fond, le service de facturation d'où les comptables envoyaient des avis de recouvrement aux caisses d'assurance maladie ou aux familles, pour les soins prodigués. L'argent allait ensuite à la *Chancellerie* du Führer*. Après tout, nous étions en guerre, en pleine lutte à mort.

Peu de gens imagineraient combien mes activités sont complexes et multiples. C'est à moi, en tant que chef, de veiller à ce que tout s'effectue calmement et sans heurts. Seuls de grands naïfs croiraient que la mise à mort constitue notre tâche principale. Le gazage est étonnamment rapide. Le travail vraiment délicat ne vient qu'ensuite : faire disparaître les corps. Les brûler, les incinérer, les réduire en infimes particules. Et le plus complexe : construire une réalité parallèle, une fiction destinée aux proches. Inventer des causes de décès qui soient naturelles dans un établissement normal, tourner des épîtres consolatoires chaleureuses, fournir des urnes et des certificats de décès en bonne et due forme. Quand Untel est-il mort ? Où ? De quelle maladie ? Que va-t-on inscrire dans son dossier ? Comment harmoniser la fin d'une vie avec son commencement, qui n'est connu que des parents proches ?

Nous écrivons le chapitre final de nombreuses biographies, disais-je à nos employés. Mais ce chapitre final doit être serein, et surtout crédible : crédible pour la famille, pour le conjoint, les enfants. Sans cela, nous compromettons notre mission.

Sur la carte de l'Allemagne, dans la section de péréquation, étaient indiqués tous les instituts psychiatriques du territoire. Nous marquions avec des épingles le nombre d'avis de décès envoyés par chaque établissement. Nous avions même des coursiers dont l'unique tâche était de transporter des dossiers de malades vers d'autres établissements, pour que les avis de décès puissent être postés de là-bas. Souvent la tête me tournait, avec tous ces détails à prendre en compte.

Rien qu'une petite pause, ai-je dit à ma secrétaire. Avant de descendre m'occuper des admissions. Je l'appelais *Fossette* quand j'étais seul avec elle. Parce qu'elle avait, aux joues et sur le menton, des fossettes particulièrement marquées. Hochant la tête, elle m'a déposé une tasse de café sur l'appui de fenêtre.

Ce n'était plus une toute jeune femme, elle avait déjà trente et un ans, et elle m'était plutôt reconnaissante de mes familiarités. De plus elle aimait bien jouer avec les mots, comme moi.

Dévotions matinales, douches, épîtres consolatoires, I-C… Dans sa bouche, l'antenne de l'état-civil où étaient établis les certificats de décès devenait le *carnaval des oiseaux*, la section de péréquation, le *cours de géographie*. Nous rebaptisions tout, Fossette et moi. Elle avait plus d'inventivité que moi, dans ce domaine. Même pour désigner les locaux fonctionnels du sous-sol, elle avait encore eu une trouvaille, récemment : *Mortadelle*. Trop frivole à mon goût. Même si ce nom de charcuterie d'origine italienne dissimule dans son étymologie le bon vieux myrte. Le *rondo de Dante* ? ai-je proposé. Trop explicite, d'après elle. Et trop négatif. Nous nous abritions derrière des termes riants. Ce la facilitait le travail.

Ils vont vous attendre, en bas, me disait-elle à présent. J'ai fait oui de la tête et j'ai bu ma dernière gorgée de café. Mais ensuite j'ai hésité. Encore un petit instant.

5

Après ma conversation avec le professeur Heyde et le professeur Nitsche, j'avais donc décidé d'aller en reconnaissance à Brandebourg-sur-la-Havel. Non pas pour rencontrer de futurs collègues ni même pour explorer l'hôpital psychiatrique, oh non. Je voulais simplement respirer l'air de cette vieille ville, voir ce qui m'attendait. C'était petit et plan-plan à côté de Berlin, mais la tâche y serait immense. J'ai marché dans les rues silencieuses, sous un soleil pâlot. Un dimanche qui n'avait vraiment rien de sacré.

Et voilà que je tombe sur la statue de Roland* devant *l'Hôtel de ville de la cité neuve*. Debout dans son armure, le héros de *Roncevaux* tenait verticalement son épée de la main droite, la gauche posée sur son poignard. Un colossal jouvenceau, beau et fort, qui s'était battu pour son souverain et avait succombé, incarnant pendant de longs siècles la liberté des villes. Leur liberté, leur droit d'avoir leur propre juridiction. Il avait perdu la bataille, mais était mort dans la posture du vainqueur.

Les yeux sur l'horizon, regardant vers l'avenir. La tête levée, je le fixais des yeux, cet homme de pierre. Qui pouvait se comparer à lui ? La liberté, le droit, et la fidélité jusqu'à la mort. Et notre avenir, celui d'un peuple lavé des péchés de ses pères – qui d'autre que nous atteindrait ce grand but ? Sans poser de conditions. En faisant preuve du plus grand esprit de sacrifice.

À ce moment-là, j'ai su que j'allais dire oui, que je devais dire oui, quoi qu'il m'en coûte. Un vrai révolutionnaire reste là où l'on a besoin de lui. À la vie à la mort. Silencieux et invisible si nécessaire, sans croix de chevalier, sans décorations.

Pendant mes études de médecine à Munich, je n'étais même pas capable de décapiter les grenouilles. Une fraction de seconde plus tôt leurs yeux brillaient encore, et puis... Je me retrouvais soudain assis par terre dans la salle de travaux pratiques, blanc comme un linge et les genoux tremblants. Tout le monde me regardait. L'assistant poussait une chaise vers la fenêtre ouverte et m'apportait un verre d'eau. Il fallait que mon frère aîné vienne me chercher. Un bras fermement passé autour de ma taille, il me ramenait chez nous.

Laisse tomber la médecine, me disait-il. Fais comme moi. Le droit, c'est surtout des imprimés bien proprets. Pas de sang, pas de sueur. Juste un peu de poussière, parfois.

Mais moi, je ne voulais pas étudier des décrets poussiéreux ni interpréter des phrases écrites par des vieillards. Je voulais pénétrer les mystères du corps humain, les mystères de la nature.

Et maintenant ? Après tout, nous étions en guerre. Les soldats du front, eux aussi, devaient faire des choses qui ne leur plaisaient pas. Hurler en se jetant sur l'ennemi. Tuer. Battre à mort. Mettre le feu. Détruire. Et mes nausées, mes vomissements ? Ce sont mes sentiments personnels. Ils n'ont rien à voir avec ma tâche. La paix de l'âme, le bonheur, quels grands mots, quand on veut accomplir l'impensable. Quand on aspire aux lendemains, aux lendemains de son peuple. Et qu'est-ce que l'individu, rapporté au peuple tout entier ? Je laisse à d'autres les maximes pieuses ; moi, j'ai choisi la science, la science de la race. Et ce que nous faisons en ce moment, cet impensable, ne se fraiera aucun chemin en nous.

Nous n'en parlerons pas. Ainsi il sera comme non avenu. Nous accomplirons l'impensable et n'en serons pas moins des héros. Des héros silencieux.

Malgré le fait que mon corps ait encore bien des défaillances, que je ne ressemble pas aux héros de jadis et encore moins aux éphèbes de Breker*. Je serai un de ces nouveaux hommes allemands : entiers et même purs, oui. Ce que j'ai à faire, je le ferai vite et proprement. Tout doit avoir son ordre, sa mesure, sa forme. Ces projets inouïs, il faut les mettre en œuvre de façon aussi juste et humaine que possible. Minutieusement, résolument, sans bruit. Avec *dignité*, pourrait-on aller jusqu'à dire.

C'était juste, peut-être, ce qui est arrivé la semaine dernière au sanatorium de Lichtenrade ? Cette fille de vingt ans à qui j'ai dû fermer les yeux ? C'était une de ces rouquines comme on en voit si souvent ici dans le Nord. La peau si blanche et fine qu'on voyait le sang de ses veines au travers. Elle est morte très facilement – seuls meurent ainsi les enfants et les tout jeunes adultes. Presque avec inconscience, sans aucune résistance, comme s'ils ne savaient encore rien du prix de l'instant. La mère, encore jeune elle-même, moins de quarante ans, s'est complètement repliée sur elle-même à la vue de sa fille, comme si elle voulait en partager la rigidité cadavérique.

Ils meurent si facilement, ces jeunots, laissant derrière eux des médecins humiliés. Vous ne pouvez rien, nous dit leur dernier souffle. Des charlatans, tous autant que vous êtes. Des bavards. Vous vous donnez des airs. Vous touchez vos honoraires. C'est vous, dans vos blouses blanches, qui êtes des simulateurs. Vous simulez le pouvoir d'aider, de soigner, vous simulez le savoir. Peuh ! Et puis une dernière expiration, la tête retombe de côté.

Ce jour-là à Lichtenrade, j'étais content de bientôt terminer mon service. De pouvoir quitter ce lieu de mort. Vivre, rire, aimer, ce n'est pas peu. Je suis médecin. J'en ai déjà vu plus d'un mourir. Je veux encore goûter à beaucoup de plats avant de lâcher la cuiller.

Lors de ce dimanche à Brandebourg, j'ai rassemblé mes arguments en faveur d'un oui. Il y en avait tant que ma tête en vrombissait. Ce faisant, j'avais traversé la ville à pas de géant. Sur l'île de la cathédrale j'ai fait une petite halte, essoufflé, mais non pas à cause de cette marche rapide. Ania, ai-je pensé. J'allais lui faire ma demande en mariage, j'allais pouvoir l'épouser. Ania Lerbe, ça sonnait bien, quand même. J'ai prononcé ce nom tout bas avant de grimper dans le train qui me ramènerait à Berlin.

Nous avions rendez-vous à six heures à la gare du Jardin zoologique. Elle a eu un sourire radieux quand j'ai serré sa main robuste.

Tu as faim ? m'a-t-elle demandé en déballant un morceau de gâteau, du marbré. Plus tard, chez *Aschinger*, nous avons mangé de la soupe aux pois cassés. J'ai caché un des petits pains dans ma poche de manteau. Ania aussi. Pour cette nuit, a-t-elle expliqué. Elle prenait son service à 22 heures, en soins postopératoires. Il y a toujours beaucoup à faire, dans ces unités-là.

Début janvier je suis mutée à Poznan, m'a-t-elle dit soudain, d'une petite voix. Il ne restait donc plus beaucoup de temps.

Devant chez elle – dans Hannoversche Straße, à deux pas de l'hôpital de la Charité –, je l'ai embrassée. Avec la langue. Je venais de comprendre qu'elle n'attendait que ça. Et nos baisers avaient effectivement un goût de framboise. Ça aussi, je l'écrirais à Alexander quand j'aurais une adresse sûre. Je lui dirais que j'étais heureux. Avec elle, cette beauté aryenne, blonde et élancée. Avec elle, je viendrais à bout de tout. Y compris de ma mission.

6

Pour le week-end suivant, j'ai programmé une excursion à Brandebourg. Avec Ania. Deux nuits sur place : nous avions encore des jours de congé à prendre.

Un peu de vacances ne nous ferait pas de mal, ai-je lancé d'un ton léger. Avant que tu partes pour Poznan et que je prenne mon poste à Brandebourg. Elle a acquiescé sans me regarder. Mais pas trop gros, les bagages, ai-je ajouté. Debout en face d'elle, je l'avais prise par le haut des bras et mes deux pouces percevaient la chaleur de ses aisselles humides. Ce soir-là, pour la première fois, je lui ai touché les seins au moment des adieux, d'abord en passant, presque par mégarde, puis d'un geste plus appuyé. J'entendais à son souffle combien ce la lui plaisait. À samedi midi, donc, ai-je chuchoté, puis j'ai attendu que la porte de son immeuble se referme derrière elle.

Dans le train pour Brandebourg, nous nous tenions si serrés que j'ai décidé de l'emmener tout de suite à la pension réservée sur Neustädtischer Markt. La ville était ancienne ; elle pouvait bien attendre encore un peu. En arrivant à la réception, j'ai lissé mon uniforme du plat de la main. Je savais très bien quelle impression produisait cette couleur sur les tenancières d'hôtel.

Une fois dans notre chambre, c'est moi qui ai ouvert de grands yeux. Outre une brosse à dents et une chemise de nuit vaporeuse, Ania avait dans son sac une bouteille de vin rouge italien.

Cadeau d'un blessé que j'ai remis sur pied, a-t-elle expliqué. Elle a même sorti un tire-bouchon et deux verres à pied ventrus.

Mais elle n'avait pas seulement pensé au vin et aux verres ; elle avait aussi pensé à mettre des vêtements à gros boutons et un caraco très découvert. C'est ce que j'ai constaté quand mes mains se sont mises à la recherche de sa peau. En quelques instants, je caressais ses épaules nues et ses seins tièdes.

Le lendemain matin, je lui ai demandé si elle voulait être ma femme. Elle m'a dit oui, sans hésitation ni détours. Un joyau, cette femme. Chaque pierre de touche le confirmerait : elle était solide, entière, décidée.

Ce ne sera pas pour tout de suite, ai-je été obligé d'ajouter. Nous autres SS, nous avons besoin d'une autorisation de mariage signée du Reichsführer de la SS* en personne. Et d'un passeport généalogique remontant au moins jusqu'à l'année 1800. Pour toi comme pour moi, il faut un certificat médical. L'autorisation de mariage de nos supérieurs. Un document attestant que tu as suivi des cours de puériculture. Par ailleurs, il serait bon que tu décroches le brevet sportif du Reich. Peut-être que ça peut aussi se faire à Poznan, où tu vas être mutée ? Enfin, il faut qu'un gynécologue te confirme que tu peux avoir des enfants.

Eh bien, fais-m'en un, a plaisanté Ania. Comme ça, personne ne pourra plus me poser des questions aussi bêtes. Un joyau, vraiment. Rien de la petite fille à chichis et à scrupules, ni de la punaise de sacristie, ni de la grande bringue qui glousse tout le temps. La compagne rêvée d'un SS. Une enfant de l'effroi, mais étonnamment rétive à se laisser effrayer.

Cette nuit-là, il nous est resté encore moins de temps pour dormir que la première. Nous n'avons entendu ni les bruits de la rue décroître, ni les oiseaux se remettre à chanter. C'est seulement quand le soleil s'est levé au-dessus des toits que nous nous sommes brièvement endormis, lovés l'un contre l'autre.

Tu es celle que j'attendais, lui ai-je dit au petit déjeuner. Il faut que tu restes avec moi. Oui, oui, oui, m'a-t-elle répondu. Telles ont été nos noces. Loin de toute prêtraille, de toute convention.

7

En bas, c'était une odeur de bêtes humaines qui venaient de faire un long voyage : sueur, urine, vieux sperme, sang menstruel, dents mal soignées, linge ranci, vêtements rarement nettoyés.

Déshabillez les délinquants et ils ne seront plus que des bêtes, m'avait suggéré le professeur Heyde. Des corps avachis à la chair molle, presque croulante, des organes génitaux flasques, une peau gris-jaune marbrée de veines bleues : la nudité rend vulnérable, la nudité rend laid. La pitié devient l'exception.

L'infirmier-chef Nolte faisait la tête. Maussade, il poussait deux vieillards vers un banc en bois, en dessous des patères. Mains épaisses, épaules de travers. Je savais que j'avais laissé mes hommes gérer trop longtemps seuls le chaos dans cette atmosphère fétide. Après, pendant la pause de midi, je leur payerais une tournée de bière. La mauvaise humeur compliquait le travail, même s'il était devenu de la routine depuis longtemps : ces bus, après tout, il en pénétrait trois fois par semaine dans le garage couvert aménagé devant notre entrée. Trois fois par semaine, deux bus.

Aider les patients à débarquer, les conduire dans le hall, collecter leurs objets de valeur et les mettre dans des sacs numérotés, leur donner un coup de main pour le déshabillage, les faire passer devant le photographe installé dans un recoin derrière le cabinet du médecin, une photo en pied, une photo de buste puis une de profil, sans jamais perdre de vue le nom inscrit dans le dossier : des procédures bien rodées depuis que nous avions commencé le travail à Bernbourg en novembre. En dernier lieu, ou plutôt en avant-dernier lieu, la visite médicale.

On s'y met, ai-je dit à Nolte avant de m'asseoir à mon bureau. Un patient, un dossier, telle était la règle. L'historique médical, le formulaire de la centrale d'euthanasie rempli : alors seulement j'ai regardé le patient, un homme tout rabougri. Schizophrénie chronique, ai-je lu, incurable, inapte au travail, interné ici et là depuis vingt ans, dernières hospitalisations à Wittenau puis à Teupitz. Il fallait que j'inscrive la cause du décès et sa date. Pour le certificat de décès qui serait établi par l'état-civil, à l'étage du dessus. Pour l'épître consolatoire adressée aux proches. Pour le recouvrement des frais auprès de la caisse d'assurance maladie. *Crise cardiaque*, ai-je écrit. Le malade avait toujours eu des problèmes de cœur, d'après son dossier. Crise cardiaque, une mort rapide, parfois même sans grandes souffrances : rapide, propre, faci le à comprendre. Je savais que pour les proches, c'était plus acceptable qu'une horrible infection, un volvulus intestinal ou un œdème abdominal. Mais même ce diagnostic de *crise cardiaque*, il fallait en user avec prudence. Chez un trentenaire il éveillerait les soupçons, il valait donc mieux choisir une pneumonie ou une amygdalite purulente. Mais pas une tuberculose pulmonaire ; c'est là une affection qui peut remonter à des années. Les proches s'en seraient forcément aperçus bien avant le transfert. Ils auraient exigé un traitement.

Tous les soirs, quand je me retrouvais enfin dans mon bureau, assis à ma table, je travaillais à un grand répertoire : *Causes de décès vraisemblables*. Car il ne s'agissait pas seulement de la cause du décès en tant que telle, il fallait aussi prendre en compte l'*affection primaire* de l'individu concerné, son *âge*, son *sexe*, son *historique médical*. J'ambitionnais un répertoire satisfaisant aux normes de la profession, et auquel pourrait ensuite recourir tout médecin impliqué dans notre opération. Précis, rigoureux, plausible.

L'infirmier-chef Kurt Nolte râlait. La date, Monsieur le Médecin-chef, a-t-il lâché entre ses dents, avant d'attraper fermement le petit rabougri entre son bras et son thorax. De nouveau plus fermement que nécessaire, ce n'était pas diffici le à constater. Mais, prenant sur moi, j'ai eu un petit soupir et j'ai inscrit dans le formulaire : 27 février. Sur le papier, le vieux ne mourrait que dans dix jours. Au bout de ces dix jours, le 28 février, notre antenne de l'état-civil enregistrerait sa mort et le bureau des consolations rédigerait l'une de ses belles lettres. Comme toujours, je prenais des notes : nom, diagnostic, cause et date du décès. D'abord les faits, puis la pseudo-réalité qu'on donnerait à voir.

Nolte tenait les yeux baissés en reconduisant le vieux jusqu'au pas de la porte, où il s'est retourné vers moi.

À une heure et demie, on reçoit le prochain bus, m'a-t-il rappelé. Et les incinérateurs de cadavres ont déjà protesté. Ils ne voient pas comment s'en sortir, si on prend trop de retard dès le matin. Bien sûr il n'a pas dit « incinérateurs de cadavres » mais I-C, comme tout le monde.

J'ai fait un signe de tête dans sa direction. Je vais me dépêcher, lui ai-je assuré d'un ton aussi pénétré que possible. Je savais que je me donnais du mal pour rien en prenant cette voix ronflante. J'avais compris depuis longtemps que Nolte me considérait comme un faible, un homme trop porté à la sensiblerie. De même pour le concierge Saitl. Mais il ne râlait pas, lui : il pontifiait.

Les fours entrent en incandescence quand nous les chargeons trop, me disait Saitl avec son regard habituel, un peu en dessous, la tête penchée à gauche. Obséquieux, mais non dépourvu d'ambition. Encore heureux que j'aie exigé, lors de la rénovation, qu'on dote le crématorium de deux très hautes cheminées. Quand on ose l'inouï, il ne faut pas lésiner sur le confort du voisinage, avais-je expliqué au professeur Nitsche. La crémation d'êtres humains, je le savais, dégage des fumées pestilentielles. J'avais bien dit *la crémation*. Et non *la combustion*, bien sûr. À Brandebourg-sur-la-Havel, nous faisions évacuer les cadavres hors de la ville pour ne pas nous mettre inutilement les riverains à dos.

Les très hautes cheminées avaient été avalisées, et la troupe de Himmler les avait construites. Le concierge Saitl avait suivi les travaux en émettant des commentaires élogieux et en se laissant copieusement arroser de bière par les ouvriers. C'était donc un bon point pour moi, le nouveau chef, qui avais pourtant la moitié de son âge et venais de Berlin, par-dessus le marché. Autre chose nous liait encore, Saitl et moi, sans que nous en ayons jamais parlé. Nous le savions tous les deux : la violence n'est jamais propre, elle est sanglante. Elle met les victimes à nu. Elle en fait des animaux puants, raides de crasse. D'où la magie des rituels techniques, des gestes impeccablement enchaînés, du secret voire du complot. Tacitement, nous nous imposions silence l'un à l'autre. Seules les défaillances techniques étaient évoquées. Elles devaient être corrigées le plus vite possible, de la façon la plus pratique possible. Et ce que la violence fait des bourreaux, on le verra plus tard. Bien plus tard.

Le patient suivant était encore très jeune. Moins de vingt ans. Épilepsie, ai-je lu dans son dossier. Fréquence des crises : quotidienne, parfois même biquotidienne. Plus aucun contact ou presque avec son environnement. Inapte au travail. Malpropre. Le héros de Dostoïevski en phase terminale. Ce genre de cas se tranchait rapidement : accès de convulsions ayant entraîné la mort. Date du décès : 20 février. Au suivant, s'il vous plaît. Nolte allait être content de moi.

À présent c'était une femme. Des yeux insolents, je l'ai remarqué tout de suite. Pas vilaine, bien qu'un peu empâtée. Elle devait plaire aux hommes, autrefois. Le dossier indiquait *Psychose chronique avec épisodes maniaques*. Inapte au travail. Retire ses vêtements et danse nue dès qu'elle entend de la musique. Surtout le dimanche. Peint des images obscènes avec des sexes masculins énormes. Considère ce la comme de l'art, mais on ne peut le qualifier que de *dégénéré*. Bruyante, querelleuse. La voilà qui ouvrait déjà la bouche et m'inondait de paroles en gesticulant comme une forcenée, pendant que je feuilletais son dossier. *État catatonique en phase terminale*, ai-je inscrit. En ce moment c'était tout le contraire, d'accord, mais il est rare qu'on meure d'un épisode maniaque, et ses parents, des paysans de la région de Teltow, ne devaient pas y connaître grand-chose.

Nolte m'a amené le dernier. Un petit homme fluet à la peau grise. L'intérieur de ses cuisses ruisselait d'excréments qui faisaient des gouttes par terre. Le concierge Saitl allait adorer. J'entendais déjà ses jurons bavarois, son « *Himmikreuzsacra !* », comme s'il était à mes côtés.

Démence sénile, ai-je lu. Malpropre, agité, arrache leur pain à ses voisins de lit. J'ai inscrit : *Infection fébrile*, et j'ai refermé le dossier.

Le premier bus d'aujourd'hui : 37 candidats. 37 dossiers. 37 causes de décès. 37 dates de décès. 37 signatures d'un certain Dr Keller, mon nom de scène dans notre petite comédie. Une fois, la manette des bonbonnes à actionner. Brève pause déjeuner. Ensuite, le second bus.

On boucle les dossiers, qui montent à l'administration. D'abord à l'état-civil, puis au bureau des consolations, puis à la comptabilité, enfin au service de restitution des effets personnels. 37 certificats de décès. 37 épîtres consolatoires. 37 factures adressées aux caisses d'assurance maladie et aux familles. 37 lots d'effets personnels rassemblés dans des sacs marqués : un chemisier, une jupe, des bas, une veste, la photo d'une mère, usée à force d'avoir été lissée, enfouie dans une poche puis ressortie. Un morceau de chocolat, mis de côté pour une grande occasion et enveloppé dans du papier d'argent froissé, une mèche de cheveux, une brosse où d'autres cheveux restent encore accrochés, une pomme entamée, des chaussures évoquant des pieds singulièrement petits. Des témoins muets, mais qui en disaient étonnamment long sur la vie de leurs possesseurs.

Un soir – tous les locaux du département administratif étaient vides et obscurs depuis des heures –, j'étais entré dans le bureau des effets personnels et j'avais ouvert quelques sacs. Rien que leur odeur, à ces reliques… Je devinais des doigts roulant du tabac à cigarettes, étalant de la crème sur un visage, je sentais un arôme de framboise dans un sachet de bonbons encore à demi-plein. J'en avais sucé un en revenant chez moi.

8

Tout est prêt, Nolte ? ai-je demandé à l'infirmier-chef qui montrait sa tête à la porte.

Tout est prêt, a-t-il répliqué. Tous les trente-sept sont en *salle de douche.* J'ai déjà fermé la porte métallique du couloir. Avec un hochement de tête à son intention, je suis entré dans le cagibi attenant, qui n'avait qu'une seule fonction : accueillir les bonbonnes de monoxyde* de carbone. Une petite lucarne permettait aussi d'observer ce qui se passait à l'intérieur de la salle. Presque sans bruit, j'ai tourné les manettes des bonbonnes. À côté, le gaz allait immédiatement se déverser par les pommeaux de douche : inodore, insapide, incolore. Sans même un chuintement. Qui doit en inhaler, meurt par asphyxie. En dix minutes, en vingt minutes. En une demi-heure. Ce la dépend de la dose.

Un ingénieur de l'Institut* de technique criminelle, à Brandebourg, m'avait initié au maniement des valves. Ni trop, ni trop peu. Au moins quand j'étais de service, ils mourraient à petit bruit. Sans tumulte. Voilà pourtant que l'un d'eux se jetait contre la porte métallique. Un premier, puis un second. Une femme criait d'une voix perçante. Nolte avait-il lésiné sur les injections de morphine ? Est-ce qu'il se livrait en cachette à je ne sais quel marché noir ? Dans cette bourgade, probablement pas. Plutôt à Halle, au pied du château fort de Giebichenstein. Ou à Leipzig ? Est-ce qu'il n'avait pas une petite amie, là-bas ? Une femme de l'Est aux pommettes larges, aux cheveux frisotés, d'après les cancans de Saitl. Chaude comme la braise, sans doute. Mais pour en épouser une comme ça, il n'obtiendrait jamais l'autorisation de Himmler. Il allait falloir que je mette mon nez là-dedans.

Avec prudence, j'ai tourné un peu plus les valves des deux bonbonnes ; peu à peu, le silence revenait à côté. Un profond silence. Un silence de mort. Encore cinq minutes, et je pourrais couper l'arrivée du monoxyde de carbone. Je restais là, sans regarder par la petite lucarne. Il n'y avait qu'à attendre. Ne rien penser, ne rien vouloir : juste attendre.

J'ai attrapé ma montre-bracelet, que j'avais déposée sur la tablette à côté des bonbonnes pour mieux maîtriser le temps, et je l'ai remise à mon poignet. Il fallait encore que je dise bonjour à l'équipe des incinérateurs de cadavres ; que je leur promette une petite fête pour la semaine prochaine, puis je prendrais une pause. Ne serait-ce qu'en fumant une cigarette à la fenêtre de mon bureau. Avec un grand soupir, j'ai grimpé l'escalier vers le département administratif.

Fossette, au moins, je pouvais compter sur elle. Elle me serait loyale tant que j'irais lui rendre visite de temps à autre dans sa couche solitaire. Après un verre de vin, ou quelquefois un dîner en tête-à-tête : poisson frais de la Saale pour elle, pour moi une fricassée aux trois viandes, spécialité de Bernbourg. Deux solitaires qui se réchauffaient mutuellement, sans devenir trop familiers. Son mari au front, mon Ania dans un hôpital militaire de Poznan. Je savais qu'elle en voulait plus. Me retrouver tous les mardis, tous les jeudis, par exemple. Faire la cuisine pour moi, même, et laver mes chemises. L'équilibre était délicat à maintenir. Entre le *vous* distant du bureau et les chuchotements ardents auxquels on se livre couramment au lit. Mais ce qu'on dit en faisant l'amour, après tout, ce n'est pas à prendre très au sérieux.

9

Après m'être occupé du bus numéro deux, j'étais si épuisé que j'ai sorti la bouteille de digestif cachée derrière les classeurs. La tasse de café servie par Fossette, ce n'était vraiment pas assez pour me requinquer. Au lieu de lait, j'ai ajouté à mon café une bonne rasade d'eau-de-vie aux herbes. *Caffè corretto*, comme disent les Italiens. Un petit pincement au cœur en pensant à mon année d'études à Milan. Risotto aux fruits de mer, pizza milanese, avec un vin blanc du lac Majeur. Cette riante année, ma mère me l'avait offerte parce que j'avais eu mon bac à dix-sept ans, et avec mention. La vie était étonnamment facile à cette époque, les journées trop courtes ; aujourd'hui, elles se traînaient.

Vous avez reçu une lettre de la Tiergartenstraße, me disait Fossette. On vous attend demain midi pour une réunion à Berlin ; c'est signé du professeur Heyde et du professeur Nitsche.

Oh, ai-je dit avant de me plonger dans la lecture de leur courrier. Je ne voulais pas qu'elle voie à quel point j'étais content. Berlin ! Ça me ferait du bien. J'allais appeler mon ami Joschi pour une virée à deux. J'ai donné le numéro à Fossette pour qu'elle m'obtienne la communication. Trois heures de train jusqu'à Berlin : si j'arrivais à avoir celui de 18 heures, je serais là-bas avant 21 heures Pour les Berlinois, c'était le moment idéal ; la soirée commençait à peine – avec ses tentations en tout genre. Si Joschi pouvait venir me chercher dans sa grosse voiture de fonction, il nous resterait assez de temps. Et dans le train, j'allais enfin pouvoir écrire à Alexander, même si je ne connaissais pas exactement son adresse.

10

À 18 heures, assis dans le train pour Berlin, j'ai aussitôt sorti mon nécessaire à écrire. *Cher Alexander*, ai-je commencé. En m'étonnant moi-même de la façon dont ma plume se mettait ensuite à courir. De la facilité avec laquelle je mêlais des détails concrets de mon existence à une réalité inventée. Étaient-ce des mensonges ? D'agréables vérités ? Une pseudo-vie que je simulais ?

Cher Alexander,
Enfin quelques précisions sur ces mois déjà passés à Berlin. J'y vis depuis août dernier. Pour l'instant j'habite à Schöneberg, chez une jeune veuve installée dans Eisenacher Straße. Elle prend des pensionnaires depuis qu'elle a perdu son mari. L'Espagne, la légion Condor, enfin tu vois ce que je veux dire. Ma chambre est petite et sombre, les fenêtres donnent sur une arrière-cour qui sert un peu de dépotoir. Mais je n'y passe que mes nuits. En journée je travaille à Lichtenrade, dans un sanatorium. Deux fins d'après-midi par semaine, je donne aussi des consultations chez Siemens, comme médecin d'entreprise. Beaucoup de saleté, beaucoup d'ignorance, de dents gâtées et d'alcool, pour ne citer que quelques

problèmes. Avant-hier, un ouvrier en état d'ivresse s'est gravement blessé avec sa machine. J'ai pu poser un pansement provisoire, pour qu'il ne perde pas trop de sang. Un tout jeune homme dont la femme vient d'avoir un bébé. Sans doute qu'il avait trop fêté la naissance de leur héritier, la veille au soir. Pauvre bougre. On ne sait pas encore s'il retrouvera un jour l'usage normal de sa main droite. Les pompiers privés de l'entreprise l'ont conduit à la Charité. Ce la dit, c'est le légendaire Sauerbruch* qui opère, là-bas. En voilà un qui pourrait nous en remontrer.

Ces dernières semaines, j'ai aussi prononcé quelques conférences sur l'hygiène, les saines habitudes de vie et, surtout, la préservation de la race. Ces hommes au corps déformé par le travail, je n'ose même pas imaginer à quoi ressemblent leurs femmes. Il doit y en avoir qui viennent attendre devant le portail de l'usine le samedi, avec leurs enfants, pour pouvoir au moins sauver un peu de la paie pour elles et leur famille. Pourtant Siemens rémunère très bien ses ouvriers qualifiés, apparemment. Dans les 28 reichsmarks par semaine.

Après mon dîner chez la veuve, je me promène en ville, parfois en m'accordant une bière dans un bistrot du Volkspark. Parfois aussi, je rapporte dix pfennigs de pastilles au chocolat pour le gamin de ma logeuse. J'aime tellement voir ses yeux briller, quand il vide le sachet.

Par ailleurs, il y a eu un gros changement pour moi cet automne. Le Dr Conti, chef du Bureau central de la santé publique, m'a proposé un poste de collaborateur. Avec une augmentation à la clé. Mère aurait été contente de savoir que son frère Gernoth m'a beaucoup aidé, ici à Berlin. Je suis allé lui rendre visite dès mon arrivée. Il faudrait que tu voies sa maison à Grunewald. Une vil la de deux étages, clôturée par des haies de buis, avec un grand jardin et un ponton sur le Hundekehlesee. Ça viendra, Friedel, m'a-t-il dit en remarquant que j'avais le souffle coupé par la vue sur le lac. Tu n'as même pas trente ans. Ensuite sa femme nous a appelés pour le dîner ; elle avait mis la table dehors, dans le jardin. Catia, en plus, est une élégante Romaine de père allemand et de mère italienne. À peine plus âgée que moi. Eh oui, un homme qui peut offrir un tel luxe à sa compagne a du succès même avec les jeunes et belles femmes. À table, cependant, il y a eu un moment de gêne, parce qu'une tante âgée de notre oncle Gernoth, qui nous avait rejoints, a évoqué l'ancien propriétaire juif de la villa. C'était un bon médecin, disait-elle de sa voix éraillée. Il a dû fermer son cabinet sur le Kurfürstendamm, la SA avait réduit en miettes tout son équipement. Et un beau jour, il était parti.

Catia ne bronchait pas. Oncle Gernoth a roulé sa serviette en boule, mais il n'a pas dit un mot. Comment va votre père ? m'a-t-il demandé. Puis nous sommes retournés dans son bureau. Il a feuilleté un carnet d'adresses et a appelé Leonardo Conti. Brigadeführer, a commencé l'oncle avec un certain respect, bien qu'il soit lui-même Standartenführer. Brigadeführer, je voudrais vous recommander mon neveu. Peut-être qu'il reste un poste quelconque à pourvoir, au Bureau de la Santé publique. Deux jours après, je me présentais déjà chez Conti. Grand, bien de sa personne, viril, sans un défaut. De jeunes médecins comme vous, voilà ce qu'il nous faut, m'a-t-il dit. Les vieux ne comprennent pas nos préoccupations. Ils sont trop sentimentaux pour la dure tâche d'extraire toutes les tumeurs cancéreuses du corps de la nation. Tâche douloureuse, mais nécessaire. Ce fardeau doit être porté par de plus jeunes épaules que les leurs. Je suis sorti de là ébloui. De jeunes épaules, oui, j'en ai, Alexander ! J'allais donc faire mon trou. Après tant d'années passées à multiplier les formations et les stages ici et là, après Lichtenrade et les usines Siemens, j'allais enfin faire mon trou. Collaborateur scientifique au Bureau central de la Santé publique : un bon début. Et à l'occasion, je pourrai aussi avoir un rô le de conseiller. À l'hôpital psychiatrique de Brandebourg-sur-la-Havel, pour commencer, puis à Bernbourg-sur-la-Saale.

Mais je passe du coq à l'âne. Sais-tu que j'ai retrouvé mon ancien camarade de classe Joschi ? On s'était perdus de vue après le baccalauréat. Il était devenu apprenti chez un photographe, moi j'avais commencé mes études de médecine. Maintenant il vit à Berlin depuis plus d'un an. Il est spontanément allé proposer ses services à la SS. On l'a intégré à la garde rapprochée de Hitler. Encore un qui présente vraiment bien. 1 m 88, blond aux yeux bleus, très sportif. Un roc. Les petits bruns comme moi sont battus d'avance, avec un gars comme ça. Ils doivent suer sang et eau, et même à ce prix, rien ne leur garantit qu'ils s'en sortiront particulièrement bien.

Toujours est-il que nous nous sommes rencontrés au Stade olympique de Berlin ; ce jour-là il ne travaillait pas, moi non plus. Debout sur le plongeoir, nous regardions vers le bas. Sans doute un peu indécis, tous les deux. Puis nous avons relevé la tête. Et failli nous cogner. Ce que nous avons ri en nous reconnaissant ! tu n'imagines pas. Après toi, m'a-t-il dit. Puis nous avons sauté l'un après l'autre. C'est seulement dans le vestiaire que j'ai vu la cicatrice sous son omoplate gauche. En sortant, il m'a montré sa caserne à Lichterfelde, un immense complexe sur la Finckensteinallee. Une ancienne école de cadets, à l'époque prussienne ; il paraît même que Göring y a pratiqué l'escrime pour obtenir son brevet d'officier. Aujourd'hui, c'est le siège de la SS et de sa Verfügungstruppe*.

Plus tard, au-dessus d'une bière, il m'a raconté sa campagne de Pologne et comment il a été blessé. Je n'ai pas fait de vieux os là-bas, m'a-t-il expliqué. Nous venions de finir notre entraînement pour les opérations de guerre et au bout de trois jours, j'étais déjà blessé gravement. Perforation du poumon, tout près du cœur. J'ai été un des premiers blessés. On nous retapait quelque part près de Weimar ; tous les toubibs, toutes les coiffes blanches s'occupaient de nous. Pour ça, au moins, on ne pouvait pas se plaindre. Bien soignés. Bien nourris. Visités par les filles du BDM*, pour qui nous étions des héros. Ouais. Là-dessus, j'aurais des réserves à faire. Une balle dans le dos n'est pas un signe d'héroïsme, ni pour celui qui tire, ni pour celui est touché. Mais ça, bien sûr, nous n'en parlions pas à ces fringantes petites demoiselles. Toute cette fraîcheur, ce rose aux joues, cette crème fouettée... j'aurais aimé avoir mon appareil photo sous la main. Il y en avait une avec des lèvres pulpeuses et des boucles brunes, à qui j'ai dit : Toi, quand tu auras dix-sept ans, je passe te prendre chez toi et je t'emmène danser. Si tes parents veulent bien. Elle a tellement rougi que j'en avais mal pour elle. Ces filles de bourgeois pleines de sentimentalité, à qui il faut caresser l'âme pendant des siècles avant qu'elles pigent ce pour quoi elles sont là. Enfin bref : les semaines filaient vite, là-bas.

Depuis un mois maintenant, Joschi fait partie du détachement d'escorte personnel de Hitler. Joschi au 77 de la Wilhelmstraße, dans LA RÉSIDENCE DU FÜHRER. Il porte en ville des courriers importants, mais aussi des fleurs et des cadeaux, il est téléphoniste, garde du corps. Eh oui, c'est qu'il est grand, lui, et qu'il présente bien. Fiable, rapide.

Moi, je me sentais comme cet idiot de lièvre dans « Le Lièvre et le Hérisson ». Malgré mon cursus universitaire et mon titre de docteur, je perdais chaque course contre lui. À tout ce que je lui racontais, Joschi pouvait me répondre : J'y suis déjà. Je me suis donc abstenu

147

de frimer en lui parlant de mon poste auprès du chef de l'Ordre des médecins du Reich. Le chef de l'Ordre des médecins du Reich avec son brave petit Département de la Santé, qu'est-ce que c'était, à côté du Führer ? Pas grand-chose, évidemment. Tu ris, Alexander ? Tu trouves que mes soucis ne pèsent pas lourd ? Si je veux épater ma future femme, je vais devoir courir. De plus, tu n'imagines pas les privilèges dont jouissent les gars du détachement d'escorte. D'abord ils sont à l'arrière, alors que tant d'autres doivent partir au front : ce n'est déjà pas peu. Ils téléphonent aux frais de l'État, ont un appartement de fonction, prennent le train pour aller où ils veulent, et en première classe, s'il te plaît. Ils descendent dans des hôtels chics. Et puis ils sillonnent le monde en avion postal : Vienne, Salzbourg, Wolfsschanze. Ils vont à l'aéroport de Gatow et là, ils montent dans un Junkers* Ju 52, une « Tante Ju » comme on dit. Depuis le début de la guerre, les coursiers du détachement d'escorte sont sans cesse en déplacement.

Mais même à Berlin, leurs tâches n'ont pas l'air ennuyeuses du tout. Aller retirer un bouquet chez Rode, le fleuriste de l'hôtel Adlon*, un bouquet tout en vert et en blanc pour l'anniversaire d'une star de cinéma à Grunewald. Joschi ne pouvait pas me révéler son nom, disait-il. Gros malin. Ce qu'il pouvait me raconter, en revanche, c'est qu'elle lui avait elle-même ouvert la porte : vêtue de soie blanche, comme au cinéma, les yeux sombres cachés sous des cils épais, la bouche pâle et moelleuse. Une véritable déesse, à ce qu'il racontait.

Oui, je sais, Alexander. Tu as toujours considéré Joschi comme un ramenard et un baratineur, un « Schmarrnbeppi » comme on dit à Munich. Un qui veut toujours la plus grosse part du gâteau. Qui mange à tous les râteliers. Mais ici, dans cette mégalopole, il me fait du bien.

J'ai rangé ces pages dans mon nécessaire à écrire et fermé mon sac de voyage. Nous approchions de Berlin.

11

Joschi m'attendait effectivement devant la gare, en uniforme noir taillé sur mesure, les chaussures bien astiquées.

Accompagne-moi, si tu as envie. J'ai encore une mission à effectuer avant notre virée. Jetant mon sac dans la voiture de fonction, je me suis assis à côté de lui.

Au 11, Giesebrechtstraße, a dit Joschi au chauffeur. Puis il s'est tourné vers moi : Les beaux quartiers. Une rue qui donne sur le Kurfürstendamm, à la fois mondaine et un peu délabrée. Tu vas voir.

Et il avait raison. Dans ce bâtiment clair datant des années 1860, plutôt bourgeois vu de l'extérieur, on découvrait en arrivant au troisième étage un vaste appartement d'un luxe presque morbide. Lumière tamisée, jeunes femmes peu vêtues, air imprégné par la fumée de cigares chers. Rien qu'en passant une porte, j'avais quitté le raide Troisième Reich où tout n'était que muscles, sueur, coups de gueule. Et savon blanc.

J'étais assez impressionné quand Joschi m'a présenté à Madame Kitty. La maîtresse de maison, manifestement. Grande, les cheveux sombres noués d'un ruban de velours. Elle portait une tunique en soie noire lustrée ; seule une broche en argent égayait cette austérité calculée.

Vous combattez, nous combattons, m'a lancé Madame Kitty en désignant d'un geste nonchalant ses filles et les habits noirs des visiteurs. Des diplomates du monde entier, a-t-elle ajouté dans un chuchotement. Ce soir nous avons même le comte Ciano, le ministre italien des Affaires étrangères. Il est marié avec la fille de Mussolini, Edda. La Chancellerie du *Führer* nous avait promis du vrai champagne, et votre ami vient de l'apporter. Voyez donc comme mes filles se pressent autour de lui. Un bel homme, si grand et si blond. J'acquiesçais de la tête. Que pouvais-je faire d'autre ? J'avais des gènes qui ne convenaient pas à notre époque, voilà tout. Avec des gènes comme ça, on était condamné à un travail d'esclave. Mais Madame Kitty m'a mis un verre dans la main et a trinqué avec moi.

Moi aussi je suis brune, m'a-t-elle dit, comme si elle lisait dans mes pensées. Sans doute le fantôme d'une arrière-grand-mère tchèque qui rôde parmi mes ascendants. Eh oui, ça impose la prudence.

149

Soudain la porte du palier s'est ouverte. Madame Kitty a couru avec une vivacité surprenante vers l'entrée du salon et a remis les portières en place. Sur ce fond de velours du plus bel effet, se tenait Carl Raddatz, un acteur que beaucoup devaient connaître. En smoking et en écharpe de soie, dans une chemise éclatante de blancheur. Grand, mince, plein de souplesse. Il avait récemment incarné, dans le film *Wunschkonzert*, un officier de l'armée de l'air, fort, viril, la coqueluche des dames. À présent il se tenait donc dans l'entrée du salon, le haut-de-forme à la main. Il l'a agité un instant, puis il a commencé. Au son de sa voix, le silence s'est instantanément abattu dans la pièce. Tout le monde l'écoutait déclamer :

P'tit Jésus, rends-moi muet
Sinon à Dachau j'irai.

P'tit Jésus, rends-moi sourd
Pour qu'aux craques je croie toujours.

P'tit Jésus, rends-moi bigle
Pour que j'trouve tout magnifique.

Seuls les bigles et sourds et muets
Pour le troisième Reich sont faits.

Après plusieurs minutes de silence, j'ai entendu un soupir. Puis un autre. Personne n'osait applaudir. Après sa prestation, Raddatz avait tourné les talons, rejeté autour de son cou un pan de son écharpe en soie et quitté les lieux. Madame Kitty ne l'avait pas raccompagné ; elle restait tout près de moi. Dans mon uniforme noir, j'étais maintenant la protection idéale pour elle. Elle a fini son verre, s'est resservie, m'a resservi. Pas un mot, pas une phrase. Elle buvait en silence. C'est seulement quand Joschi est venu me tirer par la manche qu'elle a rompu son immobilité.

Il faut qu'on y aille, a dit Joschi. La voiture de fonction nous attend.

12

Notre chauffeur ronchonnait un peu ; nous étions restés trop longtemps au Salon* Kitty. Normalement il finissait le travail à dix heures, quand la permanence de nuit prenait le relais. Joschi a murmuré quelque chose au sujet du corps diplomatique, mais d'une voix toute douce. Il semblait très bien connaître les limites à ne pas dépasser. Pendant le reste du trajet nous avons gardé le silence, conscients que tout ce que nous dirions pourrait être le mot de trop.

Allons chez *Lutter & Wegner*, sur Gendarmenmarkt, ai-je proposé quand nous sommes descendus de voiture. Ils ont toujours du bon vin. Aujourd'hui, c'est moi qui régale.

Ce soir-là, nous sommes restés assis devant nos verres jusqu'à ce que le patron nous demande de partir. Nous n'avons pas fait la moindre allusion à l'incident du Salon Kitty. Nous avons préféré nous serrer sur la banquette, comme autrefois sur notre banc d'école, collés l'un à l'autre, cuisse contre cuisse, dans une fraternité faite des mêmes hormones qui, à l'époque, nous retournaient le cerveau. L'avenir, chuchotait ce cerveau. Les lendemains, chuchotait-il. L'amour. Le bonheur sans limites. Au lieu de cet interminable présent des années d'école, cette vie passée à ronger notre frein.

Mardi prochain j'aurai trente et un an, disait Joschi.

Et moi, je les ai déjà. Mais pas de panique. En termes de carrière, nous ne sommes plus tout au bas de l'échelle, loin de là. Toi, tu travailles pour le Führer. Moi, je suis déjà médecin-chef. Je n'aurais même pas osé en rêver.

Oui, je travaille pour le Führer. Qu'est-ce que ça sonne bien, nom de Dieu. Et quand nous montons dans un engin, à l'aéroport de Gatow, je me sens tout près de l'Olympe. Qui aurait cru ça, quand on s'entraînait ensemble pour décrocher la médaille d'or sportive ? Tu étais toujours le meilleur pour le saut en longueur, moi pour le sprint et la course de fond. On s'en est donné du mal pour les avoir, ces diplômes et ces médailles. Chacun surveillait l'autre, le stimulait.

C'est encore le cas, mon ami.

Nouvelle tournée, a-t-il répondu. Le samedi après Pâques, je me marie. Avec une secrétaire venue du lac de Tegel. Veux-tu être mon témoin ? Plus que trois semaines, a-t-il ajouté. Il a tiré de son portefeuille une photo de sa petite amie. Et moi, j'ai sorti celle d'Ania. Sa petite amie était petite et brune, la mienne grande et blonde. Mais toutes les deux, ravissantes. Très jolie, ai-je dit d'un ton appréciateur.

Rien ne change, a observé Joschi. Sauf qu'au lieu de billes et de timbres, on tire de nos poches de pantalon des trophées bien plus considérables. Je ne l'ai pas contredit.

Avec ma femme, je vais m'installer à Karlshorst. Le loyer est payé par la Chancellerie du Führer, 87 reichsmarks. Ainsi que les frais de téléphone et, pour moi, un laissez-passer valable sur tout le réseau ferroviaire. Il s'est tu un moment. Je devinais que d'autres trophées restaient à venir. Et en effet : une prime de mariage (1 200 reichsmarks), du vin, sans doute acheminé de la zone française occupée (dix bouteilles de rouge, dix bouteilles de blanc), une grosse pièce de gibier venue des immenses réserves de chasse de Göring (râble de chevreuil pour tout le monde)…

Je l'ai laissé s'enivrer de ses privilèges. Mon propre traitement de 1 250 reichsmarks, que je touchais mois après mois, suffirait déjà à lui en mettre plein la vue. Et ce la pouvait bien attendre la fin de la soirée. C'était un peu comme au poker : le gagnant, c'est celui qui a le plus en main quand la partie s'achève.

Mais ce soir-là, nous n'avons pas seulement joué au bon vieux jeu du gagnant. Nous avons aussi joué au jeu *Secret d'État – important, important.* Comment comprendre, sinon, la discrétion que nous observions en évoquant notre travail ? Derrière cette discrétion, il y avait le serment prêté au Führer, qui pesait lourd sur nous. *Je te jure, Adolf Hitler, Führer et Chancelier du Reich allemand, fidélité et vaillance. Je te promets solennellement, ainsi qu'à ceux que tu m'as donnés pour chefs, obéissance jusqu'à la mort.*

Nous l'avions tous les deux prêté, ce serment. Qu'il nous vaille à présent de coquets avantages, ce la nous paraissait bien naturel. Et nous ne disions mot de tout ce qu'il exigeait de nous. Joschi a-t-il une seule fois parlé des messages radio qu'on leur demandait de déchiffrer ? A-t-il une seule fois mentionné les bribes de conversation qu'il surprenait, en tant que garde du corps du Führer ? Ai-je une seule fois cité le nombre d'urnes que nous avions déjà remplies ?

13

Le lendemain matin, le ciel était clair ; mais j'avais terriblement mal à la tête. Bu trop de vin rouge avec Joschi. J'ai foncé au 4 de la Tiergartenstraße, où j'ai été reçu par le professeur Heyde. Son immense bureau était plein de fleurs, envoyées, m'avait chuchoté la secrétaire, pour le féliciter de son avancement. Cette fois, Heyde portait l'uniforme noir ; sans doute pour pouvoir montrer à son col son écusson de Standartenführer. Comme je le complimentais, il m'a arrêté d'un geste et, tendant la main vers sa bibliothèque, a pris derrière les livres une bouteille de cognac. Une marque connue.

C'est mon fils qui me l'a rapporté de France, a-t-il expliqué en remplissant deux verres à ras bord. Puis il a demandé à la secrétaire de nous apporter du café.

Nous avons un sérieux problème, m'a-t-il dit après s'être carré dans un des énormes fauteuils en cuir : Des proches se plaignent. Voyant mon regard interrogateur, il a lui-même haussé les sourcils.

Ce n'est pas ce que vous pourriez penser. Ils ne protestent pas contre la mort de ces malades, non, non, ils en contestent les causes. Une femme écrit que son mari n'a pas pu avoir l'appendicite, étant donné qu'on lui avait retiré l'appendice dix bonnes années plus tôt. Et un avocat demande comment son fils schizophrène a pu mourir de la tuberculose, quinze jours après être allé nager avec lui. Pas de fièvre, pas de détresse respiratoire. En dehors de ses propos un peu incohérents, aucun signe d'une maladie grave. Mais lisez donc vous-même...

Ces deux diagnostics, ou plutôt ces deux erreurs de diagnostic, ai-je objecté, n'émanent pas de Bernbourg.

Je sais, Lerbe, je sais. Mais qu'allons-nous faire ? Que proposez-vous ? Le Dr Brandt est passé m'apporter ces lettres hier. Elles étaient adressées à la *Chancellerie du Führer*. Ces deux-ci, plus cinq autres. Et Brandt a beau rester toujours correct, il avait l'air assez remonté, a achevé Heyde presque sur le ton de la confidence. Malgré ses nouvelles épaulettes et son nouvel écusson, Heyde donnait maintenant une impression de faiblesse. Un supérieur qui devait demander l'aide de son subordonné.

Je suis en train d'élaborer un répertoire, ai-je dit. Avec toutes les causes de décès possibles ; et des listes d'affections primaires qui soient compatibles. Nous écrivons le dernier chapitre de nombreuses biographies ; et un dernier chapitre doit être conclusif, justement. Satisfaire tout le monde. Les proches, mais nous aussi. Les tâches à accomplir pour le Führer, quelles qu'elles soient, il faut que chacun de nous s'en acquitte bien. Soigneusement, irréprochablement, ai-je achevé d'un ton docte.

Bien sûr, Lerbe. Quand aurez-vous fini ?

J'ai encore besoin de trois soirées, ai-je répondu. Trois soirées, puis je remets le répertoire à ma secrétaire. En milieu de semaine prochaine, j'envoie le tout à Berlin. Une vingtaine de pages, sans doute. *Affaire d'État secrète*. Par courrier à votre attention.

Non, n'envoyez pas les papiers par la Poste. Venez m'apporter ce répertoire ici, puisque vous avez deux suppléants à Bernbourg.

Il était si content de moi qu'il m'a lui-même raccompagné jusqu'à la sortie. À la semaine prochaine, donc, a-t-il conclu en me serrant la main. Je voyais à présent qu'il avait des gouttes de sueur sur le front. Un Standartenführer qui suait.

J'ai traversé le Tiergarten, encore un peu hébété par cette curieuse entrevue. Mon train ne partait que dans quatre heures. J'allais flâner sur le Kurfürstendamm, fouiner dans une librairie, acheter un journal, lire un peu au café *Kranzler* et regarder les jeunes femmes qui profitaient du soleil de midi pour une petite balade. Jupes en tissu presque transparent, roulement rapide des hanches, fessier à peine dissimulé, jambes prises dans des bas fins. Ensuite, peut-être, j'irais déjeuner au Kempinski. Un filet de bœuf à la célèbre sauce *Café de Paris*, un verre de vin, en dessert une mousse au chocolat. Depuis des mois et des mois, j'étais quand même un homme qui avait des moyens. Au lieu de la soupe aux pois cassés de chez *Aschinger*, un filet de bœuf au *Kempinski*. Et là, assis à l'une des tables dressées de blanc, je finirais ma lettre à Alexander et j'enverrais ne serait-ce qu'un petit mot à Ania.

Ania, qui aurait tant aimé travailler à Bernbourg. Et dont je ne voulais pas là-bas. Surtout pas. De quel œil me regarderait-elle, si elle savait tout ? Je ne veux pas qu'elle sache tout, qu'elle voie tout. Quand elle me touche, quand elle m'embrasse, il faut que ce soit en toute ignorance. Je ne veux pas qu'elle reconnaisse sur mon visage les traits de son père. Frapper, tuer, est-ce qu'on a eu besoin de nous l'apprendre ? Non. La capacité à dépasser des dernières bornes, nous l'avons déjà en nous. Ce qui doit s'apprendre, c'est la miséricorde. La miséricorde, c'est difficile. Je savais depuis longtemps qu'il était plus diffici le d'être bon que d'être habile. Non, je ne voulais pas d'Ania à Bernbourg. Il fallait que je lui trouve un emploi à Berlin, peut-être dans l'hôpital militaire de la SS à Lichterfelde. Un bon poste pour une jeune infirmière. Et quand nous serions enfin mariés, un appartement à deux en plein cœur de Berlin.

Ania, bras et jambes en étoi le sur le drap blanc du grand lit double que m'a laissé ma mère, Ania, les cheveux d'or épars, une guirlande de boucles bordant l'ovale de son visage. D'excitation et de bonheur, le cœur me battait jusque dans la gorge. Fossette allait sans doute m'en vouloir si je ne grimpais plus dans son lit, mais je devais prendre le risque de cette colère. Ania en train de s'étirer, pleine de désir, sous sa blouse d'infirmière bien amidonnée. Ania en train de me dire, l'autre jour à Poznan : *Laisse-toi tomber sur moi.* Nous allions le saisir à pleines mains, le bonheur, dès maintenant, j'en étais convaincu. Et quand la guerre serait finie et bien finie : la victoire. L'amour. Des enfants. Et encore plus de bonheur.

Tout mon cœur est à toi,
Là où tu n'es pas
Je ne saurais être…

La chanson préférée du Führer, m'avait affirmé Joschi pas plus tard qu'hier soir. Tirée de l'opérette *Le Pays du sourire.* Je l'ai fredonnée tout bas.

14

Fossette était encore au bureau quand je suis rentré de Berlin. Elle m'a apporté du café et m'a interrogé des yeux.

Succès sur toute la ligne, ai-je dit. Le professeur Heyde a besoin du répertoire sur lequel je planche depuis déjà un bon moment.

Affections primaires/Causes du décès/Remarques particulières. Le tout aussi solidement fondé que possible. Conclusif, intelligible. De sorte qu'aucun proche n'écrive plus de lettres de protestation à la *Chancellerie du Führer*. Pendant les trois jours qui viennent, heures supplémentaires comprises, nous allons tout mettre au point. Quant à la prise en charge des malades, le Dr Schneider s'en chargera. C'est en effet de ce pseudonyme que mon confrère signait les certificats de décès et les épîtres consolatoires. Outre moi-même, alias le Dr Keller, nous avions aussi un Dr Schmidt. Des noms passe-partout, que portent des milliers de gens.

Les I-C se sont plaints, m'a dit Fossette. Aujourd'hui, il n'y avait pas de croix rouge sur le dos des morts. La croix rouge dont on marque les candidats à une ablation du cerveau.

Nolte était encore soûl ? ai-je demandé. Elle a hoché la tête. Probable, il sentait pas malle schnaps en passant me voir. Il a aussi eu une prise de bec avec Saitl et il a tripoté Hilde, une des jeunes infirmières.

J'ai eu un soupir. Les petits tracas du quotidien, une fois de plus. Demain, il faudrait que je négocie avec eux tous. Je verrais d'abord l'infirmière Hilde, puis Saitl, puis Nolte, ai-je décidé. Fossette notait les noms. Et vous préviendrez le Dr Schneider.

Nolte allait sûrement faire des histoires, gueuler peut-être. Saitl, il y avait moyen de l'amadouer. L'envoyer en vacances sur l'Attersee, avec sa femme ? Demain matin, dès huit heures, il fallait que Fossette regarde quand une chambre double serait libre dans notre centre de vacances à Weißenbach. Partez donc vous détendre une semaine, dirais-je alors à Saitl. Plus longtemps, ce n'est pas possible, j'ai besoin de vous, mon cher. Mais cette semaine en perspective, vous pouvez déjà vous en réjouir. Et un vieux Munichois comme vous, ça aime la montagne, non ? Oui, ça irait.

Fossette m'a souri. Bien joué, m'a-t-elle dit. Mais pour les incinérateurs de cadavres, qu'est-ce qu'on fait ? Elle les avait désignés de leur nom complet, contrairement à notre accord tacite.

On remet de la bière dans leur glacière, me suis-je dépêché de dire. Et mercredi prochain, fête de fraternité. Je veillerai à ce que la cuisinière nous fasse des tartes au lard. Fossette notait tout dans son agenda. Le dévouement incarné.

Un verre de vin à la taverne de l'Hôtel de ville ? ai-je proposé. Elle s'est illuminée. Elle habitait juste en face.

15

Le lendemain, il était onze heures passées quand j'ai enfin eu tous ces entretiens derrière moi. Fossette m'a apporté une tasse de café et un sandwich.

Bon appétit, Monsieur le Médecin-chef. J'ai noté qu'elle m'effleurait exprès de ses seins. Pour me rappeler notre nuit, qui avait été torride. Fossette avait crié si fort que j'avais dû lui mettre une main sur la bouche, pour qu'elle ne dérange pas les voisins. En deux occasions déjà, ils avaient tambouriné contre le mur avec un manche à balai.

Mais à présent, c'était une journée agréablement normale. J'étais le chef. Tout le monde ou presque était aimable avec moi. Même l'infirmier-chef Nolte n'avait perdu son calme qu'un bref instant et s'était aussitôt excusé. Nous avions fumé une cigarette ensemble et, en chuchotant, je lui avais parlé de la mission spéciale que j'avais reçue du professeur Heyde à Berlin. Mais c'est une *affaire d'État confidentielle*, avais-je ajouté. Il avait hoché la tête, visiblement flatté.

Et les bus de demain, c'est avec le Dr Schneider que vous vous en occuperez, même si ce n'est pas tout à fait à votre goût. Et vous me ferez le plaisir de consulter le dossier des malades et de tracer une croix rouge sur le dos de ceux dont il faut prélever le cerveau. Nous sommes en guerre. Il est indispensable que nous en sachions plus que l'ennemi. Ainsi seulement nous pourrons le vaincre. Mais tôt ou tard ce sera chose faite, Nolte, et ce jour-là, un bateau de la Force* par la joie nous emmènera à Madère, comme ce la a été promis à la fête de Noël. Tous les gens de l'Aktion E. Je lui avais envoyé mon poing dans le biceps. Il avait ri, moi aussi. Puis il avait pris la porte.

Le soleil brillait, les forsythias devant ma fenêtre montraient leurs premiers boutons jaunes, ce la vous gonflait le cœur. Une journée qui donnait envie de chanter, de prendre la clé des champs. Mais pas si vite : d'abord l'effort. D'abord, faire ce qui était nécessaire à la victoire finale. Chacun à son poste, chacun en déployant toute l'énergie dont il disposait. J'ai décidé de célébrer avec mon équipe l'anniversaire du Führer. Ce la pourrait renforcer la cohésion du groupe. Fossette s'en chargerait. Une fête comme ça, je savais qu'elle aurait plaisir à l'organiser. Nourriture, boissons, musique, discours, poèmes. C'est que nous étions près de deux cents personnes. Et, pour la plupart, des jeunes qui avaient soif de vivre. Malgré la guerre.

Enfin, je me suis attelé aux tableaux réclamés par Heyde. Chacun comporterait cinq colonnes, où j'intégrerais les combinaisons les plus diverses à titre d'exemple. *Historique médical*, *Affection primaire*, *Cause de décès crédible*, *Remarques particulières*, *Fréquence*. Avec *typhus* comme affection primaire, une cause de décès plausible pouvait être *insuffisance cardiaque*, surtout si le patient avait déjà dépassé les cinquante ans. Mais c'était une affection primaire à ne pas choisir trop souvent, car de telles maladies infectieuses jetteraient le discrédit sur nos hôpitaux et sur nous, les médecins. Idem pour la *tuberculose pulmonaire* ; les établissements du sud de l'Allemagne avaient abusé de cette explication dans leurs certificats de décès. Quant à la *fracture de la base du crâne* suite à des *convulsions épileptiques*, il fallait également y recourir avec modération. Si des proches nous demandaient pourquoi le personnel de soin n'avait pas fait attention, que dirions-nous ? Ce qui passait bien, c'étaient les bonnes vieilles inflammations que tout le monde connaît. *Angine*, par exemple, ou *refroidissement*, *cystite*, *abcès dentaire*. Chez les patients âgés notamment, une issue fatale n'était pas si étonnante. Je soupirais en farfouillant dans mes notes. Fossette venait me ronronner autour, comme une chatte en chaleur.

Votre déjeuner, je le fais venir de la cantine des médecins ? m'a-t-elle demandé. J'ai acquiescé de la tête, avant de lui préciser : Juste avant la fin de mon service, je voudrais encore parler à mon confrère Schneider.

Après le déjeuner, un ragoût de lentilles aux knackis et un flan au caramel, j'ai résisté à la tentation de m'accorder un *caffè corretto*. Le schnaps, quand on travaille aussi intensivement, ce n'est pas indiqué. Plutôt une cigarette devant la fenêtre ouverte. J'avais quand même achevé trois pages de mon tableau. Fossette allait pouvoir les taper à la machine, puis je les montrerais à Schneider. À Schneider, mais pas à Schmidt. Celui-là avait des doutes sur tout ce que je faisais, ce la ne se voyait que trop.

Mais commencez par nettoyer à fond les caractères de la machine à écrire, ai-je recommandé à Fossette en lui tendant mes feuilles. Remplacez aussi le ruban et prenez du papier-carbone neuf. Vous remettrez les vieux ensuite, quand nous aurons terminé ce travail. Pour Berlin, nous n'allons pas épargner notre peine.

Bien sûr, Monsieur le Médecin-chef.

16

Il était déjà sept heures passées quand j'ai enfin quitté l'établissement. Au café *Schlossklause* je me suis fait servir une bière et un goulasch de pommes de terre (pour lequel il ne fallait quasiment pas de tickets de viande), avant d'étaler à nouveau mes papiers sur la table de restaurant. À dix heures, je suis monté à mon appartement. Un deux-pièces avec une petite cuisine, une salle de bains et un balcon. La femme de ménage, une accorte Halloise, avait posé une lettre sur ma table de nuit. J'ai reconnu l'écriture d'Ania : bleue, claire, fluide, aux caractères minutieux et appliqués. Aussi minutieux que toute sa personne.

Friedel chéri, m'écrivait-elle. *Que des bonnes nouvelles. J'ai trois jours de permission ! J'ai enfin mon certificat d'aryanité ! J'ai la médaille d'or sportive !* Toutes les phrases se terminaient par un point d'exclamation. Elle serait à Berlin le week-end prochain. Elle m'y attendrait. *Impatiemment*. Impatiemment souligné deux fois.

Si je n'avais pas été aussi épuisé, j'aurais bondi de joie. Impatiemment. Souligné deux fois. Maintenant il s'agissait d'établir un calendrier précis. Ce week-end-ci, je le passerais sur mes tableaux. Peut-être en avalant quelques comprimés de Pervitine pour me tenir éveillé. Lundi, la secrétaire pourrait copier la première version pendant que je m'occuperais des bus. Lundi soir et mardi, il serait temps pour les corrections de fond ; mercredi, version finale. Le soir, fête de fraternité avec les incinérateurs de cadavres. Je prendrais rendez-vous avec le professeur Heyde pour le jeudi et, jeudi soir, je sortirais avec Joschi. Et le vendredi, je retrouverais Ania. Enfin. Heureusement que personne ne pouvait me voir. Mon pantalon présentait un net renflement.

Régler le réveil sur six heures. J'y arriverai, ai-je eu le temps de penser avant que mes yeux ne se ferment.

17

Venez donc aussi à la fête de fraternité, ai-je proposé à Nolte. Je savais qu'il avait l'art de trouver le ton approprié entre hommes. Un ton de bonhomie égrillarde qui m'était assez étranger.

La cuisinière nous a promis des tartes au lard, ai-je complété. Des tartes au lard à la mode de Cassel, car elle est de là-bas. Il y aura aussi des canapés bien garnis, de la bière et du schnaps. Renversant la tête en arrière, il a pris l'air de réfléchir à des rendez-vous importants qu'il allait devoir reporter. Mais ensuite il a dit oui.

C'est bien pour vous faire plaisir, chef. Non, il ne m'a pas épargné cette familiarité.

Mes amis, ai-je commencé quand nous nous sommes réunis ce soir-là dans la salle commune, et j'ai levé mon verre de schnaps. Mes amis, nous autres SS, nous sommes l'escadron de protection du Führer. Nous sommes tous là parce que nous l'aimons. Nous sommes tous là parce que nous lui avons juré fidélité. Aucun de nous ne l'a choisie, la tâche que nous sommes en train d'accomplir en silence pour notre peuple. Aucun de nous n'y gagnera une croix de chevalier, ni même une agrafe de combat rapproché. Et pourtant elle nous met en contact avec le malheur humain, avec la misère humaine. Elle nous les fait toucher du doigt. À l'Est, nos soldats mènent la guerre contre divers ennemis, les sous-hommes polonais, les partisans et les traîtres, l'engeance juive. Ils font ce qu'ils ont à faire pour que notre peuple puisse respirer librement et gagner plus d'espace vital. Et nous, ici, en plein territoire allemand, nous menons la guerre contre toutes les maladies qui, si nous n'y mettions pas bon ordre, empoisonneraient la saine génération montante. Notre combat, c'est celui qu'ont autrefois livré un Pasteur, un Koch*. Nous qui sommes la jeunesse viri le de notre peuple, nous luttons pour le corps sain de la nation, pour la pureté d'un sang débarrassé de toute maladie héréditaire. Libres, forts et beaux, tels seront nos enfants, tel sera le peuple allemand dans son ensemble. Nous sommes obligés pour ce la d'outrepasser des bornes, de penser avec radicalité. Le confort des lois bourgeoises, la sentimentalité ou même la pitié, c'est bon pour les vieux. Nous, nous savons ce qu'implique la fidélité absolue au Führer, même en des temps difficiles. Que chacun lutte sur son front ! À vous ! À l'Allemagne ! Au Führer !

Tous ont levé leur verre dans ma direction. Nolte a entonné sa chanson préférée : *Le drapeau haut, et en rangs bien serrés…* Puis ç'a été un mouvement de ruée vers la tarte au lard. Mais Nolte les a arrêtés. Minute, les gars, a-t-il lancé. Pas sans avoir récité notre bénédicité. Et en effet, ils ont crié en chœur :

Que chacun bouffe ce qu'il pourra,
On y va !

Demain, il faut que je retourne à Berlin, à la Tiergartenstraße, ai-je raconté à Nolte après avoir mangé un morceau de tarte au lard. Avec le schnaps, j'avais du mal. Déjà trois verres que j'avais dû descendre, et on était encore loin d'en avoir fini avec ce sport viril. Ces derniers jours, je m'étais soutenu à la Pervitine. Le schnaps et la Pervitine, ça ne faisait pas bon ménage, ma langue commençait à s'embarrasser. Nolte a poussé vers moi le plateau de canapés et m'a décapsulé une bouteille de bière.

Ça ira mieux comme ça, a-t-il dit. C'est qu'il était un buveur émérite, lui, et à présent il se préoccupait de mon bien-être en bon camarade. Je lui ai adressé un signe de tête. Merci, merci.

Jeudi et vendredi, ce sont le Dr Schmidt et le Dr Schneider qui prendront en charge les patients et actionneront la manette au sous-sol, ai-je annoncé.

Pas de problème, chef, a-t-il répondu.

Et si on demandait une prime, par exemple à l'occasion du 1er mai ? a proposé Gürthner qui suivait notre conversation. Les soldats du front, ils reçoivent des rations supplémentaires avant les opérations spéciales. Et aussi des cigarettes, du schnaps, des distinctions. Et nous ? Détacher des cadavres agrippés les uns aux autres et les incinérer, remplir des urnes, aller jeter les cendres en trop dans la Saale pendant la nuit : les opérations spéciales, pour nous, c'est tous les jours.

Gürthner était un SS de la première heure. Je savais par Fossette que, dans les bistrots des environs, il aimait se vanter de son abattage au travail ; plusieurs fois, j'avais déjà dû lui rappeler son devoir de discrétion. Mais en cette occasion-ci, je ne pouvais franchement pas lui donner tort.

Bonne idée, collègue Gürthner, ai-je dit. Dressez une liste de noms, dès à présent. Je la remettrai demain au professeur Heyde. Je pense qu'on va pouvoir faire quelque chose. Autour de nous, tout le monde tendait l'oreille depuis un moment. Applaudissements. On a bu à ma santé. J'y ai répondu par une bonne lampée de bière. Ces formalités accomplies, on est passé aux blagues grivoises. *Pourquoi dit-on que le sexe de la femme est un enfer ? Parce que Satan l'habite.* Le calembour n'était pas fameux, mais je me suis joint aux rires.

Une dernière chanson ? a proposé Nolte. Ma foi oui, pourquoi pas. *Si tous cessent d'être fidèles, nous, nous le resterons…* Voilà qui s'appelle finir en beauté, ai-je dit. Bonne nuit, mes amis. Mon bureau m'attend. Et je suis parti. Nolte, lui, est resté à sa place.

Sur le chemin du retour, j'ai encore entendu longtemps leurs rires tonitruants. Je savais que pour eux, Nolte était leur vrai chef. Ce géant en blouse blanche par-dessus l'uniforme, la poche de blouse gonflée par un pistolet. Celui qu'ils acceptaient vraiment. Moi, je n'étais qu'un petit gommeux de carabin.

18

Le professeur Heyde m'a invité à manger à l'*Adlon*. Nous n'y serons pas dérangés, a-t-il expliqué. Au *Kaiserhof**, il y a toujours quelqu'un qui vient vous parler à votre table. Trop d'uniformes noirs. Trop d'insignes du parti. Il souriait un peu.

Savez-vous, cher confrère, ce qui me réjouit ? C'est de savoir qu'un jour ou l'autre, je pourrai retourner tranquillement travailler à l'Université de Wurtzbourg. Me consacrer à mes cours, à mes expertises, à mes recherches scientifiques. Peut-être écrire un manuel, former des jeunes. Je l'ai regardé, non sans étonnement, et j'ai hoché la tête d'un air compréhensif.

Venez m'y rejoindre, a-t-il enchaîné, quand tout ceci sera terminé. Vous pourriez faire votre habilitation avec moi. On trouvera bien un sujet. Il a parcouru mes tableaux ; il a aussi parcouru la liste de mes incinérateurs de cadavres, jointe au courrier où ils demandaient une petite gratification exceptionnelle.

Vous pensiez à quel ordre de grandeur ?

200 marks chacun, ai-je proposé. Et le double pour l'infirmier-chef Nolte.

C'est faisable. Je vais en parler avec Brack. Ou plutôt avec le Dr Brandt. Il comprendra mieux, lui, ce que ces gaillards doivent accomplir jour après jour. Et quand je pense aux dotations que reçoivent nos généraux pour Noël ou pour leur anniversaire ! 200 000 marks et plus.

Enfin nos plats sont arrivés. Pas de tarte au lard cette fois, oh que non : des soles au vin blanc, accompagnées de crevettes et de champignons de Paris.

Eh oui, a dit Heyde, voilà comment ça se passe quand une secrétaire de la *Chancellerie du Führer* vous réserve une table. Au fait : merci pour votre répertoire des affections primaires et des causes de décès. Très fouillé, très utile. Je suis également intéressé par le texte de vos épîtres consolatoires. Ce n'est pas tout le monde qui est capable de s'exprimer avec autant d'aisance, à ces postes de responsabilité. Encore une fois, Lerbe, si vous voulez faire une carrière universitaire après la guerre, venez me voir. Wurtzbourg est un endroit magnifique : la forteresse, le Käppele*, la Résidence. Sans oublier le vin et les saucisses de Franconie. C'est fou comme je me sens bien, quand je peux m'installer dans un des bars à vin de la ville. Ici à Berlin, ça grouille de scorpions. Savez-vous, Lerbe, que parfois je me console par quelques vers de Hermann Claudius* ? *Ma femme et mes enfants, / Vous êtes une douce chanson / qui sur toutes les routes / marche avec moi.*

Il s'est soudain mis debout, comme pour se rappeler lui-même à l'ordre. Allez, ça suffit. Au travail.

19

Joschi aussi portait l'uniforme noir, alors qu'il n'était pas de service ce jour-là.

Je voulais aller retirer nos alliances, m'a-t-il dit. Mais la mienne n'est toujours pas à ma taille. Pas très calé, cet orfèvre. Le Juif qui dirigeait l'atelier autrefois, il avait de meilleurs yeux et un meilleur coup de main. Il avait déjà fabriqué les alliances pour le mariage de ma grand-mère.

Eh oui, on est peut-être allé un peu vite en besogne, ai-je observé. Nous étions de nouveau chez *Lutter & Wegner*, un bar à vin de Gendarmenmarkt. Le 26 avril, ce sera enfin le grand jour, a-t-il repris. J'espère que tu as pensé à demander un congé.

J'ai acquiescé de la tête. Ce sera quelques jours après l'anniversaire du Führer. Parle-moi un peu du dernier anniversaire ; cette année, je compte le fêter avec mes hommes.

Il a eu un geste presque maussade de la main. C'est toujours pareil : on dirait le culte d'un saint. Le Führer comme émissaire de la Providence. Le matin, une aubade donnée par l'orchestre des Leibstandarte. Puis les enfants des ministres et des aides de camp viennent présenter leurs vœux. C'est encore ce qu'il y a de plus chouette, sans doute. Il petit-déjeune avec eux. Orgie de gâteaux, tasses de chocolat à moitié vidées, museaux barbouillés, à ce que raconte la gouvernante. Ensuite, défilé des ministres et des généraux. L'après-midi, thé avec les secrétaires, le soir, grand repas avec musique de Wagner et autres flonflons, dans l'intervalle les allocutions radiophoniques en son honneur, avec toujours Goebbels en premier. Et toutes disent la même chose. *Area fritta*, comme dit mon pote de Trieste. Du blabla.

Qu'est-ce que tu as, aujourd'hui ?

Mon frère cadet est porté disparu. Vol de reconnaissance au-dessus de la Manche. Joschi a commandé un cognac et s'est plongé dans ses ruminations.

Tu sais ce qui m'a le plus touché, l'année dernière ? Les poèmes écrits pour *lui*. Pas seulement par des femmes et des adolescents, non, non. Par des hommes adultes, qui les composent en *son* honneur. Les cadeaux, il en arrive à la pelle ; on les expose dans la grande salle de la Chancellerie du Reich. Coupes en argent, chaussettes tricotées par de vieilles paysannes, gâteaux au chocolat. D'un couvent catholique, une écharpe tissée main en camaïeu de bruns. Avec une carte décorée à la main où est inscrit, d'une écriture sénile : « *Notre amour pour vous nous rend toute tâche facile, et vous servir est un chant de louanges.* » Des nonnes catholiques, tu te rends compte ? Mais ces poèmes, c'est le clou. Pour ça, on n'a pas besoin d'argent. On n'a besoin que d'amour, et d'un cœur débordant.

Il est porté disparu depuis quand, ton frère ? ai-je demandé.

Depuis dix jours, a-t-il répondu.

J'ai compris que je ferais mieux de la boucler.

20

Et puis Ania est arrivée. Je suis allée la chercher à la gare de Silésie. Toute en jambes, elle est descendue du wagon : une reine en costume d'infirmière. Et, bien qu'elle ait pris le train dès la fin de son service, elle était fraîche comme une rose, rayonnante, en s'élançant vers moi.

J'ai tellement de choses à te raconter, m'a-t-elle dit. Tout ce que je n'avais pas le droit de t'écrire tant que j'étais dans la zone de guerre. Nous étions au buffet de la gare, pour manger une soupe et boire un café.

Tu savais que notre police et la SS chassent les Polonais de leurs appartements ? Dans le centre-ville, ils viennent tambouriner contre les portes d'entrée ou les enfoncent tout de suite à coups de botte. Les gens se font tabasser, puis ils doivent quitter leur logement avec une seule valise. Ensuite, des fonctionnaires allemands s'y installent. Les Polonais, eux, sont relogés dans des abris de fortune à la périphérie. Ou tués. Ou expédiés en camp de travail. C'est ce que m'a confié une Volksdeutsche* polonaise qui fait un remplacement dans les cuisines de l'hôpital.

Et les jeunes dont tu t'occupes, hein ? Ce sont quand même sous les balles des partisans polonais qu'ils sont tombés. Peut-être qu'ils ne guériront jamais. Peut-être qu'il ne leur reste que quelques jours à vivre.

Ania est restée un moment silencieuse. Son casque de cheveux blonds brillait au soleil d'avril.

Pour les discussions politiques, le temps nous manque, ai-je dit. Nous avons trois jours, profitons-en. Alors nous avons oublié les Polonais, oublié la guerre. Sans faire ni une ni deux, nous avons filé et parcouru au grand galop le long trajet jusqu'à son minuscule appartement. Et, comme toujours, elle avait une surprise pour moi. Une bouteille de champagne nous attendait, mise au frais dans un seau d'eau avec des glaçons. Du vrai champagne. Et, à côté des verres, des bouchées aux crevettes. C'est une amie qui avait arrangé ça pour elle. Le frère de mon amie est officier à Paris, a-t-elle expliqué. Elle n'avait pas besoin d'en dire plus.

Tu es une magicienne.

Non, a-t-elle riposté. Mais je sais combien la vie peut être dure, sans magie. Elle s'était changée pour passer une robe très légère. Même à travers mon uniforme, j'ai senti ses seins et son ventre quand je l'ai enfin embrassée.

Le champagne, ce sera pour la seconde manche, a-t-elle plaisanté. Je l'ai adorée pour cette phrase. Quand j'ai fini par m'agenouiller au-dessus d'elle, j'ai su, à nouveau, qu'elle était la femme de ma vie. Pour toujours ? lui ai-je demandé. Pour toujours, m'a-t-elle répondu. Et cette fois, je ne me suis pas soucié des voisins. Je ne lui ai pas couvert la bouche quand elle a crié de plaisir. Nous nous aimons, nous faisons des enfants. Sains, robustes et optimistes. Ronflez en paix dans vos lits, braves gens, et ne vous avisez pas de remuer un doigt. L'avenir, c'est nous.

Mais je n'ai pas de robe de mariée, m'a dit Ania au bout d'un moment, et ce n'est pas avec mon traitement d'infirmière que je pourrai m'en payer une. Ce que j'ai, c'est ça. Nue, bras et jambes écartés, elle s'est un peu arquée sur le matelas. La voilà, ma robe. Tu n'as qu'à m'épouser dans cette tenue.

Et comment.

Quand nous avons enfin été rassasiés, le jour se levait sous un ciel d'un bleu limpide. Le champagne attendait toujours, dans sa glace depuis longtemps fondue.

Ania a fait du café et réchauffé du pain rassis dans une poêle, sur le réchaud à gaz. Il y avait même de la confiture. Nous avons mis tout ça sur le lit, entre nous deux. Puis nous avons parlé mariage.

Un appartement à Berlin, ai-je dit. Et toi, tu quittes enfin la zone de guerre. Tu viens travailler ici à Berlin, dans un hôpital de la SS à Lichterfelde. Et la noce cet été, en juillet-août, pour que nous puissions prendre quelques jours.

Elle m'a répondu des yeux.

Alors je vais demander l'aide du professeur Heyde et de mon oncle Gernoth ; peut-être aussi celle du ministre de la Santé. Il nous faut l'autorisation de mariage de Himmler et, pour toi, un poste ici à Berlin. Il nous faut aussi un appartement.

Avec des murs bien épais, a-t-elle dit en riant. Et, même si j'étais déjà assez épuisé, mon membre a encore une fois rempli son office. À la perfection. Pour finir, nous sommes restés allongés en silence, étroitement enlacés.

Espérons que tu seras enceinte à la fin de ce week-end, ai-je chuchoté tout contre sa bouche. Ça donnerait un coup d'accélérateur à nos projets. Aspirant mes lèvres entre les siennes, elle a glissé sa langue entre mes dents.

TROISIÈME PARTIE

La mise à mort

Koenig et Lerbe – l'une des deux voix se tait

1

Le lundi quand j'ai repris mon service, j'avais encore le parfum d'Ania dans les narines. Tout de suite je suis descendu m'occuper du premier bus, avant que Fossette ait pu s'approcher de moi. Je n'aurais pas supporté sa dose massive d'eau de Cologne, ce matin-là.

L'antichambre avec ses bancs et ses patères grouillait d'êtres humains nus et mal lavés. Nolte m'a salué d'un geste. Ses gros sourcils étaient relevés.

42 délinquants, chef. Le bus était bondé ; vous voyez bien vous-même comme les malades sont agités. Ça va être serré, aujourd'hui.

J'ai hoché la tête, rassurant. On va y arriver. En y mettant tous du nôtre. Et je lui ai envoyé mon poing dans le biceps. Il a ri, j'ai ri. Allez hop, au travail.

Avant de m'asseoir à mon bureau, j'ai jeté un coup d'œil à toutes ces nudités. 42 corps dévêtus, laids. Je les voyais sans les voir. La routine, quoi. Trois jours par semaine. Au moins, nous avions des fours crématoires qui fonctionnaient impeccablement. Au moins j'avais pu décrocher une prime pour les incinérateurs de cadavres. Au moins je sentais encore la tiédeur humide d'Ania quand je fermais brièvement les yeux. Pendant un bon moment encore, il faudrait que je m'en contente.

J'ai déployé mes tableaux et ouvert la porte. Pour Nolte, c'était le signe que nous pouvions commencer. Une longue matinée en perspective. 42 hommes en provenance d'un centre de transit à Teupitz, qui passaient l'un après l'autre devant mon bureau. Épilepsie. Dépression. Schizophrénie chronique. Parkinson. Alzheimer. Démence sévère. Sclérose en plaques. Hydrocéphalie. Idiotie. Autant de croix rouges tracées sur les formulaires, dans le coin en bas à gauche. Incurable. Inapte au travail. Indigne de vivre. J'inscrivais les causes fictives du décès, sa date. Au suivant, s'il vous plaît.

On arrive aux derniers, me disait maintenant Nolte. Nolte, le géant vêtu de blanc qui portait un pistolet sous sa blouse. Il poussait devant lui une chaise roulante où un vieil homme était affalé plus qu'assis. Jaune de teint, avachi, avec des muscles dont il ne restait presque plus rien mais qui ne cessaient de tressaillir. Les mains se relevaient en tressaillant, les pieds tressaillaient. Il avait des écorchures aux talons et des blessures aux coudes.

Maladie de Huntington en phase terminale, ai-je dit tout bas. Un sac d'os inutile, tassé dans sa chaise roulante. Pourquoi cette affreuse maladie doit aujourd'hui être désignée du nom d'un Américain, c'est ce qu'un bon Allemand a du mal à saisir. Avant, on parlait de la *danse de saint Guy* et tout le monde comprenait. Allè le morbide héréditaire. Traitement impossible. Déchéance et mort inévitables. Seule une époque prude peut discuter l'*élimination* de tels déchets humains. Ce soliloque était parfaitement superflu ; je m'en suis rendu compte en entendant Nolte toussoter.

Resserrez la courroie, lui ai-je dit. Sans quoi le patient va en plus nous faire une chute et s'étaler aux pieds de mon bureau.

C'est alors seulement que j'ai vu le jeune garçon à côté de la chaise roulante. Joufflu, en larmes. Sa joue gauche saignait. De sa main rondouillarde, il se cramponnait au bras jaunâtre du vieux. Outre Nolte, il y avait derrière eux un autre infirmier que je connaissais à peine.

Ils refusent d'obéir, m'a expliqué Nolte. Ils ne veulent pas être séparés. Je me suis penché sur les deux dossiers restants. *Rüschel, Oscar.* Oscar avec c, mongolisme. *Koenig, Max...*

Je n'en ai pas lu davantage, même si j'ai continué à feuilleter les papiers. Je voulais seulement respirer avant de relever la tête.

Max Koenig, c'était le beau-frère d'oncle Gernoth. L'homme qui était marié à la sœur de sa femme. Max Koenig, historien de l'Antiquité, dont Mère recevait des cartes postales de Pompéi il y a de longues années. Le faune dansant, ou Sapphô avec son petit bonnet en résille d'or. J'avais fait sa connaissance au mariage d'oncle Gernoth. Je l'avais admiré pour le discours qu'il avait prononcé à cette occasion. Et même Alexander parlait de lui avec le plus grand respect.

Ramenant mon regard vers lui, j'ai vu qu'entre sa maigre poitrine et son bras décharné, il tenait tant bien que mal un livre.

Mon j-j-journal, a-t-il chuchoté, d'une voix à peine distincte. Ses yeux presque noirs, pendant une seconde, m'ont foudroyé avec une intensité inattendue. Celle que donne l'angoisse de la mort. J'ai pris le journal qu'il serrait contre sa chair jaunâtre, je l'ai posé à côté de son dossier et j'ai rempli les rubriques habituelles. Défaillance cardiaque consécutive à une angine fébrile, ai-je inscrit comme cause du décès d'Oscar. Les mongoliens avaient souvent des problèmes de cœur. Pneumonie infectieuse, ai-je inscrit pour Max Koenig. C'était plausible, car la *danse de saint Guy* perturbait la déglutition et la respiration.

Je ne savais pas s'il m'avait reconnu. Ici, dans cette pièce mal éclairée, avec un faux nom inscrit sur ma table. Je ne voyais que ses yeux sombres et incroyablement vifs. Il a chuchoté une chose que je n'ai pas comprise. Un mot, mais complètement bredouillé. Avait-il réellement dit *B-b-bonjour* ? Je ne voulais pas le savoir. Je ne voulais pas comprendre. Maintenant, la date officielle du décès. 30 avril, ai-je inscrit dans la colonne prévue. Rapidement, proprement, lisiblement. Les dactylos qui, début mai, taperaient l'épître consolatoire destinée à la famille devaient quand même pouvoir déchiffrer mon écriture.

Le petit mongolien, de sa main libre, a essuyé ses larmes en sanglotant tout haut.

Tu pourras rester avec lui, ai-je dit. Tu pourras toujours rester avec lui. Je lui ai même fait un clin d'œil. Et ce petit gars qui s'appelait Oscar, Oscar avec c, m'a répondu d'un sourire reconnaissant. Si j'avais eu un morceau de chocolat, je le lui aurais donné. Désormais, j'en garderais toujours quelques barres dans mon tiroir. Je croyais déjà voir les enfants, rayonnants, tendre la main vers ce trésor. D'abord un petit bout de chocolat, et puis : du balai. Au fond, nous ne les haïssons pas. Nous faisons seulement le nécessaire, le nécessaire pour l'avenir de l'Allemagne.

Et pourtant je ne pouvais pas me dérober aux yeux immenses de Koenig. Il me regardait d'un regard très lointain et, en même temps, terriblement proche.

Vous le payerez. Une phrase, cette fois, parfaitement intelligible. L'avait-il réellement prononcée ? Ou avais-je pensé à voix haute ? dit ce la de ma voix de ventre ?

Nolte devenait nerveux. Morphine ? a-t-il demandé. J'ai fait oui de la tête. Pour tous les deux, ai-je ajouté.

Puis j'ai trié les dossiers et les ai fait porter à l'administration.

2

Dans l'antichambre, il y avait les sacs contenant les effets personnels des 42 malades, tous marqués d'un nom. Des montres, un rosaire, la petite photo d'une mère, la photo plus grande d'une épouse. Je me suis demandé un moment si j'allais ranger le journal dans le sac de Koenig. Mais ensuite j'ai décidé que j'allais d'abord le parcourir, peut-être même le garder. Puis je suis descendu au sous-sol.

Porte fermée ? ai-je demandé à Nolte. Il a acquiescé. Le train-train ordinaire. Je suis passé dans le petit local contenant les bonbonnes et pourvu d'un œilleton. J'ai ouvert l'œilleton le plus silencieusement possible. Des nudités. Debout, à croupetons. En train de somnoler. Le regard vitreux. Beaucoup ayant aussi la peur écrite sur leur visage. Est-ce que Nolte avait de nouveau lésiné sur la morphine ?

Et Koenig ? Il était couché par terre, la tête appuyée contre la fraîche paroi carrelée. Un sac d'os rabougris dans de la peau jaunâtre ; les cuisses maigres maculées d'une bouillasse brun vert. À côté de lui, blotti contre lui, Oscar avec c. Ils ne se lâcheront plus, ces deux-là.

J'ai ouvert les robinets de gaz. Dans la salle, le monoxyde de carbone se déverse à présent par les pommeaux de douche. Inodore. Insapide. Incolore. Qui doit en inhaler, meurt par asphyxie. En l'espace de dix minutes, ou d'une heure. Ce la dépend de la dose. Le gaz se déverse sans bruit, sans même un chuintement. Ni trop, ni trop peu.

Tout est dans la dose, m'avait dit le spécialiste. Mais vous le savez bien, en tant que médecin. J'avais rédigé un mode d'emploi que je lui avais fait relire. Avec des schémas et des annotations précises. Ni trop, ni trop peu, pour qu'il n'y ait pas de tumulte.

À l'intérieur, pourtant, ils commençaient de frapper à la porte. Certains heurtent cette porte en acier avec leurs jointures. Certains ouvrent grand les bras, se cramponnent les uns aux autres. La bouche béante. C'est en inspirant calmement et profondément le gaz toxique qu'on s'asphyxie le plus vite. On perd connaissance en quelques minutes. L'œil rivé à la petite fenêtre, je voyais peu à peu ces candidats à la mort virer au rose. La couleur que prend la peau lors d'une intoxication au monoxyde de carbone. Beaucoup vomissaient encore, déféquaient. Une mort est toujours sale, qu'elle ait lieu dans des draps blancs ou au bord d'un chemin. Nous venons tous au monde dans le sang et les excréments, et ainsi nous le quittons. Entre les deux, nous nous servons de savon pour tromper la nature. Mais l'animal en nous ne cesse de se manifester. Il réclame ses droits, jour après jour, heure après heure. Même l'amour : nous avons beau le chanter, lui tresser des guirlandes, il reste toujours sale. Si j'ai fait médecine, c'est peut-être parce que, dans ce métier, on n'échappe pas à la nature. Pendant toute une vie.

Dans la salle de douche, le silence s'était fait. Encore cinq minutes, ai-je décidé, avant de refermer les valves des bonbonnes. On ne sait jamais. Quelques semaines plus tôt, un malade vivait encore quand les incinérateurs s'étaient mis au travail. Gürthner avait fait une scène à tout casser. Au bout du compte, j'avais dû pratiquer une injection létale de morphine, et la veine était presque introuvable. Des désagréments à n'en plus finir. Sans parler du dégoût. Donc, prudence. Minutie. Respect des règles. Comme on l'attend de tout bon professionnel.

J'ai noté la durée totale, vingt-quatre minutes. Chez les hommes, l'intoxication prenait toujours un peu plus de temps que chez les femmes. Un dernier coup d'œil par la lucarne. Silence. Koenig et Oscar avec c, je ne les ai même plus regardés.

3

Gürthner était assis dans la salle de repos avec une bouteille de bière.

La prime pour la fête du travail, c'est dans la poche, lui ai-je dit. 200 marks chacun, un peu plus pour l'infirmier-chef. Il m'a quand même remercié d'un sourire. Mais, sans m'accorder plus d'attention, il a hélé son pote Baber. Maintenant c'était à eux de jouer leur rô le dans l'anéantissement. Ils ne tuaient pas, eux ; ils éliminaient les corps. Un par un. Tuer, c'est vite fait. Éliminer les corps, c'est ça qui prend du temps.

Ventilateur, a crié Gürthner. Extraire le gaz, ouvrir les fenêtres. Ils connaissaient leur rôle, ça se voyait. Je connaissais sur le bout des doigts les étapes suivantes de cette dramaturgie. Je n'en étais pas l'auteur, mais j'en étais le metteur en scène. Nous avions fait des essais et des améliorations jusqu'à ce qu'elle fonctionne sans heurts.

Les fours crématoires étaient déjà allumés ; il fallait des heures, en effet, pour qu'ils atteignent la bonne température. Alors la porte en acier de la chambre à gaz a été ouverte ; les morts ont été nettoyés de leurs excréments et de leurs vomissures au tuyau d'arrosage. Puis détachés les uns des autres et traînés dans le couloir, jusqu'aux fours. Là, les cadavres s'empilaient. Des frères de fournée, toujours à deux sur une seule plaque. Les os qui tombent à travers la grille du four se mélangent à ceux des autres frères de fournée. Ils passent ensuite au moulin à os. Dans chaque urne, trois kilos de farine d'os et de cendres. Ce qui est en trop, on le jette dans la Saale pendant la nuit. Telles étaient les scènes de ce ballet qui se jouait à bas bruit dans les sous-sols. Et dont personne ne parlait, à moins d'y être obligé.

Moins nous en entendons sur votre travail et moins nous en voyons, mieux c'est pour nous tous, avais-je dit à Gürthner quand il avait pris ses fonctions l'année dernière. Trente-cinq ans, uniforme de la SS. Du genre à savoir que les paroles d'un Führer ont force de loi.

4

Je me suis assis un instant à mon bureau dans la salle d'admission. Juste pour souffler. Le journal de Koenig y était encore, je l'ai pris avec moi avant de monter à l'étage.

Le prochain bus, c'est le Dr Schmidt qui s'en charge, ai-je dit à Fossette. Elle a posé une tasse de café devant moi et, à côté, la bouteille de digestif. Elle sentait l'eau de Cologne mais, après mon séjour dans les sous-sols, c'était vraiment un baume.

Nolte vient de passer. Il dit que vous êtes surmené, chef.

J'ai fait oui de la tête. Pas faux, tout le monde m'asticote, tout le monde me presse, Gürthner me cherche des poux sur la tête. Le professeur Heyde veut voir les modèles des épîtres consolatoires et nous les faire réviser si nécessaire. Je mentais, pour gagner du temps. En réalité, je me sentais encore pris en flagrant délit par ces yeux immenses qui m'avaient regardé, là en bas. Je ne savais pas où mettre le journal. Je ne savais pas où envoyer cette épître particulière.

Il me faut les dossiers des patients d'aujourd'hui, ai-je dit à Fossette. Je veux vérifier encore une fois toutes les causes de décès. Et il me faut les modèles des épîtres consolatoires. Je devais aussi parler avec Nolte des injections de morphine, mais j'ai remis ça à plus tard. C'est d'abord avec moi-même que j'avais à parler. Devais-je mettre au courant oncle Gernoth ? D'homme de la SS à homme de la SS ? J'ai tout de suite rejeté cette idée. C'était une *affaire d'État confidentielle*. Pour la première fois, je m'en félicitais. Ce que tous ignorent est non avenu. Ce dont on ne par le pas est non avenu. Mentalité magique. *Ah ! qu'il est bon que nul ne sache…*, chantait le nain des frères Grimm. Un vilain conte allemand. Nul ne saurait, non : ni Gernoth, ni Joschi, ni même Ania. Parler, je n'en avais le droit qu'avec les morts. Et les morts sont muets.

Fossette est venue poser quelques pages jaunies sur ma table. Les modèles des épîtres consolatoires. Je me souvenais très bien du soir où j'avais rédigé ces trois versions différentes. J'étais encore à Brandebourg. Dans une pièce avec vue sur la Havel et sur l'île de la cathédrale. Médecin-chef, amoureux depuis peu, nageant dans le bonheur. Voilà qui facilitait l'écriture d'aussi tristes missives. Mais aussitôt j'ai mesuré combien je venais de me mentir. Amoureux, je l'étais, mais quant à mon travail, j'y trouvais un peu à redire.

Le temps qu'il avait fallu, avant que l'équipe fonctionne de façon irréprochable. Avant que chaque étape du processus ait été mûrement réfléchie et s'effectue de façon sûre, sans pannes embarrassantes, sans cris, sans fureur difficilement réprimée. Là-bas dans la Vieille Prison de Brandebourg, rénovée en hâte par la troupe du bâtiment dirigée par Himmler, nous testions la mise à mort d'êtres humains et l'élimination de leurs corps. Le soir, je devais me vider la tête les images vues dans la journée. Le vin rouge y aidait, le schnaps encore plus. Le pire, cependant, c'était le dégoût. Presque impossible à surmonter.

Quand je regardais Gürthner, désinfecteur en chef, et les autres incinérateurs de cadavres, mon visage me trahissait rapidement.

Non mais regardez-le, notre petit gommeux de carabin, il a les ailes du nez toutes blanches, entendais-je dire Gürthner avec son accent franconien. Il me tournait le dos, debout près d'un des deux fours, en train d'enfiler ses gants en amiante.

Pour charger des cadavres sur des plaques et les enfourner, faut être un homme, un vrai, l'entendais-je dire. Lui, il a dû passer trop de temps à regarder sa maman cuire des biscuits. C'est sûr que les demi-lunes à la vanille, ça sent meilleur.

Chut, faisait son pote.

C'est vers cette époque que je me suis mis à lire compulsivement. Pour m'y trouver des justifications, aurait dit Alexander. Qui semblait toujours très bien savoir quoi faire. Je constituais pour mon département une petite bibliothèque de livres de référence, que gérait l'infirmière Hilde. Je voulais mettre les dernières connaissances scientifiques à ma disposition, mais aussi à celle de mes hommes. Les *Principes fondamentaux de la science de l'hérédité humaine et de l'hygiène raciale* de Baur*, Fischer et Lenz. *L'Autorisation de détruire les vies indignes d'être vécues. Son ampleur et sa forme*, par Binding et

Hoche. Des spécialistes, célèbres bien au-delà des frontières de l'Allemagne. Comment un petit gommeux de carabin aurait-il contesté les travaux de tels coryphées ? *Apprendre à favoriser les uns et à exclure les autres, telle est la tâche vitale que doit se donner aujourd'hui un peuple.* Mais j'avais aussi mis sur nos étagères le roman *Vocation et conscience* de Hellmuth Unger*, et des biographies de médecins et de biologistes célèbres. Enfin, pour les lecteurs les plus exigeants, *La Genèse du xixe siècle* de Chamberlain*. Houston Stewart Chamberlain. Ce n'était pas seulement le gendre de Wagner. Même Hitler l'admirait. Il était venu lui rendre visite sur son lit de malade, peu de temps avant sa mort.

C'est la biologie qui allait nous expliquer le monde. Et non ces ouvrages de piété judéo-chrétiens qui donnaient toujours raison aux faibles. Est-ce qu'ils ne mettaient pas le monde à l'envers, rendant la vue aux aveugles, faisant marcher les paralytiques, donnant à de simples pêcheurs du lac Génésareth la faculté de parler des langues étrangères ? Qui étaient les fous, dans cette histoire ? Sûrement pas nous, qui élevions au rang de canon les lois de la biologie et en faisions notre nouvelle religion. Fondée. Démontrable. Rationnelle. Les fous, c'étaient les cyniques prêchant en chaire, et les sots à leurs pieds. Nous, nous aspirions à l'assainissement de la race. Plus tard, on nous remerciera. Plus tard. Quand tout sera fait.

Pendant mes soirées libres, je préparais des conférences pour mes subordonnés ; il fallait qu'ils comprennent ce que nous faisions. Qu'ils l'approuvent, même. C'étaient surtout les jeunes femmes qui m'écoutaient avec intérêt expliquer les concepts de *race*, d'*hygiène raciale*, d'*eugénisme* et d'*euthanasie*, tout en montrant des films tournés dans des hôpitaux psychiatriques. On y voyait des malheureux qui n'étaient plus bons à rien. Sales, baveux, impotents.

Fossette a toussoté, comme chaque fois qu'elle me voyait perdu dans de vaines pensées. Je lui ai adressé un signe de tête et j'ai parcouru les épîtres consolatoires. Deux, trois petites modifications à apporter. Puis je les ferais relire par le Dr Schneider. Quant à l'épouse de Max Koenig, j'allais lui envoyer la version longue.

Dans le dossier de Koenig, j'ai trouvé deux adresses. Une à Leipzig, une autre à Rome. L'envoi des avis de décès, des urnes et des effets personnels, ça reste dans les frontières du Reich allemand, ai-je tranché. Donc, tout ça part à l'adresse leipzigoise. Ce qu'il fallait faire du journal, je n'étais pas obligé d'en décider dès aujourd'hui ; je pouvais attendre début mai, quand il serait temps de poster l'épître consolatoire. Dans l'immédiat, j'ai dicté à Fossette un courrier légèrement modifié, que je transmettrais à Heyde, à Berlin, en noircissant le nom propre.

Chère madame Koenig,
Nous avons la douleur de devoir vous annoncer que votre estimé conjoint Maximilian Koenig est mort subitement le 30 avril 1941, d'une pneumonie infectieuse. Vu le mal incurable dont il était atteint, cette mort a sans doute été une délivrance pour lui. En raison de considérations sanitaires, la police locale nous a imposé l'incinération immédiate du corps et la désinfection des effets personnels. Dans un tel cas, il n'y a pas besoin du consentement des proches.
Veuillez nous indiquer à quel cimetière nous devons faire parvenir l'urne contenant les restes du défunt. Les frais de transport ne vous seront pas facturés.
Nous vous joignons deux certificats de décès, à conserver précieusement pour le cas où l'administration vous demanderait de les produire.
Heil Hitler

Signé : Dr Keller
Deux documents joints

Croirait-elle ces mensonges ? Je me souvenais à peine d'elle. On l'appelait Fée ; Fée pour Felicitas. Son allemand lent, son italien très rapide. Son étonnement en découvrant que je connaissais moi-même quelques bribes d'italien. Une année à Milan, avais-je expliqué avec fierté, après mon baccalauréat. *Studium generale*, avant de passer aux choses sérieuses. J'avais maladroitement renversé un grand vase, et elle avait commenté avec sécheresse : *Queste cose succedano* – ce sont des choses qui arrivent. Comme elle est loin, cette époque où presque tout

180

semblait si facile. Où un vase brisé était un événement qui méritait commentaire. Les banalités de l'existence, jour après jour ? Quel ennui. Aujourd'hui on risquait le tout pour le tout, dans des questions de vie ou de mort.

5

J'étais redescendu au sous-sol. Fossette m'avait demandé d'aller apaiser une querelle entre Gürthner et Nolte. Soûls, ils s'étaient pris le bec et Nolte avait accusé Gürthner de faire parfois main basse sur les effets personnels des délinquants ; Nolte disait toujours les « délinquants ». Mais Gürthner n'était plus là, alors que son service n'était sûrement pas terminé. C'est sur Baber et Huber que je suis tombé, deux jeunes SS moroses qui étaient rarement d'humeur à bavarder.

Tous deux portaient des gants en amiante et faisaient glisser le corps de Koenig et celui d'un autre homme sur une plaque commune, avant de les enfourner. Maintenant il gisait là, l'amateur de fresques romaines et de vers grecs. *Maximus*, « le plus grand », *König*, « le roi » : il n'était plus ni l'un ni l'autre. Je l'ai regardé. Avec froideur et rage. Nous avons le pouvoir. Nous fabriquons des cadavres. Rapidement et proprement. Plus tard, nous fabriquerons des enfants. Meilleurs. Avec des gènes irréprochables. Beaux et capables. Déchaînés et intrépides.

Baber tisonnait dans le four en râlant. Et en plus elles brûlent mal, ces carcasses.

6

Je n'avais pas pris avec moi le journal de Koenig. Je l'avais déposé dans le tiroir à serrure de mon bureau et j'y avais donné un tour de clé. La vue de ses rabats en toi le claire me troublait trop. Ne pas y toucher. Mais ensuite j'ai constaté que je n'allais pas pouvoir rester seul ce soir-là, que j'avais besoin de gens autour de moi. Pas pour parler avec eux, mais pour les sentir à proximité. Je me suis installé au café *Schlossklause*, j'ai commandé une bière et un schnaps, et j'ai étalé mes papiers.

Nous sommes devenus tellement prudes, tellement sentimentaux, ai-je écrit à Ania. *Qui évoque encore, aujourd'hui, le fait que Descartes disséquait des animaux vivants ? Leurs cris de douleur, il les comparait au grincement d'une roue. Mais où en serions-nous, sans ces combattants-là ? De nous aussi, les jeunes nationaux-socialistes, on exige énormément de vaillance. L'évolution ne doit pas être considérée sous un ang le mesquin et égocentrique. C'est l'ensemble qu'il faut prendre en compte, notre peuple, notre race aryenne. Il n'est pas permis de penser à soi quand des sacrifices sont nécessaires. Même quand ça devient très dur.*

Au fait, j'ai appris par Joschi quelque chose de très intéressant. Dans l'Ouest berlinois, au bord de Krumme Lanke, Himmler a fait aménager un lotissement pour les SS. Un lotissement où ils habitent entre collègues, en pleine forêt, parmi les pins et les bouleaux, et à deux pas du lac. Des rangées de maisons mitoyennes pour les grades subalternes, des pavillons avec jardinet pour les officiers. C'est là, ma belle chérie, que nous habiterons un jour et que nous élèverons nos fils. Une fois que nous aurons fait tout ce que nous avons à faire.

Mais rien n'est impossible tant que je t'ai, mon cœur. Tu es tout ce que j'ai de bon et de gai dans ma vie.

Est-ce que je t'ai dit que je voulais m'acheter une Opel ? D'occasion, certes, mais d'après mon concierge, qui s'y connaît un peu en moteurs, elle tiendra encore longtemps. Elle les vaut bien, ces 1 000 reichsmarks. Ce la me permettra de te rendre visite le week-end, quand tu seras revenue à Berlin.

Que ferais-je, sans les lettres que je t'écris. Elles sont le refuge où j'oublie mes austères devoirs. Des moments de rêverie heureuse. Parfois je crois te voir devant moi et même sentir ton odeur. Miel et vanille, dans tes frais sous-vêtements qui fleurent bon le soleil et le vent. Allons, tout s'arrangera bien un jour. Pour peu que nous y croyions dur comme fer.

Sais-tu quel autre souvenir m'est cher ? Le 6 juillet dernier, quand le Führer est revenu en triomphe du front de l'Ouest. Les gens se bousculaient depuis la gare d'Anhalt jusqu'à la Wilhelmstraße. La Wilhelmstraße était toute tapissée de fleurs, les cloches sonnaient, une fanfare jouait la Marche de Badonviller. *Et quand le Führer s'est approché dans sa voiture décapotée, cette masse ondoyante a jeté un seul cri de liesse. Et moi aussi, je tendais le bras bien haut et criais en chœur avec les autres, jusqu'à m'enrouer. Un jour, ce ne sera pas seulement Berlin mais toute l'Allemagne qui criera ainsi. Parce que nous aurons vaincu. Joschi m'a raconté plus tard que le Führer avait les larmes aux yeux. Il faut toujours qu'il fasse l'important, celui-là.*

Ania, ma chérie, quand je sors ta photo de mon portefeuille – rarement, très rarement, car il faut que ce la reste quelque chose de précieux –, alors je me sens vivre. Avec toi, je surmonterais n'importe quel chagrin.

Conserve-moi ton affection. Comme la mienne t'est acquise pour toujours.

Ton Friedel

7

L'anniversaire du Führer, nous ne l'avons fêté que le lundi, le lundi 21 avril. Fossette nous avait obtenu la salle paroissiale des *Chrétiens allemands**. Nadon, pasteur principal de la paroisse, avait hissé le drapeau à croix gammée à côté de sa chaire dès les célébrations du 450e anniversaire de la naissance de Luther, en 1933.

Une entreprise de Bernbourg nous avait parrainés, si bien qu'il y avait des saucisses, de la bière et du vin pour tout le monde. Le schnaps, c'est le pasteur Nadon qui l'a apporté, un grand homme corpulent, avec une moustache et des lunettes sans monture.

Nous avons commencé par le prélude du *Rienzi* de Wagner. Rienzi, ce tribun populaire qui commence par vaincre, puis est précipité vers sa perte. Je savais que Hitler aimait cet opéra depuis sa jeunesse à Linz. Nolte, massif au point d'en être presque grotesque, était assis à mon côté. Il a entonné *Flamm empor* ; j'ai porté un toast au *cœur le plus vaillant* que nous connaissions. Le dimanche, j'avais entendu le discours de Goebbels en l'honneur du Führer et je m'en étais un peu inspiré. Après mon allocution, l'infirmière Hilde a sauté sur l'estrade. Elle portait une robe bleu clair à jupe évasée, qui s'est soulevée en corolle quand elle a vivement pivoté sur elle-même, laissant voir de fortes jambes. Pour finir elle s'est immobilisée, tiraillant la chaînette en or qui ornait son cou immaculé. Je voyais Nolte la dévorer des yeux pendant qu'elle déclamait le poème *Les jeunes Allemandes au Führer* :

Nous sommes la porte de l'avenir,
Nous sommes l'arbre où mûrissent les fruits ;
ce qui nous exalte, ce qui devient saint pour nous
se perpétue, fort et intact,
et nul ne l'effacera de notre âme.

Dans notre cœur nous portons l'éclat
de la lumière que tu as allumée pour ton peuple,
nous en serons les fidèles gardiennes
afin que, dans toute sa pureté d'origine,
il renaisse en vies nouvelles à travers notre corps.

Fossette m'a jeté un sourire radieux ; elle avait préparé cette fête à la perfection. Maintenant le pasteur venait encore réciter une sorte de prière de Hermann Claudius*. Sa voix grave et bien posée a retenti dans la salle :

Seigneur, au Führer prête assistance,
Que Tienne soit son œuvre,
Que sienne soit Ton œuvre,
Seigneur, au Führer prête assistance.

Seigneur, à nous tous prête assistance,
Que nôtre soit son œuvre,
Que sienne soit notre œuvre,
Seigneur, à nous tous prête assistance.

Et si nous chantions encore *Nur der Freiheit gehört unser Leben*, ai-je proposé à Nolte. Il manque encore, comme chant collectif, l'*Hommage au Führer* et l'hymne national. Puis on aura enfin à bouffer. Mais cette fois-ci, sans le bénédicité de vos gars ; il y a quand même des jeunes femmes ici, dont certaines n'ont que dix-neuf ou vingt ans. Nolte a ri.

Le pâtissier doit encore nous apporter un gâteau au chocolat, a dit Fossette. Au chocolat blanc, avec au milieu une croix gammée en chocolat noir. Et voilà qu'arrivait déjà le gâteau, salué par des Ah ! et des Oh !

Elle était superbe, hein, la petite infirmière Hilde ? m'a demandé Nolte.

Superbe, oui. Vous devriez tenter votre chance avant qu'un autre ne vous la souffle, cette gamine. Type aryen parfait, famille aryenne parfaite. Le père à la SS, la mère employée au Département de la santé. Et Himmler tanne toujours ses hommes pour qu'ils se marient et fassent des enfants. Quatre fils minimum, mon cher Nolte. Il serait temps de s'y mettre. Vous pouvez d'ailleurs bénéficier d'un prêt aux jeunes mariés. Et avec un peu de chance, Himmler vous accordera un petit extra pour les noces. Profitez de ce que la vie vous offre.

Le pasteur principal est arrivé avec sa bouteille de schnaps pour trinquer avec moi. Une fois, deux fois, trois fois. Après quoi, Nolte m'a glissé sans mot dire l'assiette de canapés et une bouteille de bière.

Fossette et moi, nous avons été les derniers à partir. Il allait presque de soi que j'atterrirais dans son lit. Nous y parlions rarement de notre travail. Cette nuit-là, je l'ai fait.

Quand la guerre sera finie, lui ai-je dit, je vais me proposer pour diriger une de ces maisons de naissance comme Himmler en construit maintenant un peu partout. Ces foyers où peuvent accoucher les mères célibataires de souche aryenne. C'est propre et clair, joyeux et détendu. J'en rêverais.

Il te faut un peu de gymnastique morale ?

Je n'aimais pas quand elle devenait ironique. Sans doute qu'elle avait trop bu. J'ai fait un mouvement vif dans sa direction ; je l'aurais bien frappée. La frapper. Les frapper tous. Frapper sur tout ce qui bouge. Mais ensuite je me suis laissé tomber sur elle avec furie. Et elle a eu l'air d'apprécier.

8

Ania, dans son costume d'infirmière, courait le long du bus déjà vidé, une lettre à la main. Je l'avais déjà remarquée quand elle avait surgi au portail du garage et cherché quelque chose du regard, avant de revenir d'un pas rapide vers mon département. J'ai monté les escaliers en courant et ouvert à la volée la fenêtre de mon bureau, pour regarder dehors. Elle se faufilait avec prudence entre les pitoyables loques qui se tenaient devant l'entrée du bâtiment.

L'infirmier-chef Nolte l'a fait entrer. Mon cœur tambourinait. Je savais que j'allais la perdre. À l'instant. Parce qu'elle allait tout voir de ses propres yeux. Ce groupe de condamnés : débiles mentaux, déments, dépressifs, schizophrènes, épileptiques, alcooliques, spastiques, paralytiques. Hommes nus. Femmes nues. Leur chair grise et avachie, leurs yeux anxieux, ou vides. Le photographe qui prenait ses trois clichés. Photo en pied. Buste. Profil. L'escalier des sous-sols. L'odeur d'humains restés longtemps entassés dans un bus. Elle allait voir cela. Sentir cette odeur. D'abord les points d'interrogation vont se bousculer dans sa tête, puis elle aura une révélation qui l'effrayera sans mesure, qu'elle se refusera à concevoir, à admettre, parce qu'elle ne pourra pas y croire. Mais elle sera bien obligée d'y croire, si elle ne ferme pas ses yeux à la danse macabre dansée dans notre vestibule.

Son visage est blafard quand elle entre dans mon bureau. Et, bien que sa bouche ait l'air très sèche, on voit des gouttelettes de sueur au-dessus de sa lèvre supérieure.

Alors c'est vrai, ce qu'on entend dire de temps en temps. Que vous les tuez tous. Que vous alliez des idéaux élevés avec la pire ignominie. Que ces bus gris promènent des malades par-ci par-là pour les conduire finalement, ces malheureux, dans une salle de douche dont ils ne ressortent plus vivants. Que vous les expédiez aux fours crématoires construits par la firme *Topf & Fils* ou par *Kor*, afin qu'ils ne souillent plus la lignée des grands blonds. Elle s'était mise à bafouiller, a repris son souffle, sans me lâcher des yeux. Et ensuite ? m'a-t-elle demandé. Quand vous les avez tous éliminés ? Tués. Exécutés. Pour inadaptation à votre monde impitoyable des beaux et des forts. Oui, ensuite ? On balaie les débris et on continue ? Médecin-chef, tu parles. Tu n'es qu'un minable directeur d'abattoir. Elle criait si fort que sa voix s'était brisée. Fossette est apparue à la porte du secrétariat. Ania ne lui a accordé aucune attention. Elle déchirait en petits morceaux la lettre qu'elle tenait jusque-là à la main.

Un courrier de l'hôpital de la SS à Lichterfelde, a-t-elle lancé. Ils veulent une confirmation que nous nous marions bien en juillet. Avec ta signature. Elle a eu un sanglot sec : Ce n'est plus nécessaire. Je retourne à Poznan. Dans ses yeux écarquillés où s'amassaient des larmes malgré sa colère, j'ai vu que je ne pourrais pas la retenir. Elle ne me pardonnerait pas. Elle ne me toucherait plus jamais. La porte de mon bureau s'est refermée ; après quelques minutes, c'est la porte du bâtiment qui a claqué à son tour.

Posté à la fenêtre ouverte, j'ai vu Ania se diriger vers la sortie à grands pas énergiques. Elle sautait adroitement par-dessus les flaques qu'avait laissées la pluie d'avril. Puis elle parvenait à la sortie. Elle ne se retournait pas. Elle s'en allait.

Ce qui me resterait à l'avenir, je le devinais. Il me resterait les petites bonnes femmes cyniques comme Fossette, qui étaient parfaitement au courant mais assez malignes pour tout nier, tout passer sous silence. D'abord elles avaient un peu honte, puis elles oubliaient ce qu'elles avaient fait. N'était-ce pas vrai de nous tous ? La honte est le meilleur humus pour l'amnésie. Nietzsche ne l'avait-il pas dit ? *Je l'ai fait, dit ma mémoire. Je ne puis l'avoir fait – dit mon orgueil. Finalement c'est la mémoire qui cède.*

C'est curieux, j'avais toujours cru qu'il existait une valise pleine de possibilités, et que je n'aurais qu'à l'ouvrir quand mon travail ici serait terminé. Maintenant je ne suis plus sûr que cette valise existe encore.

Ce jour-là, j'ai quitté le bâtiment dès cinq heures de l'après-midi. Auparavant j'avais sorti de mon tiroir le journal de Max Koenig. Je l'avais caché entre les dossiers que je tassais dans mon sac. Fossette n'avait pas besoin de tout savoir.

Je me suis mis à table avec une bouteille de schnaps. À côté, un verre à moutarde. Renonçant à dîner, j'ai bu à grandes lampées tout en lisant le journal de Koenig. Non, Koenig n'avait pas pu l'écrire de sa main, mais le dicter, peut-être. Il avait pu mettre en mots son amour pour sa femme, cette belle signora romaine. Son amour pour sa fille. On n'écrit ainsi que lorsqu'on aime. Et qu'on est sûr d'être aimé en retour. Mes larmes diluaient le schnaps dans mon verre. Même en imagination, je ne savais pas où me réfugier. À qui penser pour échapper aux tourments de mon cerveau.

Juin 1941

9

Depuis que j'étais à Bernbourg, je n'avais plus beaucoup de contacts avec mon père. De temps à autre, je lui écrivais une carte. Il m'envoyait ses vœux pour mon anniversaire. Quand j'avais été nommé médecin-chef, je le lui avais tout de suite annoncé. J'en étais trop fier. Enfin j'allais pouvoir rivaliser avec Alexander. Car je savais bien qu'Alexander était son fils préféré.

Quelles seront tes tâches à Bernbourg ? m'avait-il demandé.

Affaire d'État confidentielle, avais-je répondu. Après ce message, je n'avais plus eu de ses nouvelles pendant un bon moment.

Le 7 juin, j'ai trouvé un courrier de lui dans ma boîte aux lettres. Pas une carte postale, non : une enveloppe bien fermée.

Mon cher fils,

Ton frère Alexander est mort il y a quelques mois. Dans un camp d'internement français. Sans doute d'une pneumonie, à ce que m'écrit sa femme. Il était interné au camp des Milles*, dans de très mauvaises conditions d'hygiène. Lui qui admirait tant la culture française. Eh oui, la douleur ne nous quitte jamais. On ne peut pas la laisser à une frontière, si ce n'est à la toute dernière.

Ta belle-sœur m'envoyait cette nouvelle de Lisbonne. Alexander n'a jamais mentionné ses beaux-parents juifs. Ta mère s'en est toujours doutée, mais elle s'est tue tant que ce la allait encore plus ou moins. Toujours est-il que la veuve d'Alexander attend à Lisbonne son visa pour les États-Unis. Elle compte s'installer chez ses parents à New York avec sa petite fille, du moins jusqu'à la fin de la guerre. Comment elle a réussi à faire le trajet d'Aix-en-Provence à Lisbonne, elle n'en par le pas. Rien que la traversée des Pyrénées, je frémis d'y penser. Et avec une petite fille à la main, par-dessus le marché. De quoi les femmes sont-elles capables !

Je n'arrive toujours pas à concevoir la mort d'Alexander. Ma tête s'y refuse encore. C'est terrible, quand les fils meurent avant les pères. Que dit notre poète d'Augsbourg ?

> Ne vous laissez pas traîner
> Aux corvées et aux galères.
> De quoi donc auriez-vous peur ?
> Vous mourrez comme les bêtes
> Après la mort le néant.

Ta mère adorait Brecht*. Elle connaissait quantité de ses poèmes par cœur.
Fais attention à toi, fils.
Ton père

C'était donc le plus jeune qui lui était resté. Celui qui adorait les uniformes noirs et n'avait pas peur de la mort des autres. Qui la provoquait, même. En abaissant une manette. J'ai laissé tomber la lettre, parce que mes mains s'étaient mises à trembler.

Puis j'ai revu la scène du 12 novembre 1938, quand Alexander était venu nous faire ses adieux. C'était un samedi ; il faisait doux pour une fin d'automne. Les rosiers de Mère étaient encore en fleur. Grand et mince, il se tenait dans un manteau clair de demi-saison, ses cheveux foncés brillaient. Chemise blanche, cravate gris d'argent ; un homme irréprochable, aux manières irréprochables. Qui allait prendre un train pour Rome. Je l'avais vu empoigner les deux valises et adresser à sa belle épouse un sourire d'encouragement. Il faut y aller, avait-il dit. Je les avais raccompagnés au portail du jardin, qui avait un peu grincé quand je l'avais ouvert au petit groupe. J'avais vu Alexander partir, sans comprendre jusqu'à aujourd'hui qu'il partait pour toujours. C'est seulement au moment où j'ai pu me formuler le mot *toujours* que mes genoux ont cédé. Je le savais, jusque-là ce n'avait été que du froid, du saisissement. Maintenant allait venir la douleur. Âpre. Vive. Crue.

Alexander. Nous avons dérivé loin l'un de l'autre, comme si des glaciers avaient interposé leur masse entre nous. Toi et moi. Comme nous étions proches autrefois, quand tu me donnais la main. L'hiver, devant toi sur la luge, bien serré entre tes fortes jambes. L'été, derrière toi sur le vélo, avec ton large dos comme pare-brise. Plus tard, à ton côté sur le siège passager de la voiture de Père. Ma première cigarette, ma première bière, mon premier schnaps. Et mon premier préservatif. Et, en 1929 à Berlin, au club *Möchtegern*, une mignonne petite Eva qui venait du Spreewald. J'étais monté avec elle. Tu étais resté dans le petit salon. Je viens de tomber amoureux, avais-tu expliqué. On n'a en tête que la seule, l'unique, quand on vient de tomber amoureux. L'unique, tu l'avais laissée à Munich pour faire avec moi cette virée de célibataires. Oui, tu étais mon gardien. Un bon gardien.

Et me voilà de nouveau obligé de me sentir chez moi sur cette terre étrangère. La première fois, c'était après la mort de Mère. Nulle part je ne pouvais souffler. Nulle part je ne pouvais parler. Je n'entendais même pas ce que disaient les autres. Je les voyais remuer les lèvres sans comprendre un mot, comme si j'étais soudain devenu sourd. À l'époque, je me réfugiais en pensée auprès de toi. Je te demandais : Où es-tu ? Que fais-tu ? M'entends-tu ? Mais quand Ania a refermé la porte derrière elle et s'est précipitée hors de ma vie, même mes pensées n'ont osé aller vers toi.

10

Le lendemain matin. Le surlendemain matin. Le sur-surlendemain matin.

Les bus. Les malades. Les corps nus. Les douches. Le gaz. Les morts. Les plaques. Les fours. Les urnes. Les certificats de décès. Les lettres aux proches. Les effets personnels… Les bus. Les malades. Les corps nus. Les douches. Le gaz. Les morts.

Les plaques. Les fours. Les urnes. Les certificats de décès. Les lettres aux proches. Les effets personnels…

Le jour, assassiner. Jour et nuit, faire brûler des corps. Tuer, ça va vite. Éliminer les corps, c'est une tâche de longue haleine.

Interruption
Par la voix de l'auteure

Le premier dimanche d'août 1941, l'évêque de Munster prononça un prêche. En l'église Saint-Lambert, au clocher duquel on avait jadis suspendu les cadavres des anabaptistes dans des cages en fer. En ce lieu même, l'évêque von Galen renonça à toute périphrase. Il ne par la pas de l'« Aktion E » ni encore moins d'« euthanasie ». Il appe la un meurtre un meurtre.

Son prêche, retranscrit à la machine, passa de main en main. À Berlin, on avait un peu peur de la Westphalie catholique. C'était la guerre. On ne voulait pas de remous. Le Führer mit fin aux meurtres de malades. Le 24 août 1941, plus précisément.

C'est ce qui fut dit.

C'est ce qui fut promis.

Mais la promesse n'allait pas être tenue.

QUATRIÈME PARTIE

Basta ! – Le bourreau tire sa révérence

Par la voix de l'auteure

Février 1948

Il ne devait pas avoir de revolver, le Dr Friedel Lerbe. Au lieu de ça, il a pris sa ceinture et s'est pendu avec à un tuyau de chauffage. On l'a trouvé au matin vers six heures et demie, lors de la distribution du petit déjeuner. D'abord la grosse tranche de pain qu'on posait sur la tablette du clapet. Tous les détenus se dépêchaient de la faire disparaître à l'intérieur de la cellule, pour laisser de la place à la gamelle de café.

Eh, Lerbe, enlevez un peu votre pain, a crié l'homme de corvée. Il a tambouriné contre le clapet. Je le mets où, votre café, si le pain est encore là ? Et, comme rien ne bougeait : T'attends quoi, carabin, qu'on t'envoie une invitation sur bristol ?

Mais Friedel (c'est ainsi qu'il signait les lettres à sa femme), Friedel ne bougeait pas.

Merde, a murmuré l'homme de garde après avoir ouvert la porte. Putain de saloperie, y en a un qui s'est pendu. C'était un nouveau, un jeune, qui n'avait peut-être encore jamais vu de mort. Et quand il s'agissait de prévenus incarcérés par le gouvernement militaire américain, la presse ne faisait pas dans la dentelle. Gros titres, avec des mots-chocs comme *Justice d'occupants*, il voyait déjà ça d'ici.

Ce n'était pas une mort bruyante, plutôt une mort laide : la bouche ouverte, la langue gonflée, la tenue claire de prisonnier encore humide, à l'entrejambe, d'une dernière excrétion. Dans la cellule une odeur forte et douceâtre, sur la table des feuillets écrits, sans doute une lettre d'adieu.

Sa dernière journée, ce dimanche de février 1948. Il avait joué aux échecs avec d'autres détenus dans la cellule commune. Ils avaient discuté d'un livre récemment paru et, pendant cette discussion, il avait la mine fermée et faisait craquer ses doigts.

Qu'est-ce qu'il y connaît, ce *Kogon** ? avait dit son partenaire aux échecs. Et ça veut dire quoi ce titre, *L'État SS* ? Il n'arrête pas de citer des noms. J'ai même trouvé le vôtre sur une page.

C'est trop d'honneur pour un petit médecin comme moi. J'ai d'abord travaillé au Bureau central de la santé à Berlin, puis je suis parti au front. Une grande gueule, ce Kogon, c'est tout.

Ensuite ils avaient tous assisté au culte, Lerbe compris. Vers dix-huit heures, on l'avait ramené dans sa cellule. Il avait pris congé en serrant des mains. Bonne nuit, compagnon. Vers huit heures et demie, un dernier coup frappé au mur ; il faisait ça tous les soirs. *Je me couche*, tel était le message.

Un homme poli, discret, correct et soigneux. La petite moustache régulièrement taillée, les ongles des mains coupés et brossés, le linge et les vêtements aussi propres que le permettait le fonctionnement de la prison. Appétissant, lisse et jeune – une vraie tête à s'appeler Friedel, ce prénom de *doulx amy* dans un poème du Moyen Âge.

Alors il a tiré sa révérence, a dit le médecin pénitentiaire Brosig au directeur de la prison, puis, tournant le dos au mort, il a clopiné jusqu'à la fenêtre. Il avait perdu sa jambe droite dans les Ardennes pendant la dernière année de guerre, et il aimait se déplacer sur ses béquilles avec ostentation. Derrière les barreaux, un soleil pâle luttait contre les nuages.

Il avait de la famille ? a demandé Brosig au directeur.

Une femme, un petit garçon, a répondu ce dernier. Ils sont tous les deux passés la semaine dernière ; une toute petite femme, avec des fossettes très apparentes. Et le fils doit avoir quatre ou cinq ans. Il est resté avec ma secrétaire pendant le temps de visite.

Ce Lerbe avait sans doute plus à se reprocher qu'il ne l'avouait, a repris Brosig. Un silence songeur, puis : Je suppose qu'un jour, il en a eu assez du cours banal de l'existence. Je suppose qu'il n'a pas su séparer médecine et pouvoir : sous sa blouse blanche, c'était le loup habillé en berger. Qui, sous ce déguisement, jouit de sa dangereuse force. Ça lui plaisait, d'être un prince de l'Hadès. Mais peut-être que je me trompe et que son désespoir avait une autre teinte. Celle des souvenirs importuns. Peut-être qu'ils ont fini par frapper à la porte de son cœur. Maigres, nus, la peur dans les yeux, avant qu'il ne les expédie dans l'Hadès. Que savons-nous de ces dernières heures, de ces dernières minutes d'un être ? Même ses lettres, je pense qu'il ne faut pas s'y fier. Il doit s'y présenter comme un héros, la victime d'odieuses calomnies, l'homme du Golgotha...

Vous le connaissiez donc déjà ?

Le Dr Brosig a pris son temps avant de répondre.

Nous avons été collègues pendant deux mois à Berlin, au Bureau central pour la Santé du peuple. Je n'ai jamais rencontré un défenseur aussi fanatique de l'hygiène raciale. Il pouvait parler du corps sain de la nation avec le même enthousiasme qu'il aurait parlé du corps de sa bien-aimée. Il avait aussi écrit un nouveau Notre Père, *Le Notre Père païen*, comme il l'appelait, et il l'avait récité lors de la fête de Noël ; à part le chef de l'Ordre des médecins du Reich, le beau Leonardo Conti, je crois que personne ne l'écoutait. Je me souviens vaguement du dernier vers : ... *Mais délivre-nous des Juifs et de la prêtraille...* En tout cas, son *Basta* qui tenait lieu d'*Amen* s'est noyé dans les rires ; personne ne prenait ça au sérieux. Ensuite, début 1940, il est devenu médecin-chef et moi, je suis parti au front.

CINQUIÈME PARTIE

Rescapées – Deux femmes sur la mer des Étrusques

Par la voix de l'auteure

1

Comment Carl passa de vie à trépas, c'est son grand amour qui allait me le raconter plusieurs années après : mademoiselle Elfi, seule rescapée qui avait pu se rendre sur la mer des Étrusques. Non, ils ne s'étaient pas revus au café *Morgenlicht.* Carl n'avait pas réussi à venir. Il ne restait donc à Elfi que des phrases, des regards de lui, qu'elle déballait parfois avec prudence du papier de soie de sa mémoire.

Là-bas, à Porto Santo Stefano, elle restait assise devant sa boutique où l'on trouvait des journaux, des livres, de menus cadeaux. Aux enfants, elle vendait des sucettes et des bonbons, des crayons de couleur et des ballons gonflables ; dans une vitrine réfrigérée, des boissons attendaient la chaleur de l'été. Par une radieuse journée de mai où, en flânant, j'étais passée devant sa boutique, je lui avais acheté un journal et je l'avais complimentée sur son allemand parfait.

C'est que je suis originaire de *Germania*, m'avait-elle répondu tout bas. *Ger-ma-nia*, chuchoté. Comme Calle. Il y a huit ans que je vis ici, avait-elle ajouté. Les premiers mois, j'ai attendu. Jusqu'à ce que sa mère vienne me rendre visite et me mette au courant. Mais je suis restée quand même. Et parfois il se tient assis à côté de moi, grand et efflanqué, avec son incomparable litanie sur la couleur noire.

Elle a vu mon visage devenir un seul grand point d'interrogation. Passez donc samedi boire un verre de vin sur ma terrasse. La saison n'a pas vraiment commencé, j'ai encore du temps.

Et c'est ainsi que j'ai fini par passer trois soirées chez elle. Derrière sa boutique, un escalier en colimaçon donnait accès à son logement. Elle avait une terrasse avec vue sur la mer et l'île de Giglio, un salon contenant des livres et des tableaux, une petite pièce attenante où elle avait son lit. Elle a posé sur la table du vin et de petites tranches de pain blanc grillé, et elle a raconté, raconté. Ce qui leur était arrivé, à elle et à son Carl.

Tout ce qu'elle possédait ici à Porto Santo Stefano, elle l'avait acheté avec l'argent laissé par la vieille dame. Celle dont elle s'occupait dans la vil la du Hundekehlesee, à Berlin.

Pars tout de suite, lui avait dit cette vieille dame le 30 avril 1945. La radio venait d'annoncer la mort de Hitler. Pars avec l'argent qui se trouve dans ma valise, sous le lit. Cache-le dans la doublure de ton vieux trench-coat et cours jusqu'à la porte du jardin, derrière la maison. Sans adieux. Les adieux, tu oublies. Et dépêche-toi, bientôt il va y avoir des tirs par ici. Quand Gernoth von Trabitz s'est tué d'un coup de revolver dans son uniforme de SS, l'Ordre du sang et toutes ses décorations accrochés à son revers gauche, elle s'était déjà mise en route. Elle avait pris le premier train descendant vers le sud, puis un deuxième train, un troisième. Rails détruits, ponts détruits, tunnels obstrués par des éboulements. Une fois hors d'Allemagne, c'était devenu plus facile. Les paysans la laissaient dormir dans leur grange ; parfois elle recevait du pain et des olives gratis. C'est une jeep américaine qui l'avait déposée à Porto Santo Stefano. Dans la doublure de son manteau crissaient 2 043 dollars américains et 2 071 livres sterling. Elle savait que cet argent valait maintenant une fortune. Elle avait l'impression d'être Jeannot-la-Chance. Cet argent, elle l'échangerait contre un gîte. Une maison au soleil. Avec une terrasse donnant sur la mer. Où attendre des nouvelles d'Allemagne. Où attendre Carl.

Carl, Calle, Callissimo, que ni les électrochocs ni l'insulinothérapie* n'avaient pu rééduquer. Cet incorrigible qui entendait dans sa tête un étrange chuchotement. Carl avec ses *cérébrillements*, sa litanie sur la couleur noire. Avec son tableau au mur, qui parfois pleurait la nuit.

Jusqu'à la fin de l'été 1940, sa mère, Mme Hohein, avait pris son vélo tous les dimanches pour aller de Hennigsdorf à

Wittenau. Tous les dimanches, qu'il pleuve ou qu'il vente. Elle était contente que son mari ait été réquisitionné. M. Hohein, Hauptsturmführer et fier de l'être, dirigeait la comptabilité d'une usine d'armement et de munition dans le Gau de la Warthe et montait sur ses grands chevaux dès qu'elle faisait la moindre allusion à Carl. Pour lui, la maladie de leur fils n'était que du tirage au flanc. Les médecins, disait-il, étaient là pour ramener ces timbrés à la raison. De force, si nécessaire. Mais Mme Hohein pouvait compter sur l'infirmière-chef Rosemarie ; toutes les deux avaient grandi à Stralau, où leurs jardins étaient mitoyens : deux petites voisines qui ne s'étaient plus jamais perdues de vue ensuite. Quand elles se retrouvaient à la clinique de Wittenau, elles redevenaient aussitôt des gamines qui pouffaient en se chuchotant à l'oreille, malgré leurs visages depuis longtemps marqués par l'âge. Quand les formulaires étaient arrivés et, une fois remplis, étaient repartis vers la Chancellerie du Führer, elles avaient tenu conseil : il fallait que Carl parte en Bavière avec Rosemarie. Il la seconderait au bureau du personnel, un travail facile, sans danger, et il profiterait d'une bonne nourriture paysanne. Ça pourrait aller. L'hôpital psychiatrique de Kaufbeuren comme terre promise. Et Rosemarie toujours là pour le protéger. Protéger son Carl. Son fils unique. Voilà ce qu'elles pensaient, toutes les deux. Ce qu'elles espéraient.

Elle leur avait apporté du gâteau et des pommes au départ du train, avec aussi du pâté de foie maison, du rôti froid en conserve. Depuis le début de la guerre elle élevait de nouveau des poules et un cochon, comme elle avait appris à le faire pendant la guerre précédente. L'art de transformer maison et jardin en petite exploitation agricole, pour nourrir la famille.

2

Quand Mme Hohein était elle-même arrivée à Kaufbeuren à Pâques 1941, après un long voyage en train comportant toute une série de haltes et de correspondances, l'infirmière Rosemarie, son amie et celle de Carl, cette femme au regard pensif et au sourire lointain, était déjà morte. D'une défaillance cardiaque, comme son père autrefois. Son corps, devenu très fluet, était exposé dans la chapelle de l'établissement. Un austère spectacle, donc. Mais austère, la mort l'est toujours.

Son Carl aussi avait fondu. Et il n'arrêtait pas de murmurer. La tête basse, il murmurait.

Ben il prie, quoi, disait Annkathrin, l'infirmière-chef du service. Elle n'y attachait aucune importance. Sa grand-mère à elle, pareil, elle ne faisait plus que prier à la fin de sa vie. Réciter le rosaire. Les trois chapelets l'un après l'autre, celui des mystères joyeux, des mystères douloureux et des mystères glorieux. Puis elle reprenait du début.

Mais mon fils n'a que trente-six ans, disait Mme Hohein. Assise à côté de Carl, elle saisissait parfois un mot au vol. Cœur ? non, sans doute pas. Plutôt douleur, *noir de la douleur*. Il murmurait, absorbé. Elle tentait de déchiffrer ces bribes de mots. Elle aurait eu besoin de l'interprète Rosemarie, de l'amie Rosemarie. Son Hauptsturmführer, là-bas à l'Est. Son Calle, ici au Sud. Son amie, morte, dans la chapelle.

Elle avait apporté un gâteau. Et un gros pain rond qu'elle avait cuit elle-même, et du pâté de foie, du rôti de porc en conserve. Des pommes, des poires et des carottes. Lors des adieux, Carl avait pleuré dans ses bras. Jamais encore il n'avait fait ça, pleurer dans ses bras.

Ne t'inquiète pas, lui avait-elle chuchoté. Ton père le Hauptsturmführer va faire quelque chose. On va te ramener dans le Nord. Quand elle avait refermé son sac maintenant vidé, il lui avait pris le visage entre ses longues mains fraîches.

Mon chéri, avait-elle chuchoté en essayant de refouler ses larmes. Continue à bien manger. Autant que tu peux, autant qu'on te donne.

Il murmurait, murmurait. *Noir de la mort*, comprenait-elle. *Noir du ciel. Noir de la pierre.* Tu vas manger. Promets-le-moi. Il faut que tu manges. Promets-le-moi.

Et il avait dû obéir à cette injonction maternelle. En mangeant d'abord le gâteau, puis l'énorme pain rond tartiné de pâté de foie. Les pommes, les poires, les carottes. Les carottes en dernier, déjà un peu moisies.

Avant de repartir, elle était passée au presbytère. De nouveau elle cherchait pour Carl une main protectrice. Il était baptisé, c'était donc un enfant de Dieu, donc un enfant de Son vicaire. Le prêtre en soutane noire, visage rond et poignée de main ferme, avait demandé du café à sa gouvernante et en était tout de suite venu au fait.

Est-ce que votre fils peut encore travailler ?

Il travaillait pour l'infirmière Rosemarie au bureau du personnel. Mais depuis qu'elle est morte, il reste prostré et ne fait plus que murmurer.

Alors, qu'il rejoigne l'équipe agricole, avait dit le prêtre. Chaque matin ils partent s'occuper des champs qui appartiennent à l'établissement. Seig le et pommes de terre. Carottes, choux blancs, concombres. Asperges, tomates, salades et fines herbes pour le déjeuner des médecins. Il y a aussi des porcs, des bœufs et des poules à nourrir. Et quelques chevaux.

Oh, mon Carl sait y faire, s'était dépêchée de dire Mme Hohein. Pendant la Grande Guerre et les années de disette, c'est ainsi que nous avons survécu. Mon mari était sur le front de l'Ouest. Carl et moi, pour nous en sortir, nous avons semé et planté, élevé des poules, engraissé un cochon.

Le prêtre avait hoché la tête. Je vois très bien, c'est ce que nous faisions nous aussi. Et ceux qui n'avaient pas de terrain à eux allaient jusqu'à planter des pommes de terre sur les remblais de chemin de fer ou sur les trottoirs, au pied des arbres. Mais vous avez bien fait de me le raconter. Je vais parler à Annkathrin ; c'est une de mes plus fidèles ouailles. Une orpheline. Elle n'a pas inventé la poudre, mais elle est brave et pieuse. Et le week-end, je le caserai chez un paysan qui m'apporte parfois des fruits. Il a deux filles toutes jeunes, et pas de fils. La mère est morte lors de son second accouchement. Il pourra les aider en fin de semaine, ce qui lui vaudra une tartine de saucisson en plus de l'ordinaire. À l'hôpital, ils sont très rationnés en nourriture. Mais si vous en avez la moindre possibilité, essayez de le reprendre chez vous, au moins jusqu'à la fin de la guerre. Parfois j'entends parler de déportations, de transferts. Des rumeurs, peut-être. Mais peut-être pas.

Ils avaient échangé leurs adresses ; s'étaient serré la main.

Je n'ai que lui comme enfant, avait-elle dit au moment des adieux. Et mon mari est dans le Gau de la Warthe, réquisitionné dans une usine de munitions.

Le prêtre avait de nouveau hoché la tête. Songez-y toujours : Dieu n'exige de nous que ce dont nous sommes capables. *Ultra posse nemo obligatur*, comme disent si élégamment les latinistes. Et je vais encore vous confier une chose, avant que vous ne partiez : parfois, la nuit, j'entends rire le chat-huant et je me dis qu'il rit de nous.

Mme Hohein avait couru à la gare ; avec un bagage plus léger qu'à l'aller. Au moins, cet homme n'avait pas pitié. Il paraissait savoir que la pitié n'est qu'une forme spéciale de mépris. Celle qui permet de se sentir particulièrement bon.

4

Et c'est ainsi que Carl, toujours en murmurant, avait rejoint l'équipe agricole. Il démariait des betteraves, binait des pommes de terre, liait des plants de tomates et arrachait le feuillage superflu. Il aidait à nettoyer les étables. Il étrillait les chevaux. Parfois il piquait une fleur des champs sur la casquette qu'on lui avait donnée pour travailler dehors. Le 21 juin, quand sa mère était revenue lui rendre visite, il avait le teint tanné par les intempéries, il était sec et efflanqué, mais il ne manquait pas de vigueur. Il avait mangé le gâteau qu'elle lui avait apporté, mais n'en était pas moins allé chez *son paysan* le dimanche. Il venait de bricoler un pantin pour les deux filles ; il voulait voir leurs yeux quand il tirerait sur la ficelle.

Alors je t'accompagne, avait dit Mme Hohein. Là-bas elle avait donné leur bain aux deux filles, avait tressé leurs cheveux encore mouillés. Ensuite elle avait cuisiné un rôti de porc au chou rouge et tout le monde s'était assis à la grande table pour le manger, même Gilbert, un Français du STO.

Venez vous installer chez nous, si la région de Berlin n'est plus assez sûre, avait dit le paysan. Du travail, on en a à revendre. Tous avaient ri.

Pour le goûter, elle avait pétri la pâte des brioches soufflées à la vapeur. Les filles avaient rapporté du jardin des framboises et des fraises ; pas tout à fait mûres encore, mais avec beaucoup de sucre, c'était bon. De nouveau ils s'étaient tous assis à la grande table. Et pendant qu'ils riaient, assis à cette grande table dans les Préalpes de Bavière, ils ignoraient encore que, depuis des heures déjà, l'aviation allemande bombardait des villes russes. Ensuite il avait fallu traire et nourrir le bétail, sans se presser. Les journées étaient longues ; ce soir-là on allumerait les feux de la Saint-Jean et on danserait autour.

Mme Hohein se tenait sur le banc devant la maison ; les filles s'étaient blotties contre elle, l'une à droite, l'autre à gauche.

Une femme comme vous, voilà ce qu'il me faudrait, lui avait dit le paysan au moment des adieux. On ne pouvait pas ne pas remarquer son sourire plein de regret. Ses boucles à elle voletaient au vent.

Le lendemain matin à cinq heures, Carl regagnait les champs avec ses coéquipiers et elle montait dans son train. Elle allait d'abord à Munich ; de là, elle prendrait un exprès vers le Nord. Dans le compartiment, tout le monde parlait en même temps : la guerre contre la Russie était maintenant sur toutes les bouches, y compris au Sud. La mère de Carl pensait à son mari, qui n'aurait sans doute plus de permission avant longtemps.

Mais elle se trompait. Elle ne pouvait savoir qu'il roulait déjà vers Berlin à bord d'un train sanitaire. Il y avait eu une explosion dans son usine de munitions. Il avait perdu sa jambe gauche et son avant-bras droit. C'était un infirme qui revenait chez eux à Hennigsdorf. Avec le voisin, elle avait péniblement descendu un lit au rez-de-chaussée. Couché dans leur salon, son mari se laissait soigner. Elle ne pouvait plus se rendre à Kaufbeuren. Elle envoyait des colis à Carl. De son côté, il lui envoyait parfois des bouts de papier couverts de textes confus ; elle les trouvait poétiques, son mari les réduisait aussitôt en boule.

Ça, je peux le faire même de la main gauche, lui disait-il.

5

À l'automne il plut souvent, Carl en travaillant les champs fut plusieurs fois trempé jusqu'aux os. Il commença à tousser, fit de la fièvre. Le troisième jour, l'infirmière Annkathrin le mit au lit au lieu de l'envoyer aux champs. Couché dans son lit, il murmurait, murmurait.

N'avons pas de médicaments, disait le chef de service ; en tout cas, pas assez. Il faut les réserver aux patients qui peuvent encore travailler. Même chose pour la nourriture. Ces gens-là, ils ne vivent déjà plus. Leur sang circule et leurs muscles bougent, mais le cerveau n'en sait rien. Si nous ne pouvons pas apaiser leurs souffrances, au moins nous pouvons les aider à ne plus devoir souffrir. Mettez- le au régime E, infirmière. Sans matières grasses ni vitamines. Deux fines tranches de pain le matin, à midi une soupe claire. Chou blanc et raves, bouillis à l'eau. Idem le soir. C'est simple et bon marché. *Nous ne leur donnons pas de matières grasses, alors ils s'en vont d'eux-mêmes.* Et la presse étrangère ne peut rien nous reprocher. Ils ne peuvent pas survivre plus de trois mois à un tel régime. Ainsi ils n'occuperont plus des lits pour rien.

Et voilà comment Carl, Calle, Callissimo, le sec et long Carl, fut reçu dans le restaurant de luxe que venait d'ouvrir le Dr Valentin Falthauser. Du chou blanc et des raves, des épluchures de pommes de terre, parfois aussi du pissenlit ou des orties : ce qui nageait dans la soupe y nageait sans matière grasse, sans viande. Semaine après semaine.

Carl sur son lit, si émacié, si faible qu'il ne tenait plus debout. Plus personne ne tenait debout, dans cette salle glaciale.

Son visage, un triang le osseux ; la peau tendue dessus. Ses bons yeux timides, voilés par des paupières diaphanes.

Et il rêvait, Carl. Non pas le grand Carl qui entendait des chuchotements dans sa tête, oh non ; le petit, celui que sa mère appelait Carlou. Ou plutôt Câlou, sans r, mais avec un a long. Câlou, entendait-il sa mère l'appeler. Viens, aide-moi. On va faire des crêpes. D'abord on mélange les œufs avec de la farine et du lait, puis on ajoute une pincée de sel et une cuillerée de sucre. Pour finir, une cuillerée de crème.

De la bonne crème fraîche, blanche comme neige. Quand la pâte est bien lisse, il a le droit de prendre la louche et d'en verser dans la poê le où grésille le beurre fondu. Quand les crêpes sont dorées, on les fait glisser sur un plat et on les enduit d'une grosse couche de confiture. Sa mère rapporte encore un verre de kirsch de la resserre. L'odeur du kirsch, son goût de noyaux de cerise qu'on mâchonne : d'abord sucré, puis un peu amer. Si amer qu'il se réveille. Il fixe les ténèbres. Il a froid. Dans sa bouche, il mâchonne du vomi.

Une entérite à force d'avaler toute cette verdure, une pneumonie à force d'être exposé à tous ces courants d'air. En guise d'extrême-onction, une infime dose de Luminal. Juste une petite cuillerée, mêlée à du sirop pour la toux. Qu'est-ce qu'on dort bien, avec ça.

Ils nous laissent mourir de faim, chuchote-t-il, avant d'essayer de s'étendre de tout son long sur le matelas souillé de sucs gastriques et d'excréments. À moitié recroquevillé, à moitié étendu. Un sac d'os. Un moins que rien. On le savait, que c'était un moins que rien. Maintenant, on le voit.

6

Mme Hohein avait reçu l'avis de décès et l'urne, avec l'épître consolatoire habituelle. Elle avait mis l'urne dans un sac pour la porter chez son curé. Derrière l'église, il y avait un petit cimetière.

La crémation est interdite aux catholiques, avait dit le curé, et il lui avait refusé l'inhumation en terre consacrée. À son propre étonnement, elle n'avait pas crié. Elle avait simplement ouvert et refermé la bouche. Puis elle avait remis l'urne contenant ce qui restait de Carl dans son sac à provisions, et elle lui avait trouvé une place dans son garde-manger. À côté des cerises en conserve que Carl appréciait tant, autrefois.

Quand le Hauptsturmführer était mort, en juin après la capitulation, elle avait enterré l'urne sous le noyer de leur jardin. Là où était accrochée la balançoire de Carl quand il était petit. Là où, plus tard, il aimait venir s'asseoir sur un banc de bois peint en vert. Puis elle avait fermé la maison et s'était rendue à Kaufbeuren.

L'aumônier avait bien maigri, mais il était loin d'être le seul.

C'était l'hiver dernier, avait-il expliqué. Il faisait très froid, et on ne leur donnait que de la soupe au chou. Sans aucune matière grasse. Quiconque devenait inapte au travail était relégué dans ces salles d'affamement. Où ils étaient de moins en moins nombreux. Leurs visages blanc jaunâtre, c'était un spectacle diffici le à supporter. Et tout d'un coup, voilà qu'un nouveau lit était vacant.

Et mes colis, alors ? avait-elle demandé. En mesurant aussitôt elle-même la naïveté de sa question.

Ah bon, s'était-elle bornée à dire.

Il me reste quelques petites choses de votre Carl, avait repris le prêtre. C'est l'infirmière Annkathrin qui me les a apportées. Elle ne devait pas faire trop confiance aux employés du crématorium. Alors il avait sorti d'un sac la chevalière de Carl, sa montre de gousset et deux photos. Ça, c'est sûrement sa petite amie. Et ça, je suppose que c'est vous dans vos jeunes années.

Oui, c'était bien elle, peu après la naissance de Carl. Rieuse, pleine de vie. Et sur l'autre photo, c'était mademoiselle Elfi avec sa petite tête fine aux boucles sombres. Au dos, une main juvéni le avait écrit : *Porto Santo Stefano*.

C'est là qu'ils voulaient se retrouver. Après la guerre. Sur la mer des Étrusques, comme l'appelait toujours le professeur Koenig. Koenig, Calle et Elfi, avait-elle encore murmuré tout bas. Et ensuite : J'irai là-bas.

Je vais vous remettre une lettre de recommandation pour le prêtre local, enchaînait l'aumônier. Dans ma jeunesse, j'ai passé quatre semestres au *Collegium Germanicum* de Rome. Mon italien devrait encore suffire pour un petit courrier.

Et c'est sans doute alors qu'elle s'était mise en route. D'abord pour retourner à Berlin, rassembler quelques vêtements à Hennigsdorf et mettre la maison en location. Puis repartir vers le sud.

Elle aussi avait mis des mois à atteindre Porto Santo Stefano, me racontait Elfi. Rails détruits, ponts détruits, tunnels obstrués par des éboulements. Elle passait d'un train à un bus, d'un bus à un bac, d'un bac à un autre train, dormant dans des gares, des granges, des écoles à moitié en ruines. L'automne s'achevait presque, lorsque la mère de Carl avait fini par arriver. Elle était allée voir Don Filippo pour se mettre en quête de la demoiselle allemande. Des Allemands, il n'y en avait pas encore beaucoup ici juste après la guerre. Don Filippo l'avait conduite chez elle. En la voyant, Elfi avait tout de suite compris : cette femme hâve aux boucles hirsutes lui apportait la vérité que nul ne souhaite entendre. Elle venait lui annoncer la mort de Carl. La mort de la mère d'Elfi, qu'elle avait également apprise, elle avait commencé par la lui taire.

Pendant les premières semaines, les deux femmes s'étaient à peine parlé. Elles se tenaient sur la terrasse en silence, à regarder les mouettes. Plus tard seulement, elles avaient tenu conseil.

La mère de Carl allait retourner à Hennigsdorf pour déterrer l'urne et vendre la maison, cette maison de lotissement avec jardin et poulailler qui s'était révélée si uti le pendant deux guerres. Puis elle reviendrait. Elle reviendrait s'installer chez Elfi. Et au printemps suivant, elles se feraient emmener en mer par un pêcheur et répandraient au large les cendres de Carl.

Et parfois, quand Elfi fixait trop longtemps le soleil couchant, la mer comme un miroir d'argent dépoli sous ses yeux, elle croyait presque voir apparaître son Carl. Grand, efflanqué. Incorrigible. Inéducable. Avec sa litanie sur la couleur noire.

ANNEXES

Liste des personnages

Max Koenig (1899-1941) : professeur d'études antiques à l'Université de Leipzig. Interné à Wittenau, à Teupitz puis à Bernbourg.

Felicitas, dite Fee (1905-1980) : épouse de Max Koenig. Romaine de père allemand. Elle enseigne l'italien.

Angelica, dite Poupette (1930-1983) : fille de Koenig et de Fée.

Catarina, dite Catia (1909-1959) : Sœur de Fée. Interprète à Berlin, elle est mariée avec Gernoth von Trabitz.

Gustaf Clampe (1870-1939) : enseigne à Leipzig jusqu'à l'été 1934, puis s'exi le en Suisse. Ancien professeur de Koenig à l'université.

Nico la (1908-1985) : jeune épouse de Gustaf Clampe.

Johann Koenig (1873-1927) : avocat. Père de Max.

Charlotte Koenig (1877-1927) : a fait ses études à Zurich et traduit des auteurs italiens. Mère de Max.

Mme Lohr (1890-1948) : aide-ménagère des parents de Max Koenig.

CARL HOHEIN, dit CARL, CALLE, CALLISSIMO (1905-1944) : enseignait le latin et l'histoire dans un lycée berlinois. Interné à
Wittenau puis à Kaufbeuren.

MARGARETE HOHEIN (1885-1970) : mère de Carl, dont elle
s'occupe aussi longtemps que possible. Après la guerre, se rend
en Italie pour rechercher Elfi.

ELFRIEDE, dite ELFI (1922-2002) : étudiait le piano au
Conservatoire de Halle. Internée à Wittenau. Survit dans la vil
la de l'officier SS Gernoth von Trabitz. Après la fin de la guerre,
s'installe sur la mer Tyrrhénienne.

INFIRMIÈRE-CHEF ROSEMARIE (1896-1942) : a exercé à la Charité
de Berlin, puis dans les hôpitaux psychiatriques de Wittenau et
de Kaufbeuren. Meurt prématurément d'une maladie de cœur.

OSCAR (1927-1941) : jeune mongolien* (trisomique) interné
à Wittenau, à Teupitz puis à Bernbourg.

ALEXANDER LERBE (1900-1941) : juriste exerçant à Munich. Fuit
l'Allemagne en novembre 1938 avec son épouse juive. Frère
aîné de Friedel Lerbe.

ANIA HAYE (1917- ?) : fiancée de Friedel Lerbe. Infirmière à
la Charité de Berlin, puis à Poznan où l'on perd ensuite sa
trace.

FRIEDEL LERBE (1909-1948) : a d'abord pratiqué à Munich
et à Berlin ; médecin-chef des centres* d'extermination
de Brandebourg-sur-la-Havel et de Bernbourg. Membre
du NSDAP et de la SS.

GERNOTH VON TRABITZ (1885-1945) : membre du NSDAP,
décoré de l'Ordre du sang pour sa participation au putsch
de Munich et à la marche sur la Feldherrnhalle* en 1923.
Officier SS. Oncle des frères Lerbe et mari de Catia.

Joschi, vieux copain de Lerbe (1910-2000) : SS. À partir de 1940, membre du détachement d'escorte du *Führer*. Coursier, téléphoniste et garde du corps.

Dr Leonoardo Conti (1900-1945) : national-socialiste de la première heure, il devient ministre de la Santé du Reich. *Voir aussi le glossaire, ci-dessous.*

Dr Karl Brandt (1904-1948) : membre du NSDAP, de la SA et de la SS. Médecin personnel de Hitler. Chargé de l'élimination des malades incurables. *Voir aussi le glossaire, ci-dessous.*

Philipp Bouhler (1899-1945) : membre du NSDAP dès 1922. Comme Brandt, il est chargé de l'élimination des malades incurables.

Pr Dr Heyde (1902-1964) : membre du NSDAP et de la SS. D'abord psychiatre à Wurtzbourg, il dirige ensuite le programme d'euthanasie* à Berlin. Chef-expert médical. Exercera après la guerre sous le nom de « Dr Sawade ». *Voir aussi le glossaire, ci-dessous.*

Pr Dr Nitsche (1876-1948) : membre du NSDAP. Directeur de la clinique Sonnenstein. Chef-expert médical. Successeur de Heyde à la direction du programme d'euthanasie à Berlin.

Personnel aux ordres du régime, à Wittenau : le médecin-chef Waetzoldt, le Dr Winter, l'infirmière Ria et bien d'autres.

Personnel du département berlinois de Bernbourg : l'infirmier-chef Nolte, le concierge Saitl, l'infirmière Hilde, la secrétaire Fossette, les incinérateurs de cadavres ou désinfecteurs Gürthner, Baber etc.

Glossaire

Les quelques notes entre crochets sont de la traductrice.

[*Académie des poètes* : fondée en 1932 par Börries von Münchhausen pour se démarquer de l'Académie prussienne des arts, jugée trop démocrate et cosmopolite.]

Adlon : hôtel de luxe légendaire du quartier Berlin-Mitte, construit par Lorenz Adlon et inauguré en 1907 par l'empereur Guillaume II. Détruit par le feu en 1945, il sera reconstruit après la chute du Mur et rouvert au public en 1997.

Alberthalle de Leipzig : bâtiment à coupole construit en 1886-1887 sous le règne d'Albert de Saxe, dont il tient son nom. Contenant 3 000 à 3 500 places assises, la salle peut accueillir aussi bien des spectacles de cirque et de théâtre que des concerts et des projections cinématographiques. Le 11 novembre 1933, veille des élections au Reichstag et du référendum sur le retrait de l'Allemagne de la Société des Nations, une cérémonie y est organisée en l'honneur de la *révolution nationale*, à l'issue de laquelle 900 professeurs d'université allemands déclarent leur allégeance à Adolf Hitler et à l'État national-socialiste en signant l'Appel* au monde cultivé.

Alzheimer : maladie neuro-dégénérative décrite pour la première fois par le Dr Alois Alzheimer. Elle se manifeste le plus souvent après 65 ans et se caractérise par une perte progressive de la mémoire et de la capacité d'action. À l'échelle mondiale, c'est le diagnostic posé chez 60 % des personnes atteintes de démence.

Appel au monde cultivé : il est lu le 11 novembre 1933 à l'Alberthalle* de Leipzig par le Pr. Eugen Fischer*, spécialiste mondial de l'hygiène raciale.

Arnheim, Rudolf (1904-2007) : né à Berlin, diplômé en psychologie en 1928, puis rédacteur et critique cinématographique pour la revue *Weltbühne*. Non-aryen, il se réfugie à Rome en 1933, à Londres en 1939 et enfin à New York en 1940. Fondateur de la psychologie de l'art et cofondateur de la pédagogie de l'art.

Assistants universitaires : la réforme nationale-socialiste des universités et établissements d'enseignement supérieur est essentiellement mise en œuvre par des étudiants et de jeunes assistants qui portent souvent la chemise brune des SA*, d'où le nom de « troupe d'assaut » *(Assistenten-Sturm)* donné à leurs groupes.

Baur, Erwin, Pr. Dr (1875-1933) : médecin, botaniste, généticien et eugéniste allemand. Président de la Société berlinoise d'hygiène raciale à partir de 1917. En 1921, avec Eugen Fischer et Fritz Lenz*, il publie les *Principes fondamentaux de la science de l'hérédité humaine et de l'hygiène raciale*, considéré à l'époque comme un incontournable de la théorie raciale. Il salue la « prise de pouvoir » des nationaux-socialistes et applaudit aux lois sur la stérilisation forcée du nouveau gouvernement. Pour lui, l'État doit prendre en charge la sélection visant à l'amélioration de la race.

BDM (Bund deutscher Mädel, ou Ligue des jeunes filles allemandes) : à dater du 1er décembre 1936, les filles allemandes de 10 à 18 ans sont obligées d'y adhérer. La BDM est en 1944 l'organisme de jeunesse féminin le plus important du monde, avec 4,5 millions de membres. L'éducation à l'eugénisme y tient une place importante : ce sont en effet les jeunes filles et les femmes qui, en tant que *conscience raciale* de la nation, doivent assurer la régénérescence du peuple allemand.

Bechstein, Helene (1876-1951) : épouse du fabricant de pianos berlinois Edwin Bechstein. Mécène de Hitler, dont elle a été une admiratrice de la première heure. Ils ont fait connaissance à Berchtesgaden, où elle possède une villa. Après le putsch de la Brasserie et la marche sur la Feldherrnhalle* en 1923, elle lui rend visite à Landsberg pendant sa détention. Plus tard, dans son salon de Berlin, elle le met en contact avec des personnalités saillantes de la société berlinoise, notamment la famille von Hammerstein et Kurt von Schleicher, le dernier Chancelier du Reich avant lui. Comme Elsa Bruckmann* et Winifred Wagner (la bru du compositeur), elle lui enseigne les bonnes manières de table et revoit sa garde-robe. Le couple Bechstein fait également don de sommes importantes à Hitler et lui sert de garant pour de gros emprunts.

Binding, Karl Lorenz, Pr. Dr (1841-1920) : juriste allemand, recteur de l'Université de Leipzig pendant plusieurs années. Avec Alfred Hoche*, il rédige *Die Freigabe der Vernichtung lebensunwerten Lebens. Ihr Maß und ihre Form* (*L'Autorisation de détruire les vies indignes d'être vécues. Son ampleur et sa forme*), qui inspirera beaucouple programme national-socialiste d'assassinat des malades chroniques. Nommé citoyen d'honneur de la ville de Leipzig en 1909. En 2010, le conseil municipal de Leipzig l'en déchoit à titre posthume en raison de cet écrit.

Binding, Rudolf Georg (1867-1938) : fils du précédent. Capitaine de cavalerie et officier d'état-major pendant la Première Guerre mondiale, puis écrivain (récits, nouvelles, légendes, poèmes). Nationaliste, il chante la virilité martiale et le dévouement à la patrie. Ses œuvres connaissent beaucoup de succès sous la République de Weimar et pendant la période nationale-socialiste. Il défend l'Allemagne nazie contre ses détracteurs et endosse le rô le de porte-enseigne du régime. Les vers cités p. sont tirés du cycle *Calypso nordique*, dédié à son amante juive *Elisabeth Jungmann*. L'exemple de Binding permet de mieux comprendre l'attitude de nombreux intellectuels contemporains oscillant entre un conservatisme des valeurs qui peut encore se défendre, et l'indéfendable adhésion au national-socialisme.

Bormann, Albert (1902-1989) : frère cadet du Reichsleiter Martin Bormann*, avec qui il finira par se brouiller. D'abord employé de banque, il entre dès 1931 à la Chancellerie* du Führer, dont il prend la direction en 1933. À partir de 1934, il est adjudant personnel de Hitler. Élu au Reichstag en 1938. En avril 1945, il fuit dans l'Obersalzberg puis devient ouvrier agricole en Bavière sous un faux nom. Après s'être dénoncé et avoir purgé une brève peine de prison, il poursuit sa vie dans le sud de l'Allemagne.

Bormann, Martin (1900-1945) : d'abord apprenti dans une exploitation agricole, il devient (avec Rudolf Höß, le futur commandant d'Auschwitz) membre du Corps-Franc Roßbach, groupe paramilitaire d'extrême-droite, ce qui lui vaut une condamnation pour complicité dans un assassinat politique. Adhère au NSDAP en 1928. Détenteur de fonctions importantes au sein du parti, notamment la direction de la Chancellerie du Reich. C'est, à titre officieux, l'homme le plus important après Hitler. D'après certains témoignages, il se serait suicidé le 2 mai 1945 mais, son corps n'ayant pas été retrouvé, il est jugé et condamné à mort par contumace au procès de Nuremberg. Hitler le considérait comme son bras droit, d'une fiabilité à toute épreuve.

[Bouhler, Philipp : voir la Liste des personnages, ci-dessus.]

Brandt, Karl, Pr. Dr (1904-1948) : médecin personnel de Hitler, Gruppenführer de la SS et lieutenant-général de la Waffen-SS, ainsi que commissaire général à la santé et aux affaires sanitaires. Hitler le nomme professeur et le charge, avec Bouhler, de mettre en œuvre le programme d'euthanasie* pour certains malades chroniques. Au procès des médecins de Nuremberg, il est le plus haut gradé parmi les accusés.

Brecht, Bertolt (1898-1956) : les vers cités p. constituent la quatrième strophe du poème « Gegen Verführung » de la *Hauspostille*, parue en 1926. *Voir aussi les Références des traductions françaises citées, p. XXX.*

Breker, Arno (1900-1991) : sculpteur et architecte. Pour les dirigeants nationaux-socialistes, ses sculptures incarnent leur idéal esthétique et racial du type aryen en pleine santé. Breker figure parmi les *Artistes irremplaçables* (sous-section de la *Liste* des bénis de Dieu*). Après 1945, la Chambre de dénazification de Bavière le reclasse pourtant dans la catégorie des simples « suiveurs » *(Mitläufer)*, notamment parce qu'il a évité à Picasso des ennuis avec la Gestapo parisienne et fait libérer l'éditeur Peter Suhrkamp.

Bruckmann, Hugo et Elsa : couple d'éditeurs munichois. Depuis 1900 environ, leur salon sis au 5, Karolinenplatz a vu défiler toute une série d'artistes et de savants de premier plan. De plus en plus, ils y reçoivent aussi des hôtes qui laissent libre cours à des idées mystiques, racistes et antisémites : d'abord Klages et Chamberlain*, puis Rosenberg, Hess, Baldur von Schirach et enfin Hitler. C'est aux éditions Bruckmann que Chamberlain a publié son œuvre majeure, *La Genèse du xixe siècle*, qui a connu un fort retentissement avec 30 tirages successifs. Et c'est grâce au salon des Bruckmann que Hitler a pu accéder aux cercles influents de l'élite munichoise.

Centres d'euthanasie* : sur le territoire du Reich allemand (qui inclut l'Autriche occupée), on compte six centres dotés de chambres à gaz et de fours crématoires spécialement aménagés : Bernbourg, Brandebourg, Grafeneck, Hadamar, Hartheim et Sonnenstein près de Pirna. En de nombreux endroits, comme à Eichberg et à Kaufbeuren, on tue également par administration létale de médicaments, privation de nourriture ou arrêt des soins. Pour l'euthanasie des enfants, des « Départements pédiatriques spécialisés » sont ouverts à Leipzig-Dösen, à Stadtroda, à Hambourg, etc.

Chamberlain, Houston Stewart (1855-1927) : écrivain allemand d'origine anglaise, gendre de Richard Wagner. Auteur de nombreux ouvrages de vulgarisation, notamment sur

Wagner, Kant et Goethe. Son œuvre la plus célèbre, *La Genèse du XIXᵉ siècle* (1899), deviendra une bible de l'antisémitisme racial et idéologique en Allemagne. Elle a beaucoup influencé Alfred Rosenberg et Hitler.

Chancellerie du Führer (KdF) : organe interne du NSDAP, directement placé sous l'autorité de Hitler et dirigée par Bouhler*. On y examine toutes sortes de requêtes : recours en grâce (émanant surtout de membres du parti), demandes de devises, de subventions et de concessions, mais aussi de dispenses pour les mariages théoriquement interdits par les lois de Nuremberg, ou d'exemptions pour les stérilisations forcées. Après l'entrée en guerre, ces dernières tâches se doublent d'autres mesures d'hygiène raciale, comme le recensement des malformations héréditaires chez les nouveau-nés et l'élimination de certains malades chroniques (vies « indignes d'être vécues »). À l'automne 1939, une note de Hitler, antidatée du premier jour de la guerre, donne pouvoir à Bouhler* et à Brandt* pour *élargir les compétences de certains médecins, qui seront nommément désignés, […] afin qu'ils puissent administrer l'euthanasie aux malades incurables dont l'état sera jugé extrêmement critique.* Plusieurs organismes* de couverture sont fondés à cette fin. Dans leurs activités de préparation et de mise en œuvre de ces programmes d'euthanasie, les collaborateurs de la *KdF* se servent de faux noms. Bouhler par exemple signe « Jennerwein ». La *KdF* est installée dans les locaux de la Nouvelle Chancellerie du Reich ; à partir d'avril 1940, le programme d'euthanasie des enfants malformés ou handicapés et des malades chroniques a son bureau central au 4, Tiergartenstraße (d'où le nom d'*Aktion T4* qui lui sera plus tard donné).

Chrétiens allemands : courant du protestantisme allemand marqué par le racisme, l'antisémitisme et l'autoritarisme, ce qui le rend réceptif à l'idéologie nationale-socialiste. Fondé en 1932 en Thuringe, où il propose sa propre liste aux élections ecclésiastiques, il fait sa grande entrée en politique le 19 novembre 1933, où l'on célèbre le 450ᵉ anniversaire de la naissance de Luther. Son principal adversaire : l'Église dite « confessante ». Les Chrétiens allemands ont eu des précurseurs dès l'époque impériale. Ainsi Arthur Bonus préconisait en 1896 une germanisation du christianisme, Max Bewer, en 1907, soutenait que Jésus descendait de mercenaires germains en Galilée et que, de tous les peuples, les Allemands étaient les meilleurs chrétiens. Ils réclamaient aussi la « déjudaïsation » du christianisme, et notamment l'abolition de l'Ancien Testament.

Claudius, Hermann (1878-1980) : arrière-petit-fils du poète *Matthias Claudius*. Carrière d'instituteur de 1900 à 1934, qu'il a interrompue entre 1914 et 1918 pour servir sous les drapeaux. Après une retraite anticipée, il devient écrivain indépendant : poèmes militaristes, chansons, pièces de théâtre populaires. Lui qui a d'abord travaillé pour les mouvements de jeunesse du SPD et des syndicats sociaux-démocrates (aujourd'hui encore, les grandes célébrations du SPD s'achèvent sur sa chanson « Quand nous marchons côte à côte »), il passe ensuite au national-socialisme et, de même que Hans Grimm *(Peuple sans espace)*, Agnes Miegel et Will Vesper, devient membre de l'Académie* des poètes. Il est parmi les 88 écrivains germanophones qui, en octobre 1933, signent le *Vœu d'obédience fidèle à Adolf Hitler*. Sa « Prière pour Hitler » citée p. date de 1940. Ses textes paraissent souvent dans la presse quotidienne ; la *Krakauer Zeitung*, à elle seule, en a publié cinquante. Il fait figure de barde nazi.

Cohn, Felix Benno (1891-1938) : oto-rhino-laryngologiste exerçant à Leipzig, au 3 de la Nordplatz. Lors de la Nuit de cristal, des coups de feu l'atteignent à travers la porte de sa consultation et il meurt de ses blessures le 10 novembre 1938.

Columbushaus (1932-1957) : immeuble de neuf étages sur la Potsdamer Platz de Berlin. La « Société de santé publique » – un des organismes* de couverture du programme d'euthanasie – y loue trois ou quatre bureaux le 1er décembre 1939, avant d'emménager dans la vil la du 4, Tiergartenstraße vers le mois d'avril 1940. Grâce à sa structure métallique, le Columbushaus survivra à la guerre, mais il sera pris d'assaut et incendié lors de l'insurrection ouvrière du 17 juin 1953 et démoli en 1957. Son emplacement est aujourd'hui occupé par les boutiques et les hôtels du Beisheim-Center.

Concert des auditeurs (Wunschkonzert) *donné pour la Wehrmacht* : nom d'une émission radiophonique diffusée de 1939 à 1941, en direct du Grand Auditorium de la Maison de la radio à Berlin. Le public y est constitué de membres de la Wehrmacht et des services sanitaires ; les morceaux passés à l'antenne sont exclusivement choisis par les soldats et leurs proches. En 1940, le film de propagande *Wunschkonzert*, avec Carl Raddatz et Ilse Werner, connaît un succès extraordinaire.

Conti, Leonardo, Pr. Dr (1900-1945) : médecin germano-suisse qui, pendant la période nazie, devient ministre de la Santé et chef de l'Ordre des médecins du Reich. Il dirige aussi la Ligue nationale-socialiste des médecins allemands (NSDÄB) et le Bureau central de la santé publique. Comme le Dr Brandt*, il participe à l'expérience de gazage de malades mentaux à la Vieille Prison de Brandebourg-sur-la-Havel (janvier 1940). Il comparaîtra à Nuremberg pour ces assassinats. Se suicide à l'automne 1945.

Deledda, Grazia (1871-1936) : écrivaine sarde, lauréate du prix Nobel de littérature en 1926, notamment pour son roman *Âmes honnêtes*.

Euthanasie : terme dérivé du grec et signifiant « bonne mort ». Pendant la période nazie, il sert d'euphémisme et de caution idéologique pour couvrir le programme d'élimination (dit aussi *Aktion E* ou *Aktion Eu*, pour « euthanasie ») de malades mentaux ou souffrant de pathologies héréditaires, de handicapés et d'asociaux (alcooliques par exemple). Comme l'indiquent déjà clairement les formulaires*, le critère déterminant pour envoyer ou non les intéressés à la mort est leur capacité de travail. S'il est inapte au travail, un malade chronique est éliminé. 70 000 malades mentaux sont ainsi asphyxiés au monoxyde* de carbone puis incinérés, plusieurs milliers d'autres reçoivent des doses létales de morphine-scopolamine et de Luminal, ou sont condamnés à mourir de faim (c'est ce qu'on appelle le « régime E », sans protéines ni graisses). Grâce aux recherches historiques récentes, on estime aujourd'hui le nombre total de ces victimes à environ 200 000.

[*Feldherrnhalle* – Bâtiment de sty le italien construit à Munich dans les années 1840. Le 9 novembre 1923, suite à la tentative de putsch lancée la veille contre le gouvernement bavarois (« putsch de la Brasserie »), Hitler et Ludendorff tentent d'investir la Feldherrnhalle avec quelques milliers de manifestants. Les heurts avec la police font une vingtaine de victimes et les meneurs sont arrêtés, mais n'écopent que de peines légères. Hitler mettra à profit son année de détention à Landsberg pour rédiger *Mein Kampf.*]

Fischer, Eugen, Pr. Dr (1874-1967) : médecin, anthropologue et eugéniste allemand, cofondateur et directeur pendant plusieurs années du *Kaiser-Wilhelm-Institut für Anthropologie, menschliche Erblehre und Eugenik* de Berlin. Fervent partisan des lois raciales. En 1933, alors recteur de l'Université de Berlin, Fischer supervise la mise à pied de nombreux savants juifs. Il signe le 4 ou le 5 mars 1933 l'« Appel des enseignants du supérieur berlinois à soutenir Adolf Hitler », prend la parole lors des autodafés du 10 mai 1933 et, en novembre de la même année, lit à l'Alberthalle* de Leipzig l'« Appel au monde cultivé », qui est signé par 900 professeurs d'université. Juge au Tribunal de santé héréditaire, médecin général chargé des questions de biologie raciale au Bureau national de recherches généalogiques, il forme aussi des examinateurs pour les tests d'aptitude à la germanisation d'enfants polonais. À partir de 1941, il est membre du comité consultatif du *Département de recherches sur la question juive* et collabore au volume *Das antike Weltjudentum. Tatsachen, Texte, Bilder*, qui paraît dans une collection de « Recherches sur la question juive » (1943).

Force par la Joie (Kraft durch Freude) : organisme national-socialiste fondé en novembre 1933 sur le modè le italien, dans le but de contrôler et d'encadrer les loisirs de la population. Temps libre et congés doivent apporter force et énergie, pour que chaque tâche puisse être efficacement accomplie. Sport et culture pour tous. Ou, selon la formule de l'historien Götz Aly, une « dictature du bien-être » exercée par l'État nazi. En organisant des voyages, des randonnées, des séjours à la campagne ou à la mer, la Force par la Joie devient la plus grande agence de voyages de l'époque. La plupart de ses activités sont suspendues après le début de la guerre.

Formulaires : à l'automne 1939, le ministère de l'Intérieur adresse aux maisons de santé publiques et privées des formulaires destinés au recensement des malades chroniques. Outre le nom, l'âge etc., doivent être mentionnés le tableau clinique, la fréquence et la durée des hospitalisations, les essais thérapeutiques et la capacité de travail, décrite de façon très concrète (par exemple : *Travail des champs – se contente de suivre l'équipe, ou : Serrurier – bon ouvrier qualifié*). 40 experts médicaux, pour la plupart des psychiatres réputés, sont recrutés pour remplir ces formulaires, qui sont ensuite envoyés au bureau central et remis entre les mains de trois chefs-experts. Une case encadrée de noir, en bas à gauche, doit être remplie d'un signe « plus » rouge (mise à mort) ou d'un signe « moins » bleu (maintien en vie). Les patients porteurs d'un « plus » rouge sont acheminés dans les bus de la Gekrat* vers des centres de transit – ce qui permet de les couper de leurs proches – et, de là, vers les six centres d'extermination spécialement aménagés. La distribution de formulaires passe également par les services de santé, auxquels médecins et sages-femmes libéraux doivent signaler par écrit les malformations et maladies constatées chez les nouveau-nés.

Fritsch, Willy (1901-1973) : acteur et chanteur allemand. Depuis 1921, il a tourné dans plus de 120 films. Membre du parti nazi, il est nommé au conseil supérieur de l'*Amicale des artistes allemands*. Dans la phase finale de la guerre, en 1944, il est intégré à la *Liste** des bénis de Dieu* parmi les acteurs dont Goebbels a besoin pour la production cinématographique, ce qui lui évite d'être mobilisé.

Frölicher, Hans (1887-1961) : ambassadeur de Suisse à Berlin de 1938 à 1945. Comme bien d'autres diplomates ou hommes politiques suisses, il redoute plus le *péril rouge* que la *peste brune*.

Garcia Lorca, Federico (1898-1936) : les vers cités p. proviennent du *Romancero gitan*, paru en 1927.

Gekrat ou *GeKraT* : abréviation de *Gemeinnütziger Krankentransportgesellschaft* (Société d'utilité publique pour le transport des patients), un département du bureau central installé au 4, Tiergartenstraße et rattaché à la Chancellerie* du Führer. La Gekrat est chargée du transfert des malades et handicapés vers les centres de transit puis d'extermination. Elle se sert d'anciens véhicules postaux rouges qui ont été repeints en gris, vitres comprises.

George, Stefan (1868-1933) : poète allemand proche du symbolisme et très inspiré par la pensée nietzschéenne. Après la publication en 1928 de son dernier recueil *Das neue Reich (Le Nouveau Règne)*, les nationaux-socialistes avaient tenté, sans résultat, de le rallier à leur cause. *Voir aussi Références des traductions françaises citées, p. XXX.*

Grands-Listeurs : néologisme* forgé par Carl/Callc/Callissimo pour désigner les experts médicaux qui, de par leurs fonctions, ont pouvoir de vie et de mort sur les malades chroniques.

[*Haber, Fritz (1868-1934)* : chimiste allemand, lauréat du prix Nobel de chimie en 1919 pour ses travaux sur les engrais, mais qui a également mis au point l'emploi du chlore comme gaz de combat pendant la Première Guerre mondiale.]

Hallervorden, Julius, Pr. Dr (1882-1965) : médecin allemand, spécialiste du cerveau. À l'époque nazie, il travaille au *Kaiser-Wilhelm-Institut für Hirnforschung* de Buch (Berlin). Bien que non habilité, il est nommé professeur par Hitler en 1938. En 1939, il adhère au NSDAP et devient directeur du département extérieur de l'Académie de médecine militaire.

Dès le printemps 1940 au plus tard, il est au courant des mises à mort de malades. En octobre 1940, au centre* d'euthanasie de Brandebourg-sur-la-Havel, il effectue lui-même des dissections cérébrales sur les cadavres. Jusqu'à la fin de la guerre, il reçoit au moins 700 cerveaux de patients ainsi assassinés. Il continuera ensuite tranquillement de publier les résultats de ces recherches dans des revues scientifiques et, jusqu'en 1956, d'exercer à l'Institut Max-Planck de recherches sur le cerveau (nouveau nom du *Kaiser-Wilhelm-Institut*).

[*Hauptmann, Gerhart (1862-1946)* : écrivain naturaliste allemand, principalement connu pour son drame social *Les Tisserands* (1892). Prix Nobel de littérature en 1912.]

Heiden, Konrad (1901-1966) : journaliste et essayiste allemand. Membre du SPD sous la République de Weimar, il se fait l'observateur de l'actualité politique munichoise dès le début des années 1920. Il est un des premiers à évoquer les agissements du mouvement national-socialiste et rédige en 1936 la première biographie de Hitler, traduite dans de nombreuses langues. Son texte sur la Nuit de cristal (9 novembre 1938) ne paraîtra en Allemagne qu'en 2013, mais il est rapidement diffusé et lu dans d'autres pays d'Europe. Heiden a été « le premier ennemi de Hitler », pour reprendre le titre de sa biographie, publiée à l'automne 2016 par le journaliste Stefan Aust.

Heine, Heinrich (1797-1856) : son ouvrage *De l'Allemagne* (*Zur Geschichte der Religion und Philosophie in Deutschland*) date de 1834 ; le paragraphe sur le « tonnerre allemand », approximativement cité par Gustaf Clampe p. , figure à la fin du livre III. *Voir aussi les Références des traductions françaises citées, ci-dessous.*

Heyde, Werner, Pr. Dr (1902-1964) : professeur de psychiatrie et de neurologie à l'Université de Wurtzbourg, directeur du département médical du programme d'euthanasie* et chef-expert au bureau central du 4, Tiergartenstraße. Après la Seconde Guerre mondiale, il exerce plusieurs années sous le nom de *Fritz Sawade*. Suite aux investigations de Fritz Bauer, procureur général de la Hesse, il est inculpé en 1964 pour avoir causé la mort d'au moins 100 000 personnes. Se suicide dans la prison de Butzbach, cinq jours avant le début du procès.

Himmler, Heinrich (1900-1945) : Reichsführer de la SS, chef de la Police allemande et de la Gestapo. L'un des hommes les plus puissants après Hitler, et l'un des principaux responsables de l'Holocauste. Se suicide en mai 1945.

Hoche, Alfred Erich, Pr. Dr (1865-1943) : psychiatre et neurologue allemand. Savant et chercheur très reconnu dans son domaine. Coauteur du livre *L'Autorisation de détruire les vies indignes d'être vécues*, ce qui fait de lui un pionnier de la mise à mort des malades chroniques pratiquée à l'époque nazie.

[*Hufeland, Christoph Wilhelm (1762-1836)* : médecin et pédagogue allemand. Médecin personnel du roi de Prusse, il eut également Goethe et Schiller parmi ses patients.]

Huntington, maladie de : du nom du médecin américain George Huntington, qui l'a décrite pour la première fois. Neuropathologie dégénérative à transmission autosomique dominante, encore incurable de nos jours. On l'appelait autrefois la « danse de saint Guy ». C'est une maladie orpheline, car à faible prévalence. En Allemagne, on compte officiellement 10 000 personnes atteintes (chiffres de 2014).

Hygiène raciale : le terme de *Rassenhygiene* est employé par Alfred Ploetz dès 1895, comme un équivalent allemand de l'anglais *eugenics*. L'« hygiène raciale » du régime national-socialiste doit être comprise comme une variante radicale de ce courant. Pour améliorer le patrimoine génétique de la population allemande, on adopte alors les mesures suivantes : régulation des mariages, avec interdiction de certaines unions pour raisons raciales ; stérilisation forcée des porteurs de tares héréditaires ; destruction des *vies indignes d'être vécues*, a) par l'assassinat de malades chroniques et b) par le « traitement particulier » (c'est-à-dire la mise à mort) des nouveau-nés malformés ou malades, qui s'effectue au sein des « Départements pédiatriques spécialisés ».

Institut de technique criminelle (Kriminaltechnisches Institut ou KTI) : département de l'Office central de la Sécurité du Reich, sis au Werderscher Markt, Berlin. Fondé en 1939. Ses ingénieurs, pour certains titulaires d'un doctorat, expérimentent à l'Est des procédés d'assassinat de masse (par balles, par emploi de gaz d'échappement ou par explosif). Leur implication dans le programme d'euthanasie* consiste à former le personnel des centres d'extermination au maniement des bonbonnes de monoxyde* de carbone, à leur en procurer, et à les ravitailler en morphine-scopolamine et en Luminal, médicaments également employés pour donner la mort.

Insulinothérapie : l'administration d'insuline provoque une hypoglycémie qui peut déclencher un coma ou des convulsions. On y recourait autrefois pour le traitement palliatif des schizophrénies et autres affections neurologiques. Elle n'est plus pratiquée aujourd'hui en psychiatrie.

Junkers Ju 52 : familièrement appelé « Tante Ju ». Modèle d'avion qui a connu des usages civils, mais aussi militaires, notamment pendant la guerre d'Espagne et la Seconde Guerre mondiale.

Kaiserhof : premier palace de l'Empire allemand, situé sur la Wilhelmplatz, dans le quartier de Berlin-Mitte. Sa direction est de sensibilité très nationaliste. Hitler y loge à partir de 1932 ; c'est là qu'il organise une rencontre avec des magnats de l'industrie allemands, ainsi que la réception en l'honneur de sa naturalisation allemande, après être devenu fonctionnaire de l'État libre de Brunswick. En 1935, Göring y célèbre son mariage. L'hôtel sera détruit par plusieurs bombardements en 1943. Son emplacement est aujourd'hui occupé par l'ambassade nord-coréene.

Käppele : nom familier donné à l'église de la Visitation à Wurtzbourg, lieu de pèlerinage situé sur la colline du Nikolausberg. Architecture rococo de Balthasar Neumann. On peut y admirer un magnifique panorama.

Kehrer, Ferdinand Adalbert, Pr. Dr (1883-1966) : médecin allemand, professeur de neurologie et de psychiatrie à l'Université de Munster. Nommé émérite en 1953, après avoir ardemment soutenu la politique sanitaire nazie et occupé pendant un certain temps les fonctions de médecin consultant à la Cour d'appel du Tribunal de santé héréditaire de Hamm (stérilisations forcées). Il sera aussi décoré de la grand-croix fédérale du Mérite et de la médaille Ernst-von-Bergmann pour son soutien à la formation continue des médecins.

Koch, Robert (1843-1910) : médecin et microbiologiste allemand. En 1876, il décrit le cycle de vie de l'agent pathogène du charbon. C'est la première étude complète sur le rô le d'un agent pathogène dans l'apparition d'une maladie. En 1882, il découvre le bacille responsable de la tuberculose. Prix Nobel de médecine en 1905. Avec *Louis Pasteur*, Koch a été le fondateur de la bactériologie moderne. Il a beaucoup contribué à la connaissance des maladies infectieuse et au développement de la médecine tropicale en Allemagne.

Kogon, Eugen (1903-1987) – Journaliste et sociologue allemand, qui deviendra opposant au national-socialisme en raison de ses convictions chrétiennes. Après une thèse de doctorat soutenue à Vienne (sur « Le fascisme et l'État corporatif »), il a été rédacteur d'une revue catholique et conseiller auprès de syndicats chrétiens. Arrêté par la Gestapo en 1936, 1937 et 1938 ; déporté en 1939 à Buchenwald. En 1946, il publie *L'État SS : le système des camps de concentration allemands*, qui aujourd'hui encore reste un livre référence et, en Allemagne, a atteint son 44ᵉ tirage. Kogon va ensuite dénoncer avec vigueur l'idée d'un réarmement allemand et prôner une union politique européenne. Alfred Grosser le considère comme l'un des trois vrais fondateurs de l'Europe, avec Henri Frenay et Altiero Spinelli.

Kroch, immeuble : premier building construit à Leipzig en 1927-1928 pour le compte de la banque Kroch. C'est un immeuble de 12 étages et de 43,20 mètres de haut, avec une structure en béton armé ; le dernier étage est garni d'une horloge reproduisant un modèle vénitien. Considérablement rénové, il abrite aujourd'hui des instituts de recherche et un musée.

Larmes de saint Laurent : groupe de météores observables pendant l'été, avec un pic autour du 12 août. Leur nom populaire leur vient du fait que ce martyr a sa fête le 10 août.

Leander, Zarah (1907-1981) : comédienne et chanteuse suédoise, qui deviendra l'actrice de cinéma la mieux payée de l'Allemagne nazie. Ses films les plus célèbres sortent entre 1937 et 1942 : *Paramatta, bagne de femmes, La Habanera, Magda, Pages immortelles, Un grand amour, Le Chemin de la liberté*. Elle décline cependant le titre d'« actrice d'État » et retourne en Suède fin 1942.

Lenz, Fritz Gottlieb Karl, Pr. Dr (1887-1976) : anthropologue, généticien et eugéniste allemand. Sous la République de Weimar et à l'époque nazie, il est un des grands spécialistes de l'hygiène* raciale. Coauteur avec Erwin Baur* et Eugen Fischer* des *Principes fondamentaux de la science de l'hérédité humaine et de l'hygiène raciale*, ouvrage considéré entre 1921 et 1945 comme la référence de la politique eugéniste nationale-socialiste.

Liebermann, Max (1847-1935) : peintre et dessinateur allemand, figure de proue de l'impressionnisme en Allemagne. C'est aussi un portraitiste très couru. De 1920 à 1932 il est président de l'Académie prussienne des arts, puis en est le président d'honneur jusqu'en 1933. Démissionne en raison de l'influence grandissante des nationaux-socialistes sur la politique artistique. Il meurt en 1935. Sa femme Martha se suicide en 1943 pour échapper à la déportation. La collection de tableaux laissée par Liebermann est alors aryanisée.

[*Liste des bénis de Dieu (Gottbegnadeten-Liste)* : établie par Goebbels et Hitler en 1944, elle recense les artistes qui doivent être exemptés de mobilisation, parmi lesquels H. von Karajan,

Richard Strauss, Wilhelm Furtwängler, ainsi que le prix Nobel de littérature Gerhart Hauptmann*. Sur ces mille et quelques « bénis de Dieu », 25 sont en plus intégrés à une « Liste d'exception » en tant qu'« artistes irremplaçables ».]

Milles, camp des : camp d'internement français, installé dans une ancienne tuilerie près d'Aix-en-Provence. À partir de septembre 1939, y sont emprisonnés des étrangers « indésirables » : Allemands, juifs et communistes d'Autriche ou d'Europe de l'Est, parmi lesquels beaucoup d'artistes et d'intellectuels, ainsi que républicains espagnols en fuite. La surpopulation permanente y crée des conditions d'hygiène catastrophiques.

Mongolisme : ancienne désignation du syndrome de Down (du nom du médecin qui l'a décrit pour la première fois) ou de la *trisomie 21* (sa cause biologique étant la présence d'un chromosome 21 supplémentaire). Vers 1940-1941, on n'opérait pas encore la fente palatine ou la protubérance de la langue chez les enfants atteints, pas plus qu'ils ne bénéficiaient d'une prise en charge particulière. Aujourd'hui, on recourt fréquemment à des mesures chirurgicales et pédagogiques : stimulation précoce, ergothérapie, gymnastique médicale, instruction scolaire. Au lieu d'être placés dans des foyers comme souvent autrefois, ces enfants vont à la crèche et à l'école, pratiquent la danse et le théâtre, peuvent suivre un enseignement, travailler et faire du sport comme bien d'autres.

Monoxyde de carbone (CO) : il se dégage lors d'une combustion insuffisamment alimentée en oxygène. Il s'agit d'un gaz incolore, inodore, insapide, non irritant, qui peut causer une intoxication respiratoire. En pénétrant dans le système sanguin par les poumons, le monoxyde de carbone se lie à l'hémoglobine 250 à 325 fois plus vite que l'oxygène et réduit l'oxygénation sanguine, provoquant la mort par asphyxie.

Mort blanche : ici, périphrase poétique renvoyant à la dépression ; elle est de l'acteur italien *Vittorio Gassman*, qui en a souffert toute sa vie. L'expression s'emploie souvent aussi pour désigner les décès dus aux avalanches de montagne.

Néologisme : création d'un nouveau mot qui n'appartient pas au vocabulaire courant d'une langue. Dans le rêve par exemple, ainsi que chez les schizophrènes et les personnes atteintes d'aphasie (perte du langage à la suite d'une lésion cérébrale), apparaissent ainsi des termes inconnus et souvent incompréhensibles. On par le aussi de néologismes pour désigner les « mots-valises » associant des éléments d'autres mots déjà existants, comme *brunch* (*breakfast* + *lunch*) ou *courriel* (*courrier* + *électronique*).

Organismes de couverture : à partir de l'automne 1939, plusieurs organismes de couverture sont fondés pour la préparation et la mise en œuvre du programme d'euthanasie* : *la Commission pour le recensement scientifique des affections héréditaires et congénitales* (élimination des enfants malformés ou malades), le *Groupe de travail des hôpitaux psychiatriques* (élaboration et distribution des formulaires* aux établissements de soin et aux experts), la *Fondation d'utilité publique pour l'entretien des maisons de santé* (construction et entretien des centres d'extermination, gestion de leur personnel, fourniture en gaz toxique et en médicaments), la Gekrat* ou *Société d'utilité publique pour le transport des patients* (établissement des listes, acheminement des malades vers les centres de transit puis d'extermination), ainsi que la *Chambre de compensation centrale des hôpitaux psychiatriques* (recouvrement du « coût des soins » auprès des caisses d'assurance maladie ou des familles).

Pasteur, Louis (1822-1895) : chimiste et microbiologiste français qui a beaucoup contribué à la prévention et au traitement des maladies infectieuses. [Note inutile ?]

Pinder, Georg Maximilian Wilhelm, Pr. Dr (1878-1947) : célèbre historien de l'art allemand, qui a notamment enseigné à Breslau, à Leipzig, à Munich et à Berlin. Sa célébrité tient surtout à ses talents d'évocation. Il se fait le porte-voix de l'idéologie nazie, et le régime l'en récompense en lui accordant la chaire d'histoire de l'art la plus réputée d'Allemagne (à l'époque, celle de Berlin). En novembre 1933, il est l'un des principaux orateurs qui prennent la parole à l'Alberthalle* de Leipzig. L'objectif de Pinder se donne pour tâche de *germaniser* l'histoire de l'art. Après la guerre, il perd sa chaire en raison de son passé nazi.

Rationnement pendant la guerre de 1914-1918 : dès la première année de guerre, on assiste à des perturbations dans l'approvisionnement en denrées alimentaires et à des comportements de stockage, surtout dans les villes. Ces perturbations sont dues à la priorité donnée aux besoins de l'armée, à la suspension des importations (blocus britannique sur le commerce maritime), mais aussi à la mobilisation de la main-d'œuvre agricole et à la réquisition des animaux de trait nécessaires à l'agriculture. Dès février 1915 sont distribuées les premières cartes de pain ; la farine de boulangerie est additionnée de substituts en tous genre : farine de pomme de terre d'abord, puis de maïs ou de légumes secs, voire, pour finir, sciure de bois. Pendant l'« hiver des rutabagas » (1916-1917), à la suite de mauvaises récoltes, on manque même de pommes de terre ; dans les villes, c'est la disette. « Sous l'ang le de l'économie alimentaire, la guerre était perdue dès le printemps 1916 », note l'historien Hans-Ulrich Wehler. Le blocus crée en outre une pénurie de coton, de caoutchouc et de nombreux autres produits textiles d'importation. La recherche biochimique tente alors de développer des substituts : tissus à base de papier, d'orties, etc.

Rationnement pendant la guerre de 1939-1945. Cette fois, il a été minutieusement préparé dès 1937. De plus, les silos sont abondamment remplis grâce aux bonnes récoltes de 1938 et 1939. L'autosuffisance allemande atteint 100 % pour les céréales, les pommes de terre, la viande et le sucre. Après le début de la guerre, on distribue des bons d'alimentation pour la graisse, la viande, le beurre, le lait, le fromage, le sucre et la confiture ; puis pour le pain et les œufs. Les vêtements peuvent s'acquérir contre des bons de tissu (100 points par an ; il en faut 45 pour un tailleur de femme). À l'Est, les territoires occupés sont impitoyablement exploités pour les besoins de la population allemande ; à l'intérieur, l'agriculture reçoit en outre le renfort de travailleurs forcés venus de l'Est et de l'Ouest.

Röhm, Ernst (1887-1934) : chef d'état-major de la SA*, il est accusé d'avoir fomenté un putsch contre Hitler, ce qui donne lieu vers la fin juin-début juillet 1934 à la « Nuit des longs couteaux » : sur l'ordre de Hitler et de Göring, les principaux dirigeants de la SA sont éliminés à Munich, au bord du Tegernsee et dans d'autres lieux du Reich, purge à laquelle participent la SS, la Gestapo et la Reichswehr. Elle fait 90 victimes nommément connues ; mais, d'après les recherches récentes, il y en aurait plutôt eu 150 à 200.

Roland : le comte breton, neveu de Charlemagne, dont la mort héroïque à Roncevaux devant les Sarrasins est relatée dans *la Chanson de Roland*, est également devenu un héros populaire en Allemagne. Il a souvent sa statue dans les villes ayant leur propre juridiction et le droit de tenir marché, en tant que symbole de ces droits municipaux.

SA (Sturmabteilung) : groupement paramilitaire chargé d'intimider les opposants politiques du parti nazi. La SA assure le service d'ordre quand la direction du parti organise des événements politiques, mais elle fait aussi le coup de poing contre ses adversaires (communistes, sociaux-démocrates, Combattants Rouges, syndicalistes, adhérents du mouvement de jeunesse Kolping, etc.) et, après la prise du pouvoir, elle accomplit de façon autonome perquisitions et arrestations. À Munich, dès 1923, elle compte plus de mille inscrits, dont la formation militaire est assurée par la 7e Division (bavaroise) de la Reichswehr. En 1933, elle en est déjà à 400 000 membres et, en 1935, ils sont 3,5 millions. Hitler joue de cette force en laissant régulièrement la SA créer des troubles avant de la rappeler à l'ordre. Il fait ainsi comprendre aux conservateurs et à la grande industrie qu'il est seul en mesure d'assurer la paix civile. La SA perd son importance politique après l'élimination en 1934 de Röhm* et de son état-major.

Salon Kitty : maison close berlinoise installée au troisième étage du 11, Giesebrechtstraße, une rue adjacente au Kurfürstendamm. Elle est fréquentée par du beau monde, notamment des diplomates étrangers et des dignitaires du parti nazi. On dit que Heydrich et la Gestapo y avaient installé des micros et que les conversations étaient écoutées depuis la cave, mais ce point reste encore débattu à l'heure actuelle.

Sapphô (fin du VIIe s.-début du VIe s. av. J.-C.) : la plus grande poétesse de l'Antiquité classique. Elle vécut à Mytilène et à Lesbos, hauts lieux de la culture au VIIe siècle av. J.-C. Elle composa des hymnes, des épithalames et des poèmes d'amour, dans une langue claire et expressive qui allait entre autres marquer Horace et Catulle. Platon l'appelait la « Dixième Muse ». On estime aujourd'hui à 7 % la part de son œuvre qui nous est parvenue, ce qui n'a pas empêché Sapphô d'inspirer de nombreuses adaptations littéraires, picturales et musicales jusqu'à nos jours.

Sauerbruch, Ernst Ferdinand, Pr. Dr (1875-1951) : médecin allemand. L'un des plus grands chirurgiens du XXe siècle, et des plus influents. Il n'est ni membre du NSDAP ni antisémite. Au contraire, il reste fidè le à des amis juifs comme *Max Liebermann** et apporte son aide à de nombreuses victimes des persécutions nazies. Mais d'autre part, en publiant dès novembre 1933 une lettre ouverte « *Aux médecins du monde* », il soutient la déclaration d'allégeance des professeurs d'université allemands à Adolf Hitler, qui est diffusée dans le monde entier.

Schizophrénie : psychose dite « endogène », entraînant des troubles multiformes de la personnalité qui affectent non seulement la perception, la pensée, la motivation, les émotions et l'affectivité mais aussi l'énergie et la psychomotricité. Symptômes fréquents : le fait d'« entendre des voix », les idées délirantes, l'impression que vos pensées résonnent tout haut, sont volées par d'autres ou peuvent se transmettre à eux, les hallucinations, l'aboulie, l'atonie émotionnelle, la morosité. Les causes organiques de la schizophrénie n'ont toujours pas été identifiées clairement à l'intérieur du cerveau. En Europe, elle touche environ 1 % de la population. Elle se déclare entre la puberté et la trentième année. Traitements actuels : psychotropes, souvent associés à une psychothérapie.

Serment nocturne – *Nächtlicher Eid (Serment nocturne)* est le titre original du témoignage de Konrad Heiden* sur la Nuit de cristal de novembre 1938. Le manuscrit, dactylographié, se trouve à la Bibliothèque centrale de Zurich. En Allemagne, il n'est paru chez Wallstein qu'en 2013, sous le titre *Eine Nacht im November 1938. Ein zeitgenössischer Bericht.* En français : *Les Vêpres hitlériennes. Nuits sanglantes en Allemagne*, Paris, F. Sorlot, 1939.

SS (Schutzstaffel) : organisation paramilitaire fondée en 1925 pour assurer la garde rapprochée du Führer. Elle est d'abord subordonnée à la SA puis, après l'assassinat de Röhm*, placée sous le contrô le direct de Hitler. Elle est dirigée par Heinrich Himmler*. Sa structure, obéissant au « principe d'autorité » *(Führerprinzip)*, est proche du modè le militaire. Le rang de Standartenführer correspond par exemple à celui de colonel, le rang de Sturmbannführer à celui de commandant. La SS se conçoit comme un corps d'élite ; en faire partie procure pouvoir et privilèges. Himmler émet à l'intention de ses membres des directives matrimoniales axées sur l'idéologie de la race, afin de fonder un « ordre du sang » aryen. La SS a été impliquée dans de très nombreux crimes de guerre et crimes contre l'humanité (euthanasies, extermination des Juifs, des Sinti, des Roms et d'autres groupes ethniques). Aux procès de Nuremberg, elle est rangée dans la catégorie des organisations criminelles.

Stérilisation : acte médical supprimant la capacité de procréer. Chez l'homme, il consiste à sectionner ou à bloquer les deux canaux déférents ; chez la femme, à ligaturer les trompes. La stérilisation de porteurs de tares héréditaires est loin d'être exclusivement un thème national-socialiste ; mais, après la promulgation en juillet 1933 de la *Loi de prévention d'une descendance atteinte de maladie héréditaire*, elle va être pratiquée de façon radicale et à grande échelle à partir de janvier 1934. Juristes et médecins d'obédience nazie coopèrent au sein des « Tribunaux de santé héréditaire ». Jusqu'en 1945, au moins 400 000 personnes subissent une stérilisation forcée ; 5 500 femmes et 600 hommes meurent des suites de cette opération. Il s'agit de handicapés mentaux, physiques ou sensoriels (aveugles, sourds), ainsi que de psychotiques et de patients atteints de maladies neuro-dégénératives.

Thérapeutique des troubles psychiatriques lourds : le traitement médicamenteux des psychoses (schizophrénie, troubles bipolaires, dépression, etc.) est encore balbutiant dans les années 1940. On recourt surtout à des traitements de choc, aux bains et à la thérapie par le travail, mais aussi à la lobotomie (section des fibres nerveuses reliant le thalamus au lobe frontal, ce qui calme le malade, mais éteint complètement sa personnalité). C'est seulement en 1950 qu'on synthétise la chlorpromazine, une substance qui, par son puissant effet tranquillisant, permet de combattre l'agitation psychomotrice des schizophrènes et des maniaques (effets secondaires : fatigue, manque d'énergie). La chlorpromazine a ouvert la voie à l'exploration de nouvelles substances qui appartiennent aujourd'hui à l'arsenal thérapeutique des troubles psychiques (psychotropes ou neuroleptiques). En 1957, on découvre le premier antidépresseur moderne, par la suite on recourra aussi à d'autres substances, comme par exemple les anxiolytiques. Aujourd'hui, les traitements médicamenteux sont associés à des psychothérapies qui aident les patients à mieux gérer leur quotidien, malgré le retour régulier des symptômes.

Udet, Ernst (1896-1941) : célèbre pilote de chasse de la Grande Guerre (62 avions ennemis abattus). Pendant la période nazie, il devient Generalluftzeugmeister de la Wehrmacht, c'est-à-dire responsable de l'équipement technique de la Luftwaffe. Se suicide après l'échec de la Bataille d'Angleterre, mais sa mort est d'abord tenue secrète. Il est le modèle le du général Harras dans *Le Général du diable,* une pièce de *Carl Zuckmayer.*

Unger, Hellmuth (1891-1953) : médecin et homme de lettres allemand. Après une biographie très remarquée de *Robert Koch** (1936), il publie en 1941 *Sendung und Gewissen (Vocation et conscience)*, roman qui inspirera le film de propagande nazie *Suis-je un criminel ?* À partir de 1938, il est rédacteur en chef de toutes les revues médicales régionales en Allemagne. Son activité journalistique s'étend entre autres à la défense de l'hygiène* raciale et génétique. Il est membre de la *Commission pour le recensement scientifique des affections héréditaires et congénitales* et peut de ce fait être considéré comme un de ceux qui, au moins intellectuellement, ont cautionné l'euthanasie des enfants malformés pratiquée à partir de 1939. Après 1942, il est correspondant de guerre dans la Wehrmacht.

[*Volksdeutsche* : on désigne alors ainsi les membres des minorités germanophones implantées hors du territoire allemand et autrichien, notamment dans l'Est et le Sud de l'Europe.]

[*Volksempfänger* : modè le de radio bon marché conçu en 1933 à l'initiative de Goebbels, ministre de la Propagande.]

Remerciements

Quand on écrit un roman sur de l'histoire contemporaine, on est redevable à tous les historiens et chercheurs qui ont scientifiquement traité les thèmes abordés et dont on s'est nourri pour sa propre production. Dans mon cas, il s'agissait des auteurs suivants : Götz Aly, Jörg Baberowski, Peter Chroust, Mario Von Cranach, Klaus Dörner, Norbert Frei, Saul Friedländer, Michael Grabher, Ute Hoffmann, Alexandre Jollien, Friedrich Karl Kaul, Ernst Klee, Alice Platen-Hallermund, Robert N. Proctor, Dietmar Schulze, Hans Ludwig Siemen, Hans-Ulrich Wehler, Michael Wildt, Michael Wunder, pour ne citer que les principaux, par ordre alphabétique.

Par ailleurs, j'ai pu approfondir mes connaissances dans diverses bibliothèques spécialisées, notamment la Médiathèque Joseph Wulf de la Maison de la conférence de Wannsee, la bibliothèque du Mémorial de la Résistance allemande et celle du musée Topographie de la terreur, toutes trois situées à Berlin, ainsi que celle de l'Institut d'histoire contemporaine de Munich. Que leurs bibliothécaires soient ici remercié.es pour leur soutien toujours aimable.

J'ai également tiré grand profit des expositions permanentes installées sur les sites commémoratifs, qui offrent un abondant matériau iconographique et textuel. Je mentionnerai surtout l'exposition *Totgeschwiegen 1933-1945* au pavillon 10 de la clinique psychiatrique Karl-Bonhoeffer de Berlin, et celles des anciens centres d'extermination de Bernbourg-sur-la-Saale et de Brandebourg-sur-la-Havel. Merci aux conservatrices, conservateurs et responsables de ces collections et archives.

Enfin, je dois beaucoup à tous les amis qui ont discuté avec moi du thème de ce roman et/ou m'ont adressé leurs interrogations critiques : Norbert Eberle, Norbert Hinterberger, Martin Jürgens, Anette Lucks, Carina Popp, Elmar Roloff, Monika Schleichert-Roloff et Peter Schwab. Une mention spéciale à ceux et celles qui ont bien voulu faire l'effort de me relire : Ernst Kleemann, Elmar Roloff, Anette Rümmele, Monika Schleichert-Roloff, Peter Schwab et Christoph Steinrücken.

Merci à mon éditeur Christian Döring pour son esprit constructif et bienveillant.

GISBERT ROLOFF m'a accompagnée et soutenue à chaque étape de ce projet difficile : en m'aidant dans mes recherches, en allant visiter avec moi les divers sites et institutions, et en se montrant toujours prêt à me relire. Un grand merci.

Références
des traductions françaises citées

Page 41 :
Y. Battistini, *Poétesses grecques*, Paris, Imprimerie nationale, 1998, p. 49.

Page 61 :
S. George, *Poésies complètes*, tr. L. Lehnen, Paris, La Différence, 2009, « Le poète en temps de troubles », p. 707.

Page 83 :
H. Heine, *Livre des chants*, tr. N. Taubes, Paris, Le Cerf, 1999, « Le retour, n° XIV », p. 104-105. Telle est la quatrième strophe, dont il est question plus bas : « *Depuis lors, mon corps se consume, / Mon âme se meurt de passion ; – / Elle avait, la fatale femme, / Dans ses larmes mis du poison.* » Chez Schubert, le lied sur le même texte porte le titre *Am Meer*.

Page 88 :
F. Kafka, « La Métamorphose », tr. J.-P. Lefebvre, in *Nouvelles et récits*, Paris, Gallimard, 2018, La Pléiade, p. 117.

Page 190 :
B. Brecht, *Poèmes 1 : Sermons domestiques*, Paris, L'Arche, 1965, pp. 139-140 : « Contre la séduction » (tr. J.-C. Hémery).

Toutes les autres citations sont traduites par nos soins. (*N.d.T.*)

Table

Composition et mise en pages
Nord Compo à Villeneuve-d'Ascq

MIXTE
Papier issu de
sources responsables
FSC® C003309

Imprimé en France par EPAC Technologies
N° d'impression : 4550414312120
Dépôt légal : septembre 2020